강형철 각본 | 이병헌 각색 | 박이정 소설

가연

# 목차

| | | |
|---|---|---|
| 프롤로그 | 햇살 속에 찾아온 것 | 6 |
| 첫번째 | 봄꽃은 드라마처럼 | 14 |
| 두번째 | 25년 만의 아침 | 33 |
| 세번째 | 장미 화원으로의 초대 | 68 |
| 네번째 | 황진희의 우아한 일상 | 105 |
| 다섯번째 | 문학소녀의 편지 봉투 | 125 |
| 여섯번째 | 미행 끝에 마주친 리얼리티 | 144 |
| 일곱번째 | 우리 중 한 명을 건드리는 것은 | 167 |
| 여덟번째 | 주인공 얼굴 | 215 |
| 아홉번째 | 돌아가는 길 | 237 |
| 열번째 | 마지막 날의 맹세 | 270 |
| 에필로그 | 다시 햇살 속에 찾아온 것 | 297 |

프롤로그
햇살 속에 찾아온 것

또로로로롱.

얼음판 위로 유리구슬이 굴러가듯 시린 자명종 소리에, 나미는 눈도 뜨지 않고 번개처럼 손을 뻗었다. 보드라운 시트 옆에선 아직도 새근거리는 남편의 온기가 느껴졌다.

그제야 눈을 뜨고 보니 6시 30분. 머리는 멍한데 몸은 저절로 움직인다. 나미는 살그머니 침대를 빠져나가 아침식사를 준비하기 시작했다. 야채를 갈아 주스를 만들고, 밥을 올린 후 아삭한 샐러드용 야채를 씻어서 미리 건져놓았다. 남편의 아침은 포슬포슬한 밥과 정갈한 반찬, 딸 예빈의 아침은 샐러드를 곁들인 간단한 토스트와 우유니까.

바지런히 움직이는 나미의 주방 라디오에서는 Tuck & Patti의 〈Time after time〉이 부드럽게 흘러나오고 있었다.

나미는 머리를 질끈 묶고 예빈의 교복과 남편의 와이셔츠를 다림질한 후 재빨리 욕실로 들어갔다. 그리고 찬물에 세안을 하다 잠시 고개를 들어 거울을 바라보았다.

마흔 셋.

분명 어제까지만 해도 스물 셋이었던 것 같은데, 실감할 순 없지만 어느덧 중년이다. 나미는 재차 확인이라도 하듯 눈을 동그랗게 뜨고 거울 속의 자신을 들여다보았다. 눈가에 하나둘씩 상륙하려던 잔주름이 긴장해서 팽팽해질 정도로.

하지만 그 확인의 시간도 길게 가지는 못했다. 시간은 이제 대략 6시 50분. 아직은 서둘러야 할 때다.

"일어나야지."

예빈의 방으로 들어가 커튼을 걷어내자, 잘 자던 얼굴이 확 찡그려졌다. 고등학생인 딸아이는 나미를 닮아서인지 유난히 아침에 약하다. 다시 침대 속으로 기어 들어간 딸을 어르고 달래 간신히 깨워놓은 후, 나미는 안방으로 들어갔다.

"이거 먹어. 이것도."

눈도 다 뜨지 않은 남편은 녹즙이 담긴 컵을 한 손에 들고, 나미가 내민 비타민과 혈압 약을 받아 들었다.

남편과 예빈은 제각기 씻고 옷을 갈아입은 후에야 식탁 앞에 앉았다. 아침을 먹으면서도 각자 뭔가에 바쁜 모습이다. 신문 보는 남편은 그렇다 치고, 예빈은 예빈대로 핸드폰을 보느라 여념이 없다. 요즘 애들은 핸드폰을 '사는 것'이 아니라 '이식받는 것'이라던 말이 아무래도 진짜인 모양이다. 나미는 아침부터 잔소리하기가 싫어 가볍게 한숨만 쉬곤, 그냥 빈 컵 가득 우유를 채워주었다.

나미도 이제 좀 배를 채워볼까 하고 의자에 앉으려던 순간, 남편이 툭 던지듯 말을 꺼냈다.

"뉴스 좀."

나미의 엉덩이는 의자와의 거리를 1센티미터도 남기지 않은 상태에서 다시 퉁기듯 멀어져갔다.

뉴스 채널로 바뀐 라디오에서는 아나운서가 아침부터 교통사고 소식을 전하고 있었다.

올림픽 대로.... 부상자 둘.... 교통 혼잡....

듣다 보니 나미도 병원의 친정 엄마 생각이 났다. 일주일 쯤 전에 승용차 백미러가 팔을 치고 지나가는 통에, 친정 엄마는 팔이 부러져 병원에 입원 중이었다. 친정 엄마는 보상도 받을 만큼 받았으니 괜찮다 괜찮다 말하긴 했지만, 내심 사위와 손녀가 보고 싶어 안달이라는 걸 모를 나미가 아니었다. 그래서 두 사람에게 말이라도 꺼내볼 요량으로 입을 열었다.

"할머니 병원 좀 가보지들?"
"잘 먹었습니다."

예빈이 들은 체도 하지 않고 자리에서 일어났다. 바삭바삭하게 구워낸 토스트는 거의 손도 대지 않은 상태였다.

"마저 먹어."

대답은 역시 없었다. 사춘기라서 그런지 예빈은 요즘 부쩍 나미와 말을 하려 들지 않았다. 나미가 쓴웃음을 지으며 남편 쪽으로 고개를 돌렸더니, 아니나 다를까.

"응?"

이쪽도 못 들은 척하긴 마찬가지였다. 다시 한 번 말해주려는데, 때마침 울린 핸드폰 벨 소리에 재깍 전화를 받으며 자리에서 일어나 버렸다. 두 사람 다 결국 아침 식사는 반 이상 남기고 말았다. 나미의 얼굴이 슬며시 부루퉁해졌다.

"당신 거랑 장모님 거랑 해서 백 하나씩 사."

모른 척했지만 내심 마음에 걸렸던 걸까. 타박타박 현관까지 배웅을 나온 나미를 보고 남편이 지갑을 열더니 빳빳한 상품권을 꺼내 들었다. 나미는 떨떠름한 얼굴로 손을 내밀었다.

"뭐 이런 걸……."

신발에 발을 끼우던 예빈이 옆에서 그 지갑을 빤히 바라보았다. 왠지 모를 갈망이 깃든 무표정한 시선. 딸아이의 마음을 포착해낸 남편은 입가에 가벼운 웃음을 걸치고 물었다.

"너도 줘?"

"……아, 빠, 사, 랑, 해, 요."

무표정한 얼굴로 눈을 깜빡이며 내뱉은 예빈의 말은 뭐랄까. 지구인과 처음으로 조우한 외계 로봇이 건넨 인사처럼 어색했다. 그래도 남편은 딸의 애교가 기특하다는 얼굴이었다. 결국 지갑에서 수표 한 장이 빠져나오자 예빈의 얼굴에 간만의 생기가 돌았다.

용돈이 필요했나? 나미는 허탈한 얼굴로 웃어버렸다.

띠릭, 현관문이 열렸다. 남편이 먼저 나서고 그 뒤를 예빈이 뒤따랐다.

나미는 그래도 혹시나 싶어, 바삐 걸음을 옮기는 두 사람의 뒤통수에 대고 큰 소리로 당부했다.

"할머니한테 전화라도 드려."


아이를 학교에 보내고 남편을 출근시켰다고 해서 전업주부의 아침 업무가 끝나는 건 아니다. 결혼 20년차쯤 되면 청소에 빨래, 설거지 정도는 식후 양치질처럼 아침

나절에 모조리 끝내 놔야 한다는 게 보수파 나미의 지론이었다.

물 흐르듯 가사 일을 처리하는 나미 옆으로 TV는 계속 아침 드라마를 흘려냈다. 거실을 청소하던 나미는 아침 드라마의 주인공들이 훌쩍이는 소리에 리모콘을 집어 들었다. 채널을 돌리자 학교 폭력에 관한 뉴스가 나왔다. 딱 예빈 또래의 아이들이었다. 나미는 청소 도구를 든 채 심각한 얼굴로 어머, 어머를 연발했다. 학부모들에게 교내 폭력 관련 뉴스란 웬만한 호러 영화보다 더 공포로 다가오는 법이다.

'하여튼 요새 애들은······.'

나미가 중얼거렸다. 예빈의 얼굴이 떠오르며 불안한 마음이 들었지만 이내 고개를 저어 걱정을 떨쳐냈다. 예빈은 얌전한 아이다. 질풍노도의 사춘기라 요즘 나미와는 새삼 내외를 하고 있었지만 별 문제 없을 것이다. 나미는 그렇게 믿었다.

아침 설거지와 청소를 해치우고 아침 토크 쇼를 들으며 빨래를 갰더니, 홈쇼핑에서 기다리던 광고가 나왔다. 남편의 건강식품이었다. 나미는 다 갠 수건들을 잽싸게 옆으로 밀어놓고 전화기를 들어 익숙하게 주문했다.

집안일은 그 뒤로도 좀 더 이어졌다.

마지막은 냉장고 정리. 비워낸 반찬 통에서 뽀득거리

는 소리가 날 때까지 깨끗하게 닦아낸 뒤 싱크대 소독까지 마쳤다. 나미는 조금 지친 얼굴로 느릿하게 고무장갑을 벗었다.

이제 다 끝났다.

헌데 차가워진 손끝이 경련하듯 살짝 떨리고 있었다. 혈당이 떨어져 생기는 현상이다. 어릴 때부터 당뇨기가 있었던 나미에게는 익숙한 일이기도 했다.

'또 시작이네.'

오늘은 냉장고 정리까지 하느라 아침식사가 평소보다 꽤 늦어졌던 모양이었다. 나미는 조용히 한숨을 내쉬곤, 예빈이 남기고 간 토스트와 우유를 들고 발코니 앞 테이블에 앉았다.

'따뜻하다.'

유리창 너머로부터 봄 햇살이 온기를 머금고 쏟아져 내렸다. 얼마 전에 마지막 눈이 내렸던 것 같은데, 봄은 벌써 이만큼이나 다가와 있었다.

식어버린 토스트를 한 입 베어 물고 창밖을 바라보았다. 따스한 햇살에 온몸을 내맡기고 있으려니 공허한 마음에 부드러운 공기가 차오르는 기분이 되었다. 나미의 눈가로 나른한 아지랑이가 맴돌았다.

꽃은 언제 피려나. 여긴 서울이니까 좀 늦겠지. 무심코 바라본 바깥 풍경에 홀린 듯 시선이 머물렀다.

한 무리의 여고생들이 신나게 장난을 치며 걸어가고 있었다. 이미 한참이나 등교 시간에 늦었을 텐데도 여고생들은 아랑곳 않는 것 같았다. 쉴 새 없이 조잘대는 입, 발그레한 볼이 예뻤다. 들릴 리 없는 웃음소리가 나미의 귓가에 아련하게 들려오는 듯했다.

아직 다 자라지 않아, 그래서 더 아름다운 청춘. 나미의 시선은 그 여고생들에게서 떠날 줄을 몰랐다. 입가엔 어느새 부드러운 미소까지 걸쳐져 있었다. 나미에게도 그런 시절이 있었다.

여고 시절. 그 찬란했던 순간.

영원할 줄 알았다. 그 반짝거림이 언제까지나 자신에게 머물러 있을 줄 알았다. 이제는 지나가 버린 겨울처럼 하얗게 빛바랜 추억이 되고 말았지만. 그저 이렇게 봄 햇살이 눈부신 날, 그 시절을 곱씹다 뒤늦게 두근대는 가슴을 가만히 눌러볼 수밖에 없는 추억으로.

"좋을 때다……."

나미는 봄처럼 내려앉은 그리움에 취해 눈을 감았다.

첫번째
봄꽃은 드라마처럼

나미는 결국 혼자서 병원에 왔다. 같이 오긴 힘들겠다 싶어 혼자나마 이것저것 싸 온 길이었다. 남편이 주고 간 상품권으로 백도 하나 샀다. 좋은 걸로 해드리려고 나미 몫의 상품권까지 보태서 산 고급 샤넬 백이다.

입원실을 향해 부지런히 걷는데, 복도 저편에서 차트를 들고 다가오는 낯익은 간호사가 보였다. 친정 엄마의 병실 담당 간호사다. 언뜻 백화점에서 사은품으로 받은 실크 스타킹 생각이 나, 쇼핑백 안에서 얼른 꺼내 들었다.

긴 복도를 달리다시피 걸어온 나미를 뒤늦게 알아본 간호사가 반가운 미소를 지었다. 스타킹이 들어 있는 봉투를 안겨주자 활짝 웃으며 인사해 온다.
"잘 신을게요!"
나미는 그저 웃으며 고개를 끄덕이고, 떠들썩한 병실 안으로 들어갔다.

엄마는 4인 병실에 입원해 있었다. 더 조용한 병실로 옮기자고 권해봤지만 다 쓸데없는 돈질이라며 막무가내였다. 다행히 같은 병실의 또래 아주머니들과 잘 어울려서 심심할 일은 없어 보였다.
"또 뭐 하러 왔다냐?"
그렇게 말하면서도 엄마는 내심 기뻐하는 기색이었다. 나미가 쇼핑백 안에 들어 있는 선물까지 꺼내 보이자, 엄마는 소녀처럼 두 손을 꼭 마주 잡고 좋아서 어쩔 줄을 몰랐다.
"그렇게 좋아?"
가방을 껴안고 함박웃음을 짓는 엄마를 보며 나미가 황당한 얼굴로 물었다. 과일을 깎아줘도 입에 넣을 생각조차 하지 않고, 그저 가방을 이리저리 돌려보기 바빴다. 그러다 갑자기 핸드폰을 집어 누군가에게 서둘러 전화를 걸었다. 또 어디 전화하나 싶어 슬쩍 화면을 훔쳐보니, 남편이다. 나미는 입 밖으로 배어 나온 웃음을 굳이 감추지 않았다.

"사업하는 양반이 바빠야지. 맘에 들고말고…… 샤넬인디. 하하하. 신경 껍고 고만 일 보소. 번창하시게. 잉. 잉. 그려, 그려. 들어가소."

병문안 한번 오지 않는 사위가 야속할 법도 한데, 가방 하나로 풀어지니 참 속도 좋은 양반이다. 그런 나미의 마음을 아는지 모르는지, 엄마는 깁스를 하지 않은 손으로 가방을 번쩍 들어 올렸다.

"어이!"

TV 드라마에 푹 빠져 있던 아주머니들이, 무슨 일인가 싶어 이쪽으로 고개를 돌렸다.

"우리 사위가아~! 봐, 샤넬이여!"

엄마는 가방을 더욱 높이 들어 올렸다. 그러자 한눈에 명품을 알아본 아주머니들이 오오, 하며 환호성을 보내주었다. 엄마는 무슨 상이라도 탄 사람처럼 거만하게 한 손을 들어 화답했다. 그 모습에 나미는 도무지 웃음을 참을 수가 없었다.

"바쁜 사람이니께, 나가 이해해준다."

가방 때문에 이해해주는 게 아니고?

나미는 피식, 웃으며 남편을 위한 적당한 변명거리를 찾아냈다.

"회사 인수라는 게 쉽지가 않나봐."

"홍서방이 이렇게 잘될 거라 어째 알았겠어? 네 오빠

저럴 줄은 어째 알고?"

말해놓고는 금세 또 깊은 한숨이다. 오빠 얘기만 나오민 늘 이런 식이었다. 나미는 얼마 전, 임금을 지불하지 않아 공장 노동자들에게 고소당한 오빠를 떠올렸다. 사업이 어렵다, 어렵다 하더니 결국 그렇게 됐다.

"합의 잘 보면 된대요."

"학교 때 노동 운동이다 뭐다 지랄을 하더만."

엄마는 돋보기까지 꺼내 걸치곤 샤넬 백을 이리저리 돌려보며 혀를 찼다. 나미는 포크로 과일을 찍어 건네주며 농을 쳤다.

"인생은 아이러니한 거니께~."

웃으라고 한 말인데, 엄마가 자못 심각한 얼굴로 나미를 바라봤다.

"넌, 이제 사투리가 어색하고만."

그런가. 서울 생활도 벌써 20년이 훌쩍 넘었다. 사투리가 어색해지는 것도 놀랍진 않다. 아무리 그래도 그렇지, 친엄마가 저렇듯 딸을 이종족 관찰하는 시선으로 보다니.

나미는 힘을 내어 제법 걸쭉한 전라도 사투리로 천연덕스럽게 대꾸해주었다.

"아따~, 나두 서울 사람 다 됐는갑지."

엄마의 입에서 웃음이 터져 나왔다. 나미도 함께 웃었

다. 병실 아주머니들은 여전히 요즘 한창 방영 중인 인기 드라마를 보고 있었다.

그때 누군가 혼잣말로 중얼거렸다.

"남매는 아니겠지?"

모두의 시선이 TV로 향했다. 엄마를 따라 나미도 시선을 돌렸다. 드라마를 보는 엄마의 얼굴이 긴장으로 굳어졌다.

TV 속의 젊은 남녀는 서로를 바라보며 애타는 얼굴을 하고 있었다. 눈물이 그렁그렁하게 차오른 여자를 향해, 남자가 떨리는 입술을 열었다.

[우린…… 남매야.]

병실이 발칵 뒤집어졌다. 나미는 기가 막힌 얼굴로 TV와 아주머니들을 번갈아서 바라보았다.

"내 저럴 줄 알았지!"

"어쩐지! 닮았다고 했잖아. 에라이!"

닮긴, 어디가? 나미는 이해할 수 없었다.

◇　　　◇　　　◇

그날 밤 나미는 남편의 서재에 있었다. 책꽂이 앞에 쭈그리고 앉아, 오늘 낮에 있었던 일을 멍한 얼굴로 떠올렸다.

또 오겠다고 인사한 뒤, 빈 반찬 통을 챙겨 들고 엄마의 병실을 나서던 나미는 복도 건너편 병실에서 누군가의 비명을 들었다.

고통에 찬 신음, 환자를 진정시키려는 의사의 고함, 살려달라는 안타까운 외침이 번갈아 들려왔다. 어찌나 처절한지, 그저 듣는 것만으로도 가슴이 갈퀴 날에 긁히는 느낌이었다. 긴장한 표정의 간호사들이 주사기를 들고 우왕좌왕했다. 나미는 저도 모르게 어깨를 움츠리며 병실 앞을 지나쳐 걸었다.

그러다 문 앞에 붙어 있는 환자의 이름을 보곤 움찔, 걸음을 멈추고 말았다.

〈하춘화〉

다시 돌아봤지만 환자의 얼굴은 간호사들에 가려진 채였다. 여위고 창백한 팔과 다리가 침대 위에서 거칠게 몸부림치는 것만 보였다. 허공을 움켜쥐는 길쭉한 손가락들이 자신에게 달려들 것만 같아, 나미는 뒤늦게 흠칫하며 한 걸음 물러섰다. 그리고 도망치듯 병원을 빠져나와 집으로 돌아왔다.

그때부터 두근거리기 시작한 심장이 밤늦은 시간까지 진정이 되질 않았다.

'춘화?…… 설마.'

정신을 차린 나미가 다시 책장을 훑기 시작했다. 찾는

것은 졸업 앨범이었다. 오래된 것들은 책장 맨 밑에 쌓아 놨었다. 역시나, 제일 구석진 칸에서 낡은 앨범을 하나 찾을 수 있었다.

진덕 여자 고등학교.

먼지가 쌓인 표지를 천천히 손으로 쓸어보았다. 반갑고도 그리운 마음이 들어 괜히 가슴이 울렁거렸다. 한참 동안 표지만 만지작거리다가 조심스레 앨범을 넘겼다.

이런 얼굴들이었던가?

한 장, 한 장이 마치 처음 보는 것처럼 새로웠다.

그러다 앨범 사이에 여러 장의 그림이 끼워져 있는 것을 발견하곤 두 눈을 둥그렇게 떴다.

"어?"

오래되어 누렇게 빛바랜 종이에 아름다운 소녀의 초상화가 그려져 있었다. 그 외에도 한 뭉치나 되는 그림들이 줄줄이 쏟아져 나왔다. 25년 전, 나미가 그린 것들이었다.

그림 속 소녀는 아름다웠다. 가만히 쓸어내리는 손끝이 조심스러워 나미는 크게 숨도 쉬지 않았다. 이런 추억들을 죄다 이 안에 끼워 넣고는, 지금껏 어떻게 잊고 살았을까. 하나씩 떠오르기 시작한 오래된 기억들이 나미를 붙들고 놓아주지 않았다. 나미는 그림을 펼쳐놓고 깊은 상념에 빠져들었다.

세월의 먼지가 켜켜이 내려앉은 앨범을 닦아내듯, 그

림들 속에 묶어놓은 추억들을 하나씩 꺼내보기 위해서는 그만큼의 시간이 필요했다.

무릎을 모으고 쭈그려 앉은 나미가 골똘히 누군가를 떠올리고 있던 그때. 조용하던 서재에 다른 사람의 인기척이 느껴졌다. 예빈이었다. 도둑고양이처럼 몰래 살금살금 들어온 그녀는, 잔뜩 긴장한 얼굴로 거실 쪽을 살펴보았다. 그리고 구석에 앉아 있는 나미를 발견하지 못한 채 책장 앞에 섰다. 나미도 자기만의 생각에 빠져 예빈이 들어왔다는 사실을 미처 깨닫지 못하고 있었다.

예빈은 책꽂이 중간쯤에 꽂혀 있는 두꺼운 경제 관련 서적을 빼냈다. 남편이 보는 책, 정확히는 비상금을 숨겨두는 장소였다. 예빈은 재빨리 책장을 넘겨 중간에 끼워져 있는 지폐 뭉치를 찾았다. 그리고 그중 몇 장을 꺼냈다. 한두 번이 아닌 듯, 예빈의 행동에서는 익숙함마저 느껴졌다.

나미가 예빈을 발견한 건 바로 그 순간이었다. 처음엔 귀신인 줄 알고 순간적으로 얼어붙었는데, 나중엔 예빈이 무슨 짓을 하는 건지 깨닫고 굳어버렸다.

'쟤가 지금!'

당황한 나미는 돈을 훔치는 딸보다 더 긴장한 얼굴로 망설였다. 혼을 내긴 해야겠는데, 뭐라고 말을 꺼내야 할지 몰라서였다. 하필 그때 나미의 인기척을 느낀 예빈이 시선을 돌렸고, 어두침침한 서재 안에서 두 사람의 눈이 마주쳤다.

"꺄아아악!"

"아아아아악!"

겁먹은 예빈의 비명에 놀란 나미가 더 크게 소리를 질렀다. 그렇게 잠시 동안 마주 보고 소리를 지르던 두 모녀는, 이내 약속이라도 한 듯 뚝 멈추었다.

나미가 한숨을 내쉬며 가슴을 쓸어내렸다. 얼마나 놀랐는지 눈물이 다 나려고 했다.

그래도 딸이 돈을 훔치는 장면을 목격했는데 이대로 넘어갈 수는 없었다. 나미는 아직도 충격이 가시지 않아, 울먹이는 목소리로 물었다.

"돈 줘?"

"왜 거기 있어?!"

무안한지 괜스레 쏘아붙이는 예빈의 목소리에도 울먹임이 섞여 있었다. 소리만 듣고 있자면 둘이서 울먹이는 건지 아니면 화를 내는 건지 가려내기 힘든 목소리들이었다.

"아침에 아빠가 줬잖아!"

"아, 왜 거기 있냐고!?"

"필요하면 달라 그러지, 왜 몰래 꺼내 가?"

"몰래 꺼내 가긴 누가 몰래 꺼내 가? 자는 줄 알았지!"

예빈이 버럭 짜증을 내며 서재에서 나가 버렸다. 무슨 일인가 물어보려고 나미도 앨범을 놓고 급히 아이를 따라나섰다.

앨범 위에 올려놓았던 오래된 그림들도 그 바람에 바닥으로 떨어졌다. 그중 한 장에는, 또렷한 이목구비에 시원한 눈매를 지닌 소녀가 봄꽃처럼 화사하게 웃고 있었다.

또 저 드라마다.

나미는 어제와 똑같은 얼굴로 병실에 앉아 TV를 보고 있었다. 엄마는 점심을 먹으면서도 연신 고개를 TV 쪽으로 돌리기 바빴다. 어젠 그렇게 화를 내더니, 그래도 뒷 내용은 궁금했던 모양이다.

나미는 집에서 가져온 반찬을 조금 더 앞으로 밀어주었다. 병원 밥이 맛없다고 해서 일부러 좋아하는 꼬막을 무치고 젓갈까지 구해 왔는데, 엄마는 계속 드라마에만 빠져 있었다.

우습기도 하고 신기하기도 해서, 나미는 슬쩍 고개를 돌려 다시 TV 화면을 바라보았다. 젊은 남녀가 어제와 비슷한 장면을 연출하고 있었다. 애타는 얼굴로 눈물을 머금고 서로를 바라본다.

그러고 보니 남매라고 했지?

"그 나이가 다 폭풍의 계절이고 청춘의 덫인 거여. 엄마는 뿔이 났어도 사랑이 뭐길래? 아들과 딸을 둔 죄로 완전한 사랑을 요구받는 게 애민 게지."

완전히 드라마에 몰입한 엄마의 입에서 나온 소리였다. 무슨 말인지 도통 알 수는 없지만 그 한마디에 드라마 제목 서너 개 정도는 섞여 있는 것 같았다. 도대체 저 많은 드라마 제목은 어디서 튀어 나온 걸까. 나미는 한마디 하지 않을 수가 없었다.

"엄마…… 연속극을 너무 보셨어."

"너 클 때는~ 응? 다 알아서 순하게……, 그리 컸는 줄 알지?"

한마디 했더니 이젠 갑자기 과거 타령이시다. 아무래도 딸들의 과거는 엄마들이 말 막힐 때마다 꺼내 드는 비장의 무기인 모양이었다.

"에이, 난 저 정도는 아니었지……."

웃으며 발뺌하자, 엄마가 기가 막힌다는 얼굴로 나미를 빤히 바라보았다. 그리고 큰 소리로 선언했다.

"그려, 그 정도가 아니었지. 대~박이었지, 넌."

할 말이 없었다. 나미는 겸연쩍은 얼굴로 고개를 돌리고 드라마를 보는 척했다. 그러다 문득 심상찮은 분위기가 느껴져 옆쪽을 흘깃 보니, 어제 드라마 속 두 남녀가 남매라는 사실을 예측했던 옆 침대 아주머니가 더없이 날카로운 눈매로 그 장면을 관전 중이었다.
그러다 또 한 번 입을 열고 중얼거렸다.
"불치병은 아니겠지?"
모두의 시선이 동시에 TV로 향했다. 이번에는 나미도 드라마에 집중했다.
슬프게 울먹이던 여자 주인공이 꺼져가는 목소리로 말했다.
[나, 사실…… 얼마 못 살아.]
"에라이!"
"TV 꺼! 저거 꺼버려!"
"내 이럴 줄 알았다니까. 이제 안 봐, 안 볼 거야!"
옆 침대를 필두로 아주머니들이 갑자기 분개해서 일어나 소리 질렀다. 엄마도 이불을 뒤집어쓰더니 밥을 안 먹겠다며 상을 물렸다. 슬리퍼를 집어 던지는 사람도 있었다. 나미는 아직까지 멍한 얼굴로 TV를 보고 있었다.
뒷내용마저 읽어내는 아줌마들의 드라마 시청 경력도 대단하지만, 저 비현실적인 내용으로도 아줌마들의 희로애락을 좌지우지하는 드라마가 더 대단한 것 같았다.
불치병으로 마무리라니. 과연, 막장 드라마의 힘이란.

"저, 가요?"

드라마 때문에 기분이 상했는지 엄마가 부루퉁한 얼굴로 고개를 끄덕였다. 나미는 다시 터지려는 웃음을 꾹 참고, 병실 아주머니들에게 인사한 뒤에 복도로 나왔다.

오늘은 가보려고 마음먹은 곳이 있었다.

어제 봤던 그 병실이다. 나미는 천천히 걸어서 복도 저편에 있는 특실 문 앞에 섰다.

하춘화.

역시 같은 이름이다.

세상에 똑같은 이름은 가진 사람은 많다. 아마 이 이름을 가진 사람도 수십, 수백 명은 될 것이다. 현실은 드라마가 아니니까, 아마 그럴 리는 없을 것이다.

하지만 나미는 확인하고 싶었다. 25년을 잊고 살아왔지만…… 소중했던 추억이다. 이제라도 기억했으니 용기를 내어 한 걸음 내딛어 볼 생각이었다.

이 보는 선 이를 선 아침, 발코니에 앉아 창밖의 여고생들을 넋 놓고 바라봤던 그때부터 예정된 일이었던 것 같았다.

"계세요?"

병실엔 아무도 없었다. 나미는 잠시 고민하다가 조심스레 걸음을 뗐다.

넓은 1인용 특실이었다. 침대는 텅 비어 있고, 주위를 둘러봐도 사람이 있는 것 같진 않았다.

"안…… 계시나……요?"

이 방의 주인은 병원에서 무척 오랜 시간을 보낸 것 같았다. 개인 물품이 싱딩히 많았디. 나미는 조금 더 안쪽으로 들어가서 테이블 위에 있는 작은 액자를 들여다보았다. 사랑스러운 강아지 사진이다.

나미가 한참 동안 그 손때 묻은 사진을 바라보고 있을 때, 병실 입구에서 누군가의 허스키한 노랫소리가 들렸다.

"그저…… 바라만 보고 있지……. 그저……."

깜짝 놀란 나미가 액자를 떨어뜨리곤 후다닥 뒤를 돌았다.

병실의 주인인 듯 보이는 환자복 차림의 중년 여인. 입구에 기대 서 있는 마른 몸은 병색이 완연했지만, 뚜렷한 이목구비와 날카로운 눈매가 인상적인 미인이었다. 나미는 눈을 가늘게 뜨고 그녀를 바라보았다. 맞는 듯도 하고, 아닌 듯도 하다. 여자는 그런 나미를 바라보며 특유의 시니컬한 미소를 짓고 있었다. 하지만 그 얼굴은 시간이 지남에 따라 조금씩, 천천히 부드러운 미소로 바뀌어 갔다.

"그저…… 눈치만 보고 있지……."

여자가 부르는 노래는 가수 나미의 〈빙글빙글〉이었다. 나미는 확신했다. 시원시원한 눈매에 반짝이는 눈동자가 오래 전의 소녀와 겹쳐지며 점점 낯익은 얼굴로 변했다.
"임나미."
거 봐. 나미는 그제야 밝아진 얼굴로 활짝 웃었다. 정말 춘화였다. 하춘화. 너 맞지? 나미는 눈빛으로 그렇게 물었다. 찬란했던 여고 시절을 함께한, 나미의 우상이었던 춘화.
순간 눈물이 날 것 같았다.
"춘화야."
두 사람은 마주 보며 깊게 미소 지었다. 굳이 말로 꺼내지 않아도, 얼마나 반가운지 서로가 잘 알고 있기 때문이었다.

"뭐래? 병원에선……?"
나미가 조심스럽게 입을 열었다. 두 사람은 햇살 가득한 장가에 앉아 있었다. 춘화는 별것도 아닌 걸 뭐 그렇게 어렵게 물어보냐며 시원하게 웃었다.
"두 달 남았다나?"
춘화의 병명은 폐암이었다. 나미의 얼굴이 대번에 어두워졌다. 설마 현실에서 그런 일이 있겠나 싶었는데, 아까 봤던 드라마가 현실화되는 느낌이었다. 하지만 춘화는 시종일관 여유로웠다.
"자~, 이제부터 두 달 동안 뭐 하고 노냐?"

저쯤 되면 오히려 신난다는 말투다. 두 달간의 설레는 여행을 앞두고 뭘 해야 할지 계획하느라 바쁜 소녀처럼.

한쪽으로 기울어진 얼굴, 빛이 나는 단발, 눈동자에 머물러 있는 시니컬한 장난기가 하나도 변하지 않은 것 같아 더욱 가슴이 아팠다.

"많이…… 아파?"

그녀는, 울상을 짓고 있는 나미의 얼굴을 바라보았다. 춘화의 눈에는 나미도 전혀 변하지 않은 것 같았다. 동그랗고 앳된 얼굴. 강아지처럼 순한 눈매가 그랬다.

"그냥…… 바늘 한…… 천 개가 동시에 막! 찌르는 느낌?"

나미는 더 심하게 겁먹은 얼굴이 되었다. 춘화는 나미의 그 얼굴이 25년 전과 전혀 다르지 않아, 그저 신기할 따름이었다. 그래서 '풉' 하고 웃고는, 저도 모르게 손을 올려 나미의 머리를 쓰다듬었다. 귀엽다는 듯, 어린 동생을 달래는 것처럼 다정하게 말했다.

"임나미. 넌 나이 값 못하고 누가 아직도 이렇게 예쁘래? 교복 입어도 되겠다."

나미는 부끄러웠다. 환자 앞에선 이런 자신의 태도가 전혀 도움이 되지 않는다는 사실을 깨달아서였다.

춘화의 눈동자는 평화로웠다. 그래서 그냥 웃기로 했다. 보자마자 서로를 알아봤던 조금 전처럼, 애써 환하게 웃었다.
"하춘화, 너도 암 환자치곤 예뻐."
"암 걸리면 뭐가 제일 힘든지 알아?"
"뭔데……?"
"화장이 안 먹어."

춘화는 그렇게 말하며 억지로 슬픈 표정을 만들어냈다. 나미는 그런 춘화를 보며 웃음을 터뜨리고 말았다. 정말이지 25년 전 그때로 돌아간 것만 같았다. 겁쟁이 임나미가 멋있는 하춘화를 만났던 그때로. 춘화도 분명 그렇게 생각하고 있을 것이다.

그때 나미의 휴대 전화 벨이 울리기 시작했다. 남편이었다. 화들짝 놀란 나미는 죄지은 사람처럼 움찔하며 전화를 받았다.

"네. 응…… 내일? 얼마나 가는데? ……두 달이나 걸려?"

춘화가 이쪽을 쳐다보고 있었다. 나미는 기어드는 목소리로 대답했다.

"알았어요. 지금 들어갈게."

나미가 전화를 끊고 곤란한 얼굴로 춘화를 바라보았다. 춘화는 나미를 보며 다 이해한다는 듯 고개를 끄덕였다.

좀 더 함께 있고 싶었는데.

아름다웠던 추억을 맘껏 즐기려는 순간, 순식간에 불

편한 현실로 돌아와 버린 느낌이었다. 따뜻했던 방 안의 공기마저 가라앉은 것 같았다.

"갑자기 출장 간다네. 남편."

잔뜩 아쉽다는 목소리가 튀어 나왔다. 나미는 점점 수그러지는 고개를 억지로 올려 세웠다.

춘화는 잠깐 동안 그런 나미를 바라보다가 시원스레 말했다.

"가봐야지?"

"자주 올게."

춘화가 웃었다. 나미는 미안한 마음에 급하게 가방을 챙겼다. 그리고 병실에서 나가려고 돌아섰다가, 갑자기 생각나는 게 있어 다시 춘화를 바라보았다.

"내가 뭐 도와줄 거 없어?"

"얼른 가."

물론 없을 것이다. 두 달 남았다는 지금 이 상황에, 25년간 내내 연락 한번 못 했던 친구가 해줄 만한 것은.

나미는 더 무거워진 발을 천천히 옮겼다. 머뭇거리며 인사하려는 나미에게, 춘화가 갑자기 소파에서 일어나 다가왔다. 나미는 저보다 한참 큰 춘화를 멍하니 올려다 보았다.

"임나미."

"응?"

얼떨결에 놓고 갈 뻔했던 반찬 통 가방을 춘화가 내밀었다. 아, 하고 그걸 어색하게 받아 들며 돌아서려는데, 춘화가 다시 나미의 발걸음을 잡았다.

"도와줄 거 생각났는데."

얼굴은 조금 전과 다름없이 웃고 있는데, 눈빛이 아련하게 젖어 있다. 나미는 왠지 모르게 그 눈빛에 가슴이 덜컹하는 것을 느끼며 다짐하듯 답했다.

"응. 얘기해."

"너 보니까 보고 싶네."

"누구?"

춘화가 입을 벌렸다. 그리고 생각지도 않았던 그리운 이름을 흘려냈다.

"써니."

아련하게 울리는 그 이름에 병실 안의 공기가 한순가이나마 가늘게 떨리는 것만 같았다. 나미는 가슴속에서부터 올라온 따스한 뭔가에 목이 꽉 잠겨, 말없이 숨을 들이키며 침을 삼켰다.

"죽기 전에 꼭 한 번⋯⋯, 보고 싶어."

춘화의 눈가에 감도는 깊고도 촉촉한 맑은 빛을 마주하며, 나미의 눈빛도 사정없이 흔들리고 있었다.

두번째
25년 만의 아침

잠이 오지 않았다. 나미는 오늘 병원에서 있었던 일을 밤이 늦도록 생각하고 또 생각했다.

춘화. 그리고 춘화가 꺼낸 말······.

자다 말고 화장실에 다녀온 남편이 부스럭거리며 옆자리에 드러누웠다. 문득 폐암 말기라던 춘화의 말이 생각나, 나미는 가라앉은 목소리로 입을 열었다.

"당신 건강 검진 언제 받았지?"

피곤한지 대답이 늦다.

"저번에."

"큰아버지 암으로 돌아가셨다 그러지 않았나? ······큰

어머닌가?"

이번엔 아예 대답이 없었다. 벌써 잠이 든 건가.

"자?"

"왜…… 누가 보험 들래?"

남편이 한차례 뒤척거리더니 웅얼거리며 물었다. 이미 반쯤은 잠든 목소리였다.

"오늘 병원에서 친구 만났는데…… 폐암이래. 말기."

"당신도 친구 있었어?"

나미는 누운 채로 시무룩하게 눈썹을 구겼다. 결혼 초였으면 울컥 뒤집혀서 길고 긴 대화를 시작할 발언이었을 텐데, 이제는 끓는점이 높아져서 이만한 말엔 가슴속에 기포나 일까 말까 할 정도다. 그래도 기분 나쁜 건 나쁜 거지만.

"고등학교 친구. 나 칠공주였다고 얘기 안 했나?"

"예빈 엄마."

부루퉁한 나미의 답에 남편이 갑자기 정색을 하고 불렀다. 나미는 대답 없이 그저 눈만 깜박거렸다.

"임나미."

"……왜?"

어느새 남편의 왼손이 나미의 허리에 올라와 있었다. 아까의 피곤함은 어디 갔는지 생생해진 목소리다.

"갔다 와서 둘째 만들까?"

아무래도 외로워서 헛소리를 한다고 생각한 걸까. 왜 이 사람은 아내가 토라질 때마다 도리어 애 취급인지 모를 일이었다. 나미는 자못 쌀쌀맞게 대꾸했다.
"나 폐경 왔어."
잠시 말이 없더니, 남편이 조용히 잠드는 기색이 느껴졌다. 나미는 조용히 한숨을 쉬며 눈을 감았다.

다음 날, 해외로 출장 가는 남편을 배웅하기 위해 공항까지 나갔다. 봉 기사가 차에서 분주히 짐을 내렸다. 나미가 가만히 서서 그 모습을 지켜보는데, 남편이 다가와 말을 걸었다.
"바로 타고 가. 전화할게."
"혈압 약 거르지 말고. 무서운 데 가지 마."
그 말에 남편이 불쑥 나미에게 흰 봉투를 건넸다. 언뜻 보기에도 꽤나 두툼하다.
"예빈이는 따로 좀 줬으니까 당신 다 써."
언젠가부터 미안한 일이 있을 때마다 남편은 이렇게 돈을 준다. 나미는 그것이 못내 어색하고 불편했다.
"돈 있어."
"친구랑도 좀 놀아주고……. 얼마 안 남았다며."
"예빈이 시험도 얼마 안 남았어."
나미는 얼떨결에 봉투를 받아들었다. 마치 이 돈이 아

내 친구를 위해 건네는 장례식 조의금처럼 느껴져서 불길한 기분이었다. 하지만 멀리 출장 가면서 남편도 나름대로는 생각한답시고 챙겨주는 것일 테니 억지로 얼굴을 폈다.

"다녀올게."

미지근한 포옹이 이어졌다. 자상한 건지 무심한 건지 세월이 갈수록 모를 사람이다. 나미는 그저 고개를 끄덕이기만 했다. 다녀오시라 말하는 봉 기사의 인사를 마지막으로 남편이 비행기에 올랐다.

돌아오는 길은 숨 막히는 교통 체증으로 지루하기 짝이 없었다. 나미는 자동차 뒷좌석에 앉아 남편이 건네준 봉투를 꺼내 들었다.

수표가 수십 장이나 들어 있었다. 봉투 겉에 〈사랑하는 아내에게〉라고 멋들어지게 써놓은 남편의 글씨가 보였다. 하지만 그걸 보면서도 나미의 얼굴은 그다지 밝지 않았다.

모든 것은 세월을 따라 익숙해진다. 가족도 연인도 마찬가지다. 그중 가장 숨 막히는 것은 그 익숙함에 길들여진 자신이었다. 나미의 입에서 소리 없는 한숨이 새어 나왔다.

차는 여전히 움직이지 않았다. 지루함에 하품이 났다. 어젯밤 잠을 설쳐서 더 그런 듯했다.

"아…… 원래 이 시간에 안 막히는데, 이상하네. 원래 시내가 잘 뚫리는데……."

나미는 하품한 게 무안해서 뭔가 대꾸하려다가 입을 꾹 다물었다. 시내가 잘 뚫린다니 처음 듣는 소리다. 도로가 막히는 게 봉 기사의 잘못은 아니지만, 되도 않는 변명이란 생각에 웃음조차 나오지 않았다.

나미는 고개를 돌려 차창 밖을 바라보았다.

아…… 또다.

학교 담벼락을 따라 한 무리의 여고생들이 지나가고 있었다.

똑같은 교복을 입었음에도 작은 표정, 몸짓, 분위기 하나하나가 제각기 다른 빛을 낸다. 반짝반짝. 아이들은 서로 장난치느라 여념이 없는 모습이었다. 유치하고 실없는 장난에도 눈물이 나도록 웃어대는 특별한 시간.

나미는 또다시 그리움이 깃든 얼굴로 그 아이들을 바라보았다. 자연스레 자신의 학창 시절도 떠올랐다. 써니가 보고 싶다던 춘화의 얼굴도 함께.

-죽기 전에 꼭 한 번……, 보고 싶어.

꾹 다물려 있던 나미의 입이 조금 벌어졌다. 그리고 저도 모르는 사이, 봉 기사를 부르고 있었다.

"봉 기사님."

"네?"

어차피 남편은 두 달간 출장이다. 나미는 마음이 가는 대로 움직이기로 했다.

그래, 학교에 가는 거야.

그곳에 가면…… 써니를 찾을 수 있을 것 같았다.

이게 얼마 만일까.

나미는 교문 앞을 가득 메운 학생들 틈에 섞여 있었다. 마치 혼자만 다른 세상에 있는 것처럼 붕 뜬 기분이었다. 역사와 전통을 자랑하는 진덕 여고. 저 촌스러운 글귀는 바뀌지도 않았다.

오래된 돌담 길은 경사가 있어서, 아침마다 숨이 차도록 힘겹게 걸어야 했다. 깔깔거리며 웃고 떠드는 여학생들이 교복을 휘날리며 교문 안으로 걸어 들어갔다. 나미는 홀로 그 사이에 서서 두리번거렸다.

어느 하나 추억에 젖지 않은 곳이 없었다.

천천히 걸음을 떼었다. 지각할까 싶어 빨리 움직이는 학생들 사이에서, 혼자 느긋한 나미는 25년 만에 여고생들의 아침을 맛보고 있었다.

"앗! 죄송합니다……."

지각이 임박한 듯 급하게 달리던 여학생이 나미와 어

깨를 부딪쳤다. 재빨리 사과하고 달려가는 소녀를 보며, 나미는 슬쩍 웃음 지었다.

눈앞의 교문을 보고 나미는 걸음을 멈췄다. 그토록 오랜 시간이 흘렀는데도, 여전히 모든 것이 선명하다. 그동안 잊고 있었다는 사실이 신기할 정도로 또렷이 떠올랐다.

전학생 임나미.

전라도 벌교에서 온, 촌스러운 임나미.

25년 전, 나미의 특별했던 18살.

그날 아침의 공기도 오늘과 별반 다르지 않았다.

처음 전학 오던 날, 나미는 잔뜩 겁을 집어먹은 상태였다. 반듯하게 자른 앞머리가 어쩌면 그리도 신경이 쓰이던지. 무조건 단정한 게 최고라던 아버지 말씀에 따른 결과였지만, 그건 좀 아닌 것 같았다. 옷은 제대로 입은 건지, 서울깍쟁이들에게 밉보이거나 따돌림을 당하게 되는 건 아닌지, 걱정이 태산이었다. 이럴 줄 알았으면 좀 더 떼를 써서라도 고향에 남는 건데 그랬다.

가방 줄을 잡고 있는 손에서 땀이 다 날 지경이었다. 등교하는 모습조차 서울 애들은 왠지 자신감이 넘치고 세련되어 보였다. 더구나 다들 TV에서나 들을 수 있는 그 또박또박하면서도 간지러운 말씨를 쓴다. 나미는 학교 돌담 길 중간에 어정쩡하게 서서, 둥그런 눈을 애처롭게 굴리며 눈치를 보았다.

벌교 학교와는 차원이 다른 인원이었다. 고작 교문 앞일 뿐인데 전교생을 다 모아놓은 것 같았다. 절로 고개가 움츠러들었다.

탁!

지각이 코앞이라, 허둥지둥 달려가던 아이가 나미와 세게 부딪쳤다. 부딪친 어깨가 아팠지만 나미는 상냥하게 괜찮다고 말해주려 했다. 서울말이 잘 나와 주기만을 바라며 고개를 든 순간.

"아, 뭐야!"

나미와 부딪친 아이는 벌컥 짜증을 내더니 휙 뛰어가 버렸다. 나미는 멀뚱하게 혼자 남겨져, 달려가는 아이들을 바라보았다. 아무도 나미를 신경 쓰지 않았다. 그저 어서 꺼지라는 듯 무심하게 스쳐 지나갈 뿐이었다.

'나, 왜 전학 온 거지?'

울고 싶어졌다.

진덕 여고 2학년 3반. 교실은 소란스러웠다.

연예인 브로마이드에 알록달록한 볼펜으로 팬레터를 쓰는 아이, 그걸 빼앗아서 이리저리 날뛰며 창피를 주려는 아이, 대충 문지른 칠판지우개를 교실 안에서 아무렇게나 털어대는 주번, 커다란 LP판을 소중한 듯 닦아내는 방송반.

　그뿐이 아니었다. 여기저기 돌아다니는 간식거리와 왁자지껄한 소녀들의 수다가 온통 교실을 뒤흔들었다.

　"야! 수미 씨 온다, 수미 씨!"

　누군가 소리쳤다. 수미는 담임의 이름이었다. 순간, 자유분방하게 떠들던 아이들이 일사분란하게 움직여 제자리로 돌아갔다. 여기저기 돌아다니던 간식, 만화책, 잡지, 화장품 등이 마술처럼 순식간에 모습을 감췄다.

　담임은 만삭의 임산부였다. 나미는 그 뒤에서 품에 가방을 끌어안고 잔뜩 긴장한 얼굴로 들어섰다. 아이들의 시선이 나미에게 집중됐다.

　담임이 출석부를 들어, 빈자리를 가리켰다.

　"저거 누구 자리야?"

　3분단 맨 뒷자리가 비어 있었다. 그 대각선 앞에 앉아 있던 덩치 큰 아이가 고개를 푹 수그리고 웅얼거리며 대답했다.

　"하춘화 화장실 갔는데요."

　담임이 불룩 튀어나온 배 위에 손을 얹고, 대답한 아이에게 말했다.

　"장미야. 자면서 대답하지 마라, 얘. 우리 애 놀란다."

　재미있는 선생님이었다. 크게 웃음을 터뜨리는 다른 아이들처럼 나미도 함께 웃고 싶었지만, 워낙 긴장한 터라 얼굴 근육이 잘 움직여지지 않았다.

"자는 거 아닌데요."

"그럼, 인사 중인 거니?"

모두가 웃었지만 장미라는 아이는 여전히 엎드려 고개를 푹 수그린 채 뭔가를 하고 있었다.

담임은 혀를 차며 그제야 아이들에게 나미를 소개해주었다.

"저기, 이번에 전학 온 임…… 나미. 임나미 학생이다. 전라도 벌교에서 왔고 서울은 처음이니까 다들 잘해주고. 응? 장미야!"

"네~."

장미의 무성의한 대답에 아이들이 또다시 웃음을 터뜨렸다.

"자기소개해."

"네? 네!"

나미는 정말로 떨렸다. 수십 쌍의 눈동자가 모두 나미를 바라보고 있었다. 나미는 들고 있던 가방을 더욱 꼭 끌어안은 채, 간신히 입을 열었다.

"새 벌교 고등학교에서 전학을 와분……아…… 온, 임나미라고 합니다. 잘 부탁드립니다."

연습까지 하고 온 건데, 긴장을 해버렸더니 누가 들어도 어색한 말투가 됐다. 중간엔 사투리까지 뒤섞이고 말

앉다. 그걸 놓칠 아이들이 아니었다. 몇 명이 나미를 보며 키득거리고 웃었다.

'아따, 진짜 사투리 안 써불라고 했는디!'

그렇게 머릿속으로 절규하는 생각 자체가 이미 사투리라는 것을 깨닫고, 나미는 절망했다. 온몸의 피가 얼굴로 몰리는 것 같았다. 굳이 거울을 안 봐도 제 얼굴이 심하게 빨개졌을 거란 게 틀림없기에 더욱 창피해졌다.

풀죽은 나미는 담임이 가르쳐준 자리에 도망치듯 가서 앉았다. 장미란 아이의 옆자리였다.

"어디 보자. 이번 달 표어 주제는 반공 공첩이니까 하나씩들 써서 제출하고. ……그리고 여고에서 왜 이렇게 담배꽁초가 나오니? 담배 피우면 예쁜 애기 못 낳는다. 이상."

조회는 오래 걸리지 않았다. 임산부라 뭐든지 대충인 듯 담임은 금세 교무실로 돌아가 버렸다. 나미는 고개를 푹 숙인 채 잔뜩 긴장한 모습으로 눈만 굴려서 주위를 둘러보았다.

담임이 앞문을 나서자마자 교실은 시끌벅적한 여학생들로 인해 곧장 아비규환처럼 변했다. 여고생들의 사후 세계가 따로 있다면 꼭 이런 곳이지 싶을 정도였다. 벌교 시장통도 이 정도는 아니었는데. 과연, 이 정도라면 눈 뜨고 있어도 코 베어간다는 서울 얘기가 하나도 틀린 말이 아닐 것이었다.

　나미는 마음을 굳게 다잡고 그제야 조금씩 가방을 정리하기 시작했다.

　다른 건 몰라도 서울 애들은 정말 세련되어 보였다. 옷도, 머리도, 학용품도 TV에서 보던 것들이다. 슬쩍 분단 사이를 훑어보니, 가방이나 신발이나 전부 나이키 아니면 프로스펙스다. 나미는 자신의 스팩스 운동화가 부끄러워, 의자 밑에서 발목을 배배 꼬았다.

　그때 4분단 끝에서 두 명의 아이들이 나미에게 다가왔다. 둥글게 말린 앞머리에 키가 큰, 한눈에 봐도 불량한 여학생이었다. 한 명은 앞자리에 거꾸로 앉아 나미에게 얼굴을 들이밀고, 나머지 한 아이는 뒷자리 책상에 걸터앉아 나미를 에워쌌다.

　심장이 쿵쾅거렸다. 드디어 서울 애들의 텃세가 본격적으로 시작되는 것일까. 나미아 눈이 마주치자 앞에 앉은 아이가 씨익, 나미를 비웃었다.

　"전학 와부느라고 수고했당게. 어디. 벌교? 꼬막 나는 동네네. 도시락 봐봐. 꼬막 싸 왔냐?"

　딱 봐도 시비가 분명한 말투였다. 이상한 사투리까지 섞어가며 시골에서 올라 온 나미를 놀렸다.

　"……도시락 안 싸 왔어."

　"너 우리 학굔 도시락 안 싸 오면 정학인 거 몰라?"

그럴 리가 없다는 건 잘 알고 있었다. 하지만 나미는 반박조차 하지 못한 채 일그러진 얼굴로 고개를 수그렸다.

"야. 쓸데없는 소리 하지 말고 너 저 앞에 있는 애랑 자리 좀 바꿔. 멘스 터져서 같이 못 있겠다."

"어?"

앞에 앉은 애가 가리킨 4분단 앞자리를 바라보자, 나미와 마찬가지로 고개를 푹 수그리고 있는 아이가 눈에 띄었다. 딱 봐도 잔뜩 겁먹은 모습으로 두 사람의 눈치를 보고 있었다.

"선생님이 여기 앉으라고 했는데……."

"어쭈."

첫날부터 담임 말을 무시할 수도 없고, 곤란한 일이었다.

"야. 다 너 잘해줄라고 그러는 거야. 보호도 해주고. 뭘 알지도 못하면서."

보호? 무엇으로부터 보호를 해준다는 건지, 이해할 수가 없었다. 나미는 큰 눈을 껌벅거렸다.

그때, 아까부터 계속 엎드린 채 일어나지 않고 있던 옆자리의 장미란 아이가 위협적인 목소리로 언성을 높였다.

"야. 너네 안 가?"

"김장미, 많이 컸네."

"나 원래 우량하거든?"

나미에게 자리를 바꾸라고 말했던 아이가 장미를 날카

롭게 노려보았다. 싸움 날 분위기였다. 나미는 자신 때문에 이런 일이 일어났다는 생각에 안절부절못하고 있었다.

"아~ 너네 왜 그러냐?"

이런 일이 잦은 듯, 뒷자리 책상 위에 앉아 있던 다른 쪽 불량소녀가 두 사람을 말렸다. 그러더니 나미에게 아까보다 더 무서운 얼굴로 속삭였다.

"가? 안 가? 생각 잘해라. 순간의 선택이 십 년을……."

퍼억!

"아악!"

엄청난 소리였다. 근처에 있던 아이들이 모두 놀라 그쪽을 바라보았다. 나미도 깜짝 놀라 고개를 뒤로 돌렸다. 묵직한 나이키 가방이, 나미를 겁주던 아이의 머리를 강타하고 바닥으로 쿵 떨어졌다.

굉장히 아파 보였다.

"내 책상에서 그 변소 안 치워?"

누군가 뒷문에 기대 서 있었다. 나미는 놀란 눈을 둥그렇게 뜨고 그 아이를 바라보았다. 가방에 머리를 맞은 아이도 버럭 화를 내려다, 그 모습을 확인하곤 "미안~." 하고 사과를 했다. 겁먹은 개가 꼬리를 말고 도망치는 것 같았다. 시비 걸던 두 사람이 자리로 돌아갔는데도 나미는 뒷문에 고정된 시선을 돌릴 줄을 몰랐다.

하얀 목덜미 위로 생동감 있게 찰랑이는 검은 단발머리. 아까 그 아이보다도 더 늘씬한 키에 또렷한 눈썹, 시원하게 찢어진 눈매가 인상적이었다.

나미의 뒷자리 주인인 모양이었다. 이제 보니 뻘쳐 있던 책이나 책상 고리에 걸린 가방은 모두 장미의 것이었다. 정작 그 자리의 주인은 조회가 끝난 뒤에야 여유롭게 등교한 것이다.

눈이 마주쳤다. 잠깐이지만 넋 놓고 그쪽을 바라보고 있던 나미는, 화들짝 놀라 고개를 푹 수그렸다.

"누구야?"

그 아이가 물었다. 대답할 새도 없이, 엎드려 있던 장미가 나미 대신 입을 열었다.

"전학생."
"어디서 왔어?"
"벌교. 꼬막의 고장. 도시락은 안 싸왔대."
"이름 뭐야?"
"나미래. 나미. 임나미."
"나미? 빙글빙글 나미?"
"응."

말할 타이밍을 놓쳐 어쩔 줄 모르는 나미 앞에, 길고 흰 손가락이 불쑥 내밀어졌다.

"나 춘화야. 하춘화. 반갑다. 임나미."

아까 그 불량소녀들의 반응도 그렇고, 등교 시간이나 행동을 보면 분명 불량의 극을 달릴 것만 같은 소녀인데, 워낙 예쁘고 당당해서 그런 걸까. 희한하게도 무서운 마음은 전혀 들지 않았다.

좋아, 나도 당당하게 제대로 인사해야지!

나미는 급한 마음에 자리에서 벌떡 일어나 두 손으로 춘화의 악수를 받았다.

"그래, 반갑다잉!"

하지만 긴장한 탓에, 지퍼가 열린 가방을 안고 있었단 사실을 잊어버리고 말았다. 자리에서 일어나자마자 가방 안의 물건들이 요란한 소리를 내며 떨어졌다. 교과서와 연습장에 이어 떨어진 필통 뚜껑이 열려서 연필, 지우개, 볼펜들이 우르르 쏟아져 바닥에 굴렀다.

나미는 너무나 당황해서 춘화의 손을 놓고 급히 바닥에 쪼그려 앉았다. 여기저기 낙서해놓은 연습장부터 서둘러서 줍는데, 엎드려 있던 장미가 나미에게 얼굴을 돌렸다.

담임 선생님이 아무리 노려봐도 절대 들지 않았던 얼굴이었다. 나미는 저도 모르게 장미와 눈을 맞췄다.

"나 이상해?"

깜박. 깜박깜박. 테이프로 붙인 두꺼운 쌍꺼풀이 푸짐한 눈두덩 위에 자리하고 있었다. 그 위로 한껏 과장되게 말려 올라간 가짜 속눈썹을 보고 나미는 하마터면 소리를 지를 뻔했다.

간신히 입을 꾹 다물고 있는 것만이 나미의 최선이었다.

"이상하구나……."

실망한 장미가 다시 고개를 숙였다. 나미는 장미의 눈치를 보며 다시 몸을 숙이고 떨어진 물건을 줍기 시작했다. 그런 나미의 모습이 우스웠던지, 춘화는 배꼽이 빠져라 웃음을 터뜨렸다.

"아, 하하! 아하하하핫!"

책상 밑으로, 다른 애들의 발밑으로, 볼펜은 여기저기 멀리도 굴러가 있었다. 나미는 최대한 빨리 그것들을 주워 담았다. 오늘 정말 일진이 사납다. 전학 온 첫날이 이렇게 엉망일 줄 누가 알았을까.

"하하하! 아이고, 하하!"

춘화는 계속 웃어댔다. 나미는 얼굴도 들지 못한 채, 3분단 앞까지 기어가 마지막 남은 연필을 집어 들었다. 그러다 숙이고 있던 고개를 든 그때.

'우와……!'

나미는 입을 헤 벌리고 말았다.

엄청나게 예쁜 애가 있었다. 좀 전에도 춘화가 엄청 예뻐서 넋을 놓고 빤히 본 건데, 이 아이는 아주 엄청엄청 엄청나게 예뻤다. 지금까지 봤던 그 어떤 애들보다도 예뺐다. 갸름한 목선에 창백하리만치 하얀 얼굴, 그린 듯한 눈썹, 조각한 듯 오똑한 코. 결 좋은 긴 생머리는 검은 비단결처럼 허리까지 늘어뜨린 채였다. 나미가 제일 좋아하는 책받침 모델, 피비 케이츠를 어딘가 닮은 애였다. 그 엄청나게 예쁜 아이는 창백하고 가느다란 손가락으로 책장을 넘기고 있었다.

눈이 마주쳤다. 자신을 흘깃 바라보는 예쁜 갈색 눈동자에, 나미는 숨 쉬는 것도 잊고 그 애를 바라보았다. 저도 모르게 어색한 미소가 입가에 걸렸다.

하지만 그 애는 표정 하나 변하지 않고선 아주 차가운 목소리로 말했다.

"뭘 꼴아?"

그 꽃잎 같은 입술과는 지나치게 어울리지 않는 대사에, 나미는 그만 딸꾹질을 할 뻔했다. 방긋 웃던 얼굴은 그와 동시에 철회. 그대로 종종 걸어 제자리로 돌아왔다. 서울 애들은 다 이렇게 무서운가? 강아지처럼 쪼르르 달려오는 나미를 보며 춘화는 여전히 웃고 있었다.

낯선 서울 생활. 첫날부터 순탄치 않았다.

어떻게 시간이 흘렀는지도 몰랐다. 정신을 차려보니 이미 점심시간이었다.

[오늘도 어김없이 곱창을 채우기 위해 몸부림치는 천

이백 진덕 여인들의 활명수, DJ 홍 인사드리면서~ 날려 드리는 오늘의 첫 곡! 신디 로퍼 언니의 〈Girl~~s just want to have fun〉!]

스피커에선 방송반의 활기찬 멘트가 이어지고, 신나는 팝 음악이 교정을 메웠다.

그 시각 나미는 난처한 얼굴로 매점 입구에 서 있었다. 방송에서 말한 대로, 천 이백 진덕 여인들이 모두 몰려온 듯 매점은 아수라장이었다. 이리저리 치이는 통에 매점 가까이 다가갈 수조차 없었다.

'빵은 사 먹을 수 있을까?'

절로 한숨이 나오는데 누가 나미의 어깨 위에 척, 팔을 올렸다. 춘화였다. 그 옆엔 장미도 있었다.

"가수끼리 점심이나 할까?"

대답도 하기 전에 춘화의 힘에 이끌려 어정쩡하게 걸었다. 이 인파를 어떻게 뚫고 가지? 나미는 당황해서 앞을 바라보았다. 그런데 정말 깜짝 놀랄 일이 일어났다.

매점을 가득 채우고 있던 아이들이 양옆으로 갈라지며 춘화에게 길을 비켜주고 있었다.

나미는 헤, 입을 벌린 채 춘화를 올려다보았다. 춘화는 그런 나미가 귀엽다는 듯 씩 웃었다. 오늘 하루는 정말 깜짝 놀랄 일만 일어난다. 나미는 무서워서 가슴이 두근 거리는 건지, 아니면 설렘 때문에 두근거리는 건지 헷갈리기 시작했다.

 매점을 가로질러 걸어가는 세 사람 앞에 키가 작고, 얼굴이 둥근 여자애가 다가왔다. 그리고 우아하게 손을 들어 올리더니 대뜸 장미의 엉덩이를 때렸다. 철썩 소리가 났다.

 "밥이 넘어가냐? 이 우량한 년아."

 처진 눈에 작은 입은 얌전해 보였는데 다짜고짜 욕이다.

 "빵 먹을라고 왔는데~?"

 장미는 화난 기색도 없이 시큰둥한 반응이었다. 나미는 두 사람이 신기해 둥근 눈을 데굴데굴 굴리며 바라보기 바빴다.

 "누구래?"

 "어, 전학 온 나미. 임나미. 이쪽은 황진희."

 이번에도 장미가 대신 대답해준다.

 "국문과 교수 집 딸내민데 입만 열면 욕지거리여."

 "어머. 미친년 똥 싸네, 내 언어생활이 뭐가 어때서. 어디서 왔니?"

 "전라도 벌교."

 '어머'는 우아한데, '미친년'은 뭔가. 나미는 웃다가 멈춘 이상한 얼굴로 그들 사이에 끼어 있었다. 네 사람은 긴 테이블 하나를 통째로 차지하고 앉았다. 진희는 나미가 전라도에서 왔다는 소릴 듣고는 갑자기 지대한 관심을 보였다.

"거기 사람들 진짜 욕 잘하니?"

"아닌데……."

"잘하면? 왜? 유학 가시게?"

"응. 갈 거야~."

"잘 가라~."

"응~."

장미가 진희에게 시비를 걸려다가, 매점 앞에 몰려 있는 여학생들 사이에서 누군가를 발견하더니 자리에서 벌떡 일어나 우렁찬 목소리로 소리쳤다.

"어이! 서금옥이! 사라다 빵 네 개 추가!"

그러자 인파 속에서 한 여학생이 전사처럼 손을 번쩍 들어 장미의 주문에 답했다. 자세히 보니 치아 교정기에 안경을 쓴 영락없는 모범생이었다. 씩씩하기는 전사 같아도 마른 몸에 덩치까지 작아 이리저리 밀리는 꼴이, 밟히지나 않으면 다행일 것 같았다.

나미는 걱정스러운 듯 그 서금옥이라는 모범생 아이를 바라보았다. 그러자 춘화가 웃음기 섞인 목소리로 말해 주었다.

"서 치과 집 무남독녀. 금이야 옥이야 하는 서금옥이. 다구발만 안 세우면 딱 문학소녀인데…… 말이지……."

"다구발이 뭐대?"

나미가 무심결에 사투리로 묻고 아차 했다. 춘화는 그래도 신경 쓰지 않는지, 다시 금옥을 가리켰다. 나미는 말 잘 듣는 강아지처럼 춘화의 손가락을 따라 고개를 돌렸다.

이리 치이고 저리 치이던 금옥이 갑자기 열 받았는지 몸을 부르르 떨더니, 매점 분식 코너 앞에 있던 오뎅 국자를 집어 들었다. 그리고 아이들을 향해 휘두르기 시작했다. 이를 드러내며 벌컥 화를 내는 금옥을 피해 아이들이 뿔뿔이 흩어지고 있었다. 국자에서 뜨거운 국물이 튀어 여기저기 비명 소리가 들렸다. 아이들이 휑하니 흩어지자 금옥이 만족스러운 얼굴로 우하하 웃음을 터뜨렸다.

나미는 얼빠진 얼굴로 그 장면을 보았다.

"참고 살면 병난다잖니. 저년도 그런 게지."

진희가 금옥을 대신해 슬쩍 변명해주었다. 아무리 그래도 저건 정도가 지나친 것 같지만, 나미는 그냥 입을 다물었다.

그때 한쪽에서 누군가 사뿐사뿐 걸어오며 간드러지는 목소리로 춘화를 불렀다.

"하춘화 씨~~!"

앉아 있던 네 명의 얼굴이 일제히 돌아갔다. 춘화가 제일 먼저 풉, 웃음을 터뜨렸다.

"푸들이 두발로 걷고 있구만."

TV에 나오는 여자들처럼 굵은 웨이브를 넣어 부풀린 헤어스타일에, 종아리까지 내려오는 땡땡이 원피스를 입은 소녀가 테이블 위를 걷고 있었다. 한 손을 허리에 얹고 나머지 한 손은 흡사 미스코리아가 행진하는 것처럼 살랑살랑 흔들어대면서.

"저 미스코리아도 아닌 미친년은 복희야."

진희가 이름을 알려주었다.

테이블 위를 사뿐사뿐 걷던 복희가 지나가는 한 학생을 발로 툭 쳤다. 그러자 그 학생이 익숙한 자세로 복희의 손을 잡아주었다. 복희는 그 손을 잡고 우아하게 내려와 일동을 향해 다가왔다.

춘화와 진희는 어이없다는 얼굴로 복희를 피했다. 장미도 한심하다는 듯 혀를 찼다. 하지만 복희가 먼저 다가오더니 장미를 붙잡았다. 주머니에 들어 있던 종이 뭉치를 좌르륵 펼치고 자랑스레 물으면서.

"쌍꺼풀 필요 없으십니까아~?"

장미가 "아니!" 하고 소리치며 두 손으로 쌍꺼풀 테이프를 낚아챘다. 복희는 의기양양한 얼굴이었다. 춘화가 한숨을 내쉬며 말했다.

"명동 미용실 파마 약은 네가 다 쓰는구먼. 왜? 왕관도 쓰고 오지?"

"가지고 왔습니다아."

비꼬는 게 분명한데, 복희는 당연하다는 듯 우아하게 가짜 왕관을 꺼내 썼다. 그리고 그 자리에 서서 한 바퀴를 빙그르르 돌았다. 풍성한 원피스 치마가 붕 떴다가 가라앉았다.

나미는 여전히 얼빠진 얼굴로 그 모습을 보고 있었다.

"어? 전학 왔니? 반갑습니다~, 얘. 나 미스코리아 나가야 되거든."

"니미! 학교나 잘 나와, 이년아."

진희의 비아냥거림에, 복희가 한 손바닥을 얼굴 옆으로 들어 올리고 무릎을 살짝 구부리며 예쁘장하게 말했다.

"지랄 떨지 마십시오~."

"너 미스코리아 되면 너네 엄마 미용실에서, 응? 나 쌍꺼풀, 약속했다?"

장미는 쌍꺼풀에 대한 집착으로 다른 말은 하나도 들리지 않는 것 같았다.

"수지 년은 어디 갔다냐?"

진희가 누군가를 찾았다. 이 왁자지껄한 일행 중에 빠진 사람이 있는 모양이다. 춘화가 별거 아니라는 듯 웃으며 대답했다.

"밥 생각 없다고 한 대 빨다 오신단다."

"뭘……?"

천진난만한 나미의 질문에, 장미가 손가락 두 개를 입으로 가져다 댔다.

"이거. 이거."

장미가 흉내 낸 건 담배를 피우는 모습이었다. 생각지도 못한 대답에 나미는 헉, 하고 놀라 두 눈을 부릅떴다. 서울 애들은 죄다 담배도 피고 술도 마신다더니, 정말로 그랬던 건가. 애들도 그렇게까지 나쁜 애들은 아닌 것 같은데, 또 그게 아닌 것 같기도 하고.

"아까 우리 반에 예쁜 애 봤지? 피비 케이츠 같이 생긴 애. 수지. 걔까지 해서 우리 멤버야. 멤버."

춘화가 말했다. 나미는 굴러떨어진 볼펜을 줍다가 마주친 예쁜 갈색 눈을 떠올렸다.

"야 근데 너네 집은 뭐 하냐? 우리 학교 사립이라 오기 힘든데?"

장미가 물었다. 나미는 뭐라고 대답해야 할지 알 수가 없었다. 그때 금옥이가 언제 왔는지 모두에게 빵을 나눠 주었다.

"애가 전학생?"

그리고 실수로 나미의 발을 밟았다.

"엇, 미안!"

근데 뭔가 신기한 걸 발견했는지 두 눈을 휘둥그레 뜨고 아래를 내려다본 채 굳었다. 금옥의 반응에 나머지 아이들도 똑같이 테이블 아래쪽을 바라보았다.
"이 신발 뭐야?"
금옥이 물었다. 모두의 시선이 향한 곳은 나미의 발, 바로 스팩스 운동화였다.
"스팩스네?"
"스팩스가 뭡니까아? 프로스펙스 친구입니까아?"
나미는 너무 부끄러워서 쥐구멍에라도 숨고 싶어졌다.

그날 저녁, 격동의 전학 첫날을 보낸 나미는 집에서 식구들과 밥을 먹으며 우울한 마음을 달랬다. 아직 이삿짐 정리가 끝나지 않아 온 집안이 어수선했다. 나미의 마음도 그와 별반 다르지 않았다.

학교에서 돌아오자마자 방 안에 틀어박혀 있다가, 밥 먹으러 거실에 나와서까지 한마디도 하지 않는 나미. 엄마는 그런 딸을 보며 걱정이 태산이었다.

"어째 그리 말이 없을까, 우리 딸내미는?"
대답하고 싶지 않았다. 마음에 들지 않는 게 한두 가지가 아니었기 때문이다. 그렇다고 학교에서 있었던 일을 온 가족이 있는 곳에서 미주알고주알 떠들기도 싫었다. 나미는 속상한 마음에 숟가락으로 밥공기만 뒤적거렸다.

"아빠네 부장님이 특별히 거시기 해서 이대 많이 간다는 학교로 어렵게 그거 했는디…… 친구들 많이 사겼는

가?"

 저 엄청난 전라도 사투리. 나미는 엄마의 입에서 튀어나오는 사투리가 이토록 듣기 싫었던 적이 없었다. 오늘 하루, 그놈의 사투리 때문에 얼마나 많은 창피를 겪었던지……, 아무래도 한마디 해야 할 것 같았다.
 "아따, 자꾸 말 시키지 말랑께! 사투리 교정해야 됐승게릉."
 "너 사투리 하나도 안 써. 서울 애 같다, 애."
 나미를 놀리려는 듯 엄마가 서울말로 대답했다. 하지만 그게 너무 어색해서, 저도 그랬을 거라는 생각에 나미는 더 짜증이 나고 말았다.
 "엄니! 서울 애기들 다 스팩스 신는담서? 우리 반 애기들 다 나이키 아니면 프로스펙스만 신드라고……. 그러니까 바지도 죠다쉬 산다니깐……!"
 울컥해서 저도 모르게 꺼낸 말이었는데, 오빠 종기가 버럭 화를 냈다.
 "야! 너 지금 저기 공단에서 너만 한 애들이 신발 하나 살라면 잔업을 얼마나 하는지 알기나 해?"
 누가 운동권 아니랄까봐. 나미는 시무룩한 얼굴로 오빠를 흘겨보았다.
 "얜 모르지."
 "긍게 엄니가 그게 문제라는 거요. 긍게~ 이 땅의 주인인 노동자들이 종속파시즘 헤게모니에 인권을 유린당하고 있는 이때에, 고작 미제 나이키나 운운하며…… 저거, 저거, 저거. 아버지도 언제까지 이 더러운 정권 밑에서 공무원이란 이름으로 저자의 하수인이나 하고 있을 판이요?"

'저거, 저거, 저거'라며 오빠가 가리키는 TV에선 대통령 연설이 한창이었다.

"……하수인?"

밥을 먹던 아버지가 숟가락을 내려놓았다. 종기는 무서운 인상의 아버지를 흘긋 쳐다보곤 기어드는 목소리로 말을 바꿨다.

"……직원."

"야. 이놈의 새끼야. 니 잘난 등록금은 어디서 나? 허구한 날 처먹고 다니는 니 술값은 어디서 나는 거 같냐? 노동 운동이건 복근 운동이건 니가 알아서 하든지~, 내 돈 받아 쓰는 동안은 조용히 학교나 잘 댕겨. 드잡 없는 소리 하지 말고."

"아버지!"

"시끄러."

종기는 그래도 포기하지 않았다. 나미가 보기에도 꽤나 비장한 표정으로 덧붙였다.

"인생은 짧고 혁명은 긴 거여~."

밥상에 정적이 맴돌았다. 나미는 오빠가 아버지한테 한 대 맞을지도 모른다고 생각했다. 하지만 밥상 제일 상석에서 지금까지 한마디도 않고 있던 할머니가 고개를 번썩, 치켜들더니 갑자기 소리를 질렀다.

"이런 씨부랄! 인생이 왜 짧아?! 염병 이노메 주둥박, 똘가상에 영글지도 않은 시퍼런 복송을 간질데로 훑트리다가 벌집을 쑤셔 눈텡이고 대갈빡이고 죄다 쪼사버릴 주둥박이지. 니미 요셋 난도 승포 떨어 갖고 장가들더라도 맞선 볼 땐 주둥박 다물고 내숭 까고 있어야지, 어쩌것어! 대는 이어야 할 거 아녀, 니미럴!"

 밥상에 더할 나위 없는 정적이 맴돌았다. 나미의 할머니는 치매에 걸려 가족도 못 알아보는 지경이었지만, 어째 저 현란한 욕만은 잊어버리지도 않았다. 갑자기 그 얘기가 왜 나오는지는 몰라도, 하여간 오빠한테 말조심하고 장가 잘 가서 대나 이으라고 하시는 소리 같았다.

 식구들이 모두 굳은 얼굴로 할머니를 바라보자, 주름 가득한 얼굴이 소녀처럼 부끄럽게 변했다. 할머니는 빈 국그릇을 수줍게 내밀며 엄마에게 속삭였다.

"언니~, 국 좀 쪼까 더 돌라고~?"

 엄마가 무표정한 얼굴로 자연스럽게 국그릇을 받았다. 식구들은 다시 식사에 열중하기 시작했다. 할머니는 TV를 돌아보며 한마디 덧붙였다.

"저런 인상이 나중에 대통령 될 상이여~."
할머니, 저 사람 대통령인데. 나미는 입 안에 가득 들어 있는 밥 때문에 대답을 해줄 수가 없었다.

다음 날이 되었다. 나미는 오늘만은 절대 창피한 짓을 하지 않으리라 다짐했다. 담임이 담당인 국어 시간, 선생님이 칠판에 커다랗게 사자성어를 썼다.
〈燈火可親.〉
"주번."
나미가 장미를 바라보았다. 주번이었기 때문이다. 오늘도 여전히 수업은 깨끗하게 무시하고 쌍꺼풀 만들기에 열중하고 있던 장미는 "아, 젠장." 하고 얼굴을 찡그렸다.
"주번!"
무거운 몸을 억지로 일으키는 장미. 고개 들어 바라보니, 어제와는 조금 다른 쌍꺼풀이다. 이상한 건 마찬가지였지만.
담임이 칠판을 가리키며 말했다.
"읽어봐."
장미가 진지한 얼굴로 선생님을 불렀다.
"선생님."
하지만 이미 알고 있다는 듯, 듣지도 않고 말하는 담임이다.

"화장실 가려면 읽고 가."

"질문을 주번에게만 하시는 건 부당하다고 생각합니다."

아이들이 숨죽여 웃음을 터뜨렸다. 담임은 고개를 끄덕이며 너그럽게 말했다.

"알았어. 앉아."

장미는 살았다며 한숨을 내쉬고 자리에 앉았다.

"그럼, 12번 학생."

앉자마자 일어서는 똥 씹은 표정의 장미. 아이들이 이번에는 큰 소리로 웃음을 터뜨렸다. 나미도 장미 몰래 키득거렸다.

"장미야. 네 쌍꺼풀이 제일 부당해. 태교에 얼마나 안 좋은 줄 아니, 응?"

입만 삐죽거리고 답을 하지 못하는 장미를 흘겨보더니 담임은 말을 이었다.

"됐다, 앉아. 그 옆에."

그 옆이라면 나미였다. 나미는 머뭇머뭇 자리에서 일어섰다. 긴장이 풀리지 않아 뻣뻣한 몸이 차렷 자세를 하고 있었다. 제발…… 이번에는 사투리야 나오지 마라. 나미는 최대한 또박또박 말하려 애썼다.

"등화가친. 촛불을 가까이하기 좋다. 책을 읽거나 공부를 하기 좋은 때를 의미하는 말입니다."

"오오~!"

아이들이 나미에게 대단하다며 환호해주었다. 나미의 입꼬리가 슬쩍 올라갔다. 담임도 기특하다는 듯 나미를 바라보았다.

"임나미. 너 저번 학교에서 계속 전교 1, 2등 했더라."
"오오오오~~!"
감탄성이 커졌다.
"사생대회 나가서 상도 많이 타고."
"오오오오오오~~~!"
갈수록 커지는 환호에 나미는 쑥스러우면서도 기뻐 어쩔 줄을 몰랐다. 장미는 옆자리에서 나미를 어깨로 밀어대며 부추겼다.
"아 시끄러!"
아이들을 조용히 시킨 담임이 다시 상냥하게 물었다.
"미대 갈 거니?"
"아직…… 잘 몰르겠는데요."
모르겠는데요 하고 말하려고 했는데 또 센 말이 나왔다.
"이따 교무실 들러. 이번 사생대회 신청서 나왔더라."
"……네."
"장미도 시간 날 때 잠깐 들러. 그 눈탱이 내가 아주 확 찢어줄게."
장미가 두툼한 입술을 쭉 내밀고 투덜거렸다. 아이들이 자지러지게 웃었다.

나미는 얌전히 자리에 앉아, 오늘은 어제보다 훨씬 나은 하루인 것 같다고 생각했다. 이렇게만 지냈으면 좋겠다고. 나미의 움츠렸던 어깨가 조금 펴졌다.

그게 전학생 임나미의 부활 신호였다.

교문과는 달리, 학교 안은 역시 그때와는 많이 달라진 모습이었다. 당연하다. 벌써 25년이나 지났으니까. 깨끗하게 바뀐 복도를 걸으며 나미는 주위를 두리번거렸다.

교무실은 금방 찾을 수 있었다. 열린 문 안으로 조심스레 들어서니, 교무실 한쪽 책상 앞에서 무언가를 열심히 적고 있는 반백 머리의 담임 선생님이 보였다. 나미는 담임을 한눈에 알아볼 수 있었다.

"선생님."

나미는 살며시 웃음 지었다. 주름진 얼굴의 담임은 나미를 알아보지 못하는 것 같았다. 하지만 이름을 말하고 당시에 있었던 일을 조심스레 끄집어내자, 금세 기억난다는 듯 고개를 주억거렸다.

두 사람은 교무실 한쪽에 마주 보고 앉았다. 나미는 진작 찾아뵙지 못한 걸 후회하며 넌지시 물었다.

"잘 지내셨어요?"

"그래, 나야 잘 있었지. 어이구 넌 어쩜 하나도 안 늙었니? ……뭐 넣었니?"

담임은 여전한 것 같았다. 한 손으로 나미의 얼굴을 매만지더니 그렇게 묻는 것이었다. 나미는 피식 웃음을 터뜨렸다.

"선생님도 안 변하셨어요."

"나 다음 달에 할머니 된다, 얘."

그때 담임은 만삭의 몸이었다. 나미는 뱃속에 있던 그 아이가 벌써 그렇게 됐나 싶어, 새삼 세월이 많이 흘렀음을 느끼고 있었다.

"과속했잖아. 과속. 요새 혼수라잖니."

두런두런 이야기를 나누던 두 사람에게 한 학생이 다가와 책상 위에 출석부를 올려놓았다. 담임은 돋보기 너머로 그 학생을 슬쩍 살펴보더니, 방학 동안 쌍꺼풀 수술을 하고 왔다는 사실을 귀신같이 알아챘다.

"얘, 얘, 너 이리와 봐. 너 눈 했구나? 어디 봐봐. 눈 감아봐."

학생이 움찔해서 고개를 돌렸다. 하지만 선생님은 웃으며 말을 이었다.

"잘됐네. 이제 가봐."

"감사합니다……."

재빨리 사라지는 여학생의 뒷모습을 담임은 왠지 흐뭇

해하는 얼굴로 바라보았다. 그러다 갑자기 무슨 생각이 떠올랐는지, 책상 서랍을 뒤지기 시작했다.
"아참, 얼마 전에 장미도 왔다 갔는데…… 연락하니?"
나미의 얼굴 가득 반가움이 차올랐다.
"장미요?"
"명함 주고 갔는데."
김장미. 네모반듯한 명함에 장미의 이름이 새겨져 있었다. 나미는 떨리는 손으로 명함을 받았다.
'하나 찾았다. 춘화야.'

### 세번째재
## 장미 화원으로의 초대

 유명 보험 회사의 브리핑 룸. 보험 설계사들 사이에서도 악명 높기로 유명한 담당자가, 보드를 가득 채운 그래프를 손가락으로 가리키고 있었다.
 진한 눈썹이 불만을 가득 품고 꿈틀거린다. 또 무슨 소릴 하려고 그러는지, 장미는 불안한 눈으로 보드 중간에 적힌 이름들을 바라보았다.
 장미의 그래프는 여기 모인 설계사들 중에서 가장 낮은 실적을 보이고 있었다.
 "자~ 요런 거, 요런 거. 예? 본받으셔야죠? 자, 다음 곽향숙 씨~ 저번 달보단 많이 나아졌네요? 그리고 김현정 씨. 잘하셨는데…… 분발하십시오."

담당자의 손가락이 뒤이어 가장 높은 그래프 꼭대기에 닿았다. 그는 두 눈을 매섭게 치켜뜨고 입을 열었다.

"고순녀 설계사님. 박수 한번 부탁드립니다. 보험 퀸 되셨습니다. 다들 본받으세요~."

짝짝짝. 박수 소리가 브리핑 룸에 울려 퍼졌다.

마침내 담당자의 손가락이 움직이더니 실적이 가장 낮은 그래프에 닿았다. 그가 답답하다는 듯 "또야?" 하고 중얼거리며 장미를 노려보았다.

"에~ 김장미 설계사님?."

"네."

"김장미 설계사님. 아시죠?"

"알죠."

"힘. 내셔야죠?"

"힘. 내야죠."

대답은 얌전하게 잘하는 장미다. 그가 길게 한숨을 내쉬며 장미를 보고 눈썹을 실룩거렸다. 언제 봐도 수술 실패가 분명한 장미의 쌍꺼풀. 오늘도 저 푸짐한 몸에다 얼굴엔 여전히 부담스럽게 진한 화장으로 떡칠을 하고 있다.

"눈에만 힘내시는 거 같습니다."

방 안에 모여 있던 설계사들이 키득거리며 웃었다. 장미는 억울했다.

"특정 신체 부위를 언급하시는 건 부당하다고 생각합니다."

"부당은!"

담당자의 손가락이 다시 한 번 장미의 그래프를 콱 찍었다.

"이게 부당한 거죠. 그죠?"

치밀어 오르는 화를 억누르는 듯, 그가 다시 한 번 길게 심호흡했다.

"웃지들 마십시오. 남 얘기 아닙니다~."

웃음소리가 끊이질 않았다. 장미는 부루퉁한 얼굴로 입을 다물었다. 반항해봤자 좋을 게 없다. 저 귀신 같은 담당은 이번 실적을 핑계로 또 한 달 내내 장미를 들볶을 것이다. 앞날을 생각하니 막막해졌다. 어디서 새 회원을 끌어 모으나. 이번 달에는 최소한 중간은 가야 잘리지 않을 텐데.

그런 걱정을 하던 찰나, 늘 얌전하던 장미의 핸드폰이 울리기 시작했다.

브리핑 룸을 울리는 시끄러운 벨 소리 때문에 담당자의 얼굴이 붉으락푸르락해졌다. 장미는 얼른 전화를 꺼 버리려고 했지만 그가 손짓으로 받으라는 신호를 보내자, 얼른 폴더를 열어 귀에 가져다 댔다.

"네. 인생의 동반자 우리 생명 김장미입니다아."

그건 우연찮게 장미를 찾아낸, 나미의 전화였다.

◇　　　◇　　　◇

"25년 만에 죽는다고 나타나는 년이 어딨어? 이 나쁜 년아. 야속한 년아."

잔뜩 여윈 춘화가 덩치 큰 장미에게 안겨 있으니, 나미에겐 춘화가 공중에 떠 있는 것처럼 보였다.

장미는 어린애처럼 큰 소리로 울었다. 아픈 춘화가 그런 장미를 달래고 있었다.

어쩜 이렇게 하나도 변하지 않았니. 나미는 춘화의 웃음 속에서 그런 감탄을 읽어냈다. 그리고 함께 미소 지었다.

그 초연한 웃음에 장미의 울음이 더 커졌다. 야속할 만도 했다. 25년 만에 만난 친구가 곧 세상을 떠날 사람이라는데, 덩치만 컸지 마음 약한 장미는 울지 않고 견딜 수 없었을 것이다.

춘화가 멀찍이 서 있는 나미를 돌아보았다. 나미는 여전히 흐뭇한 얼굴로 두 사람을 바라보고 있었다.

고, 마, 워.

찾아줘서. 춘화가 입 모양으로 말했다. 나미는 그저 웃기만 했다.

그렇게 한참을 울먹이던 장미가 돌연 춘화의 어깨를

붙잡았다.

"너, 보험은 좀 들어놨니?"

보험 아줌마다운 질문이었다. 울음바다였던 병실 안의 분위기가 순식간에 머쓱하게 바뀌었다. 춘화는 어이없는 표정을 지었고, 나미는 웃음을 터뜨렸다. 무안해진 장미는 머리를 긁적이자, 결국 춘화까지 깔깔거리며 웃음을 터뜨리고 말았다.

오랜만이라는 말로도 부족한 세월이다. 그런데도 꼭 어제 헤어졌다가 만난 것처럼 스스럼이 없었다. 어릴 적 친구가 진짜 친구라던가. 옛말 틀린 거 하나 없다더니.

세 사람은 누가 먼저랄 것도 없이 병실 침대에 걸터앉았다.

언제 울었냐는 듯 춘화의 침대를 떡하니 차지하고 엎드린 장미가, 특유의 유쾌한 입담을 늘어놓았다.

단 며칠만 떨어져 있어도 그간의 이야기로 하루를 보낼 수 있는 게 여자들인데, 25년 만에 만났으니 입이 쉴 새가 없었다. 세 사람의 수다는 한참을 이어졌다. 주로 장미가 떠들고 춘화는 웃고, 나미는 두 사람에게 먹일 과일을 깎았다.

"야. 진짜 인간 김장미, 보험 아줌마 될 줄 누가 알겠냐? 남편 그놈의 새끼 사업한다고 말아먹은 돈 때문에……."

장미는 남편의 사업 실패로 고생했던 시절을 생각하며 몸서리쳤다.

"너 이혼 잘한 거야. 그래도 어떻게 그놈은 한 번도 안 찾아오냐?"

춘화는 병을 앓기 전에 이미 이혼한 상태였다. 아무리 이혼한 부인이라지만, 한때는 사랑했던 여자가 죽을병에 걸렸는데도 얼굴조차 비추지 않는 남편이라니. 그게 야속할 법도 한데, 춘화는 오히려 당연하다는 반응이었다.

"애도 없겠다, 완전 남 된 거지."

춘화는 이십 대에 과로로 유산을 한 이후, 아이를 가지지 못하게 되었다고 했다. 너무도 담담하게 얘기를 하는 통에 나미는 오히려 더 가슴이 아팠다. 병원에 오기 전에 장미에게 중학생 아들이 있다는 얘길 들었는데, 그 통에 둘 다 자신들의 아이 얘기는 전혀 꺼내질 않고 있었다.

"……그래도, 외롭지 않니?"

"돈 버는 재미에 몰랐는데, 병원에 이불 깔고 보니까 좀 그렇기도 하네. 어디 삼삼한 홀아비 없니? 연애나 질펀하게 하다가 가게. 나 돈 많고 명 짧은 여자잖니."

춘화의 말에 장미가 자지러지게 웃었다. 병실 가득 두 사람의 웃음소리가 울려 퍼졌다.

정말이지 그리운 웃음소리였다. 나미는 친구들을 바라보며 옛날로 돌아간 기분이 되었다. 2학년 3반. 나미와 장미가 나란히 앉고, 그 뒤에 춘화가 있었던 그때. 지금 이 순간만큼은 가정주부, 보험 아줌마, 폐암 말기 환자라는 현실을 떨쳐버리고, 그저 모든 일이 즐겁기만 했던 여고생으로 돌아간 느낌이었다.

나미와 장미는 한참이나 더 춘화의 병실에 있었다. 치료받는 모습은 보여주고 싶지 않으니, 내일 또 오라는 춘화의 장난기 섞인 말을 들을 때까지 이야기를 나누었다.

병원을 나서면서 장미가 결연한 얼굴로 나미에게 말했다.

"우리가 찾아주자, 얘. 춘화가 비용 다 낸다잖냐."

써니 얘기다. 나미는 선뜻 대답할 수가 없었다.

"계속 모르고 살았으면 모를까……. 야, 춘화도 춘화지만 넌 안 보고 싶냐?"

물론 보고 싶다. 하지만 집 생각에 쉽게 결정할 수가 없었다. 어디서부터 어떻게 찾아야 할지도 막막하고, 그러려면 이런저런 것들을 다 팽개쳐 둬야 할 텐데……. 현재의 나미에게는 지켜야 할 가족이 있다.

"남편이랑 애 봐줘야지."

"네 남편이랑 애는 아직 기저귀 차고 댕긴다냐? 아~ 말아. 나 혼자라도 찾을래."

장미가 큰소리쳤다. 일찌감치 포기하려던 나미는 저도 모르게 묻고 말았다.

"······어떻게 찾으려고?"

장미는 나만 믿고 따라오라며, 망설이는 나미를 막무가내로 이끌었다. 두 사람은 택시를 타고 서울 시내를 가로질러, 웬 낡은 건물 앞에 내렸다. 두리번거리는 나미를 끌고 장미가 데려간 곳은, 낡고 지저분해 보이는 흥신소였다.

사무실은 무척 좁았다. 그 좁은 공간에 사무용 책상과 각종 자료, 상담용 테이블과 소파까지 갖춰놓고 있으려니 더 좁아 보였다. 이런 곳에 처음 와보는 나미는 조금 긴장하고 있었다. 장미에게 어쩌다가 이런 델 알게 되었냐고 묻고 싶었지만, 흥신소 사장이 코앞에 앉아 있어서 그럴 수도 없었다.

"예. 뭐~, 내전 지역만 아니면 외국 사셔도 한 달이면 충분이 찾겠네요. 합이 네 분. 가격은 뭐 사모님이 잘 아실 테니······."

젊은 사장은 뭐가 그리 바쁜지 여기저기 돌아다니며 설명을 늘어놓았다. 불신 가득한 나미의 눈빛을 읽었는지, 장미가 선뜻 설명해주었다.

"전에 빚쟁이들 피해서 남편이랑 짱 박혔을 때, 진짜 잘 숨었거든? 나중에 알았는데 저 사람이 우리 찾은 거래. 우리 그때 완전 개 고생했는데······."

남의 일인 것처럼 말한다. 나미는 황당한 마음에 묻지

않을 수 없었다.

"⋯⋯좋니?"

"하여간 잘 찾으니깐 우린 그냥 가서 만나기만 하면 돼."

"근데 뭐, 피발견자 분들이 저희 통해서 만남이 주선되면 좀 그래하시는 분들이 계셔서⋯⋯. 이거"

사장이 돌아와 장미에게 서류철을 내밀었다. 궁금해진 나미가 슬쩍 들여다보니, 무슨 연극 대본이라도 되는 것처럼 황당한 상황 연출 예시들이 적혀 있었다.

"상황별로 자연스러운 만남 정리해놓은 건데. 그냥, 보세요."

"그럼 그때 나 무료 성형 당첨돼서 나갔다 걸린 게⋯⋯."

빚쟁이들을 피해서 숨어 살던 과거가 생각났던지, 장미가 울컥해서 물었다.

"그건 기기 뒷장에 있어요."

나미가 한심하다는 얼굴로 장미를 바라보았다. 장미는 젠장, 하고 종이를 구겼다.


결국 나머지 멤버들을 찾기로 장미에게 약속하고 나미는 다시 일상으로 돌아왔다.

오늘도 언제나처럼 예빈은 늦잠이다. 나미는 몇 번이

나 깨웠는데도 일어나지 않은 예빈이 때문에 바쁜 아침이 더 정신없게 느껴졌다.

뒤늦게 일어난 예빈이 허겁지겁 교복에 팔을 끼웠다. 시계를 보더니 비명을 지르기까지 한다. 그래도 굶겨 보낼 순 없어서, 나미는 온 집안을 달리다시피하는 예빈에게 급하게 다가가 우유를 내밀었다.

"한 입만 먹고 가."
"아 진짜! 왜 안 깨웠어!"

예빈이 큰 소리로 짜증을 부렸다. 나미는 억울한 마음에 우유를 내밀고 투덜거렸다.

"아까 계속 깨웠잖아."
"양말!"

나미는 컵을 내려놓고 급히 양말을 찾아 움직였다. 괜히 마음이 급해져서 나미까지 예빈을 따라 달리고 있었다. 정신이 하나도 없었다. 그러다 빨래 더미에서 양말을 꺼내준다는 것이, 그만 브래지어를 내밀고 말았다.

"아! 진짜! 아예 빤쓰도 주지?"

아, 진짜 왜 그랬지? 나미는 제가 한 행동에 웃음을 터뜨리고 말았다. 예빈은 한 손으로 양말을 찾아 들고 인사도 하지 않은 채 현관으로 달려 나갔다. 뭐라고 혼내줄까도 싶었지만, 그 뒷모습을 보고 있자니 자연스레 자신도 예전엔 지금의 예빈과 그리 다르지 않았다는 게 떠올라 그저 웃고 말았다.

예빈의 등이 열여덟 살 자신의 등과 겹쳐져 보이는 듯했다. 나미는 밀린 집안일은 금세 잊어버리고, 그리움에 취해 눈을 감았다.

지각이다!
"으아아아악!"
나미의 방에서 엄청난 비명이 울렸다. 엄마는 쟤는 웬 아침잠이 그렇게 많은지 모르겠다며 허둥지둥 부엌을 들락거렸다. 한 입이라도 먹여 보내려고, 아예 국에 밥을 말아서 숟가락까지 들고 나미를 쫓아다녔다.
"아, 어떡해!"
나미가 버럭 소리를 질렀다. 이리저리 뛰어다니며 옷을 꿰어 입는 나미에게 엄마는 숟가락을 내밀며 한 입만 먹으라고 난리였다.
"당뇨기 땜시 한 끼만 건너도 벌벌 떠는 년이. 아, 한 숟갈만 물어."
"그걸 아는 양반이 딸 잡을라고 안 깨웠소?"
마음이 급해 사투리까지 튀어나온다. 나미는 울상을 짓고 시계를 보았다. 지금 당장 출발해도 아슬아슬할 판이다. 밥이 문제가 아니었다. 당장 신을 양말조차 어디 있는지 보이질 않았다.

"양말! 양말!"

엄마도 허둥지둥하느라 양말을 찾지 못하고 있었다. 나미는 큰 소리로 짜증을 내곤 맨발로 거실을 뛰어다녔다. 느긋하게 아침을 먹던 오빠 종기가 그런 나미에게 한소리 할 요량으로 입을 열었다.

"아 어무니. 쟤 밥 주지 마쇼. 지금 민주 열사들은 독방에서 소죽 한 그릇 먹……."

"아 시끄리! 감옥이 콩밥이지 무슨 소죽이여?"

엄마가 버럭 소리를 지르자, 종기는 복날 개처럼 꼬리를 말고 말았다.

"소죽이라고?"

종기와 함께 얌전히 밥을 먹던 할머니가 갑자기 숟가락으로 밥상을 쾅쾅 내리쳤다.

"이런 씨부랄! 무 국 달랬더니 또 소죽질이여?!"

"아 엄마! 무 국 끓여놨잖소!"

이번에도 엄마가 버럭 소리를 질렀다. 나미는 결국 양말을 포기하고 맨발에 운동화를 신었다.

"아 맞다! 엄마 내 웃두리 엇다 뒀는데!"

"어! 그래, 웃두리! 밖에. 밖에!"

"아이씨! 진짜!"

나미가 현관을 박차고 달려 나갔다. 정말로 지각이었다. 마음이 급해진 나미는 신발장 위의 가방이 책가방이 아니라 겉만 비슷한 공구 가방인 줄도 모르고, 휙 낚아채선 부리나케 달렸다.

"어이고, 우리 딸 불난다. 불나."

인사도 않고 달려가는 나미의 뒷모습을 아버지가 허허 웃으며 바라보았다.

"어이, 근디 여기 공구 가방 어디 갔는가?"

"아 잘 찾아봐요."

"분명 신발장 위에 놔뒀구만."

지붕 수리할 때 쓰려고 내놓았던 가방이 보이지 않는다. 아버지의 시선이 이미 저만치 달려가 보이지 않는 나미에게 머물렀다. 설마?

아버지가 러닝셔츠 바람에 나미의 가방을 들고 뒤늦게 달려갔지만, 지각이라고 부리나케 달려가는 나미는 이미 보이지도 않았다.

"허허, 큰났네."

"냅둬요. 뭔 일 있겠어요? 하루쯤 친구 거 빌려 보겠지."

게다가 오늘은 토요일이 아닌가. 수업도 몇 개 없을 테니 아무 일 없을 것이라며 나미의 엄마는 밥상 앞에 편히 앉았다.

발등이 시원하다. 나미는 까끌까끌한 두 발을 꼼지락거리며 울상을 지었다. 간신히 지각은 면했지만, 양말도 못 신고 왔는데 가방까지 가관이다. 어쩐지 들고 뛸 때 무겁더라니. 아버지의 공구 가방이었을 줄이야.

절로 고개가 푹 수그려졌다. 아침부터 계속 같은 자세로 꿍얼거리는 나미를 보고, 가짜 속눈썹을 손에 든 장미가 피식 웃음을 흘렸다.

나미는 창피한 마음에 이마를 책상에 박았다. 지금 보고 있는 교과서도 모두 장미에게 빌린 것이었다. 그렇게 엎드리다시피 얼굴을 묻고 있자니 어느새 수업이 끝나 버렸다.

종례엔 담임 대신 학생 주임이 들어왔다.

"너네 담임 진통 와서 병원 갔으니까 종례는 없고, 하여튼 뭐 토요일이라고 싸돌아다니다 걸리기만 해봐."

"예에~."

아이들이 대충 길게 대답하더니, 학생 주임이 나가자마자 너나 할 것 없이 빠르게 교실을 빠져나갔다. 가방은 미리 다 챙겨놓고 엉덩이만 대고 앉아 있었던 것이다.

나미는 쭈뼛거리며 장미에게 빌린 교과서를 내밀었다. 공부에 관심이 없는 장미는 누가 가져가거나 말거나 책상 위에 교과서를 얹어놓았다.

빨리 집에 가야지. 나미는 묵직한 공구 가방을 품에 안고 자리에서 일어났다. 그런데 그때 뒷문이 벌컥 열리더니 다른 반인 진희와 금옥, 복희까지 차례대로 들어와 나미와 장미, 춘화를 에워쌌다.

어쩐지 먼저 나갈 수가 없어진 나미가 어정쩡하게 다시 자리에 앉았다.

무슨 일인지 묻기도 전에 복희가 사뿐사뿐 움직였다. 남의 반 청소 도구함을 대뜸 열더니, 그 안에 숨겨놓은 아르누보 구두며, 형형색색의 사복을 꺼내 각자에게 나눠주는 것이다. 나미는 얼떨떨한 얼굴로 그 모습을 바라보았다. 나머지는 익숙한 듯 자연스럽게 복희가 나눠준 어른스러운 옷을 받아 걸쳤다.

"아~ 니기미. 결전의 날이 다가온 거지. 연장 챙겨들 왔지?"

진희가 전의에 불타 소리쳤다. 그러자 그때까지도 제 얼굴에만 정신이 팔려 있던 장미가 난처하게 웃으며 가짜 속눈썹을 집어 들었다.

"난 이거 챙기느라……."

"넌 그거 들고 싸워. 이 미친년아."

연장? 연장이라니? 나미가 다른 아이들의 눈치를 보는 사이, 금옥이가 남의 반 책상 위에 올라가 형광등을 향해 손을 내밀었다. 진희가 그 모습을 보더니 기막히다는 얼굴로 물었다.

"넌 또 뭐 하냐?"

"으응. 나도 깜빡해서."

금옥이 잡아 빼기에는 천정이 너무 높아서 손이 닿질 않았다. 진희는 멤버들을 보며 한탄했다.

"아~ 쪽수가 딸리네, 쪽수가. 야! 칠공주는 꼭 일곱 명이 해야 되는 거야?"

"걔넨 이름 바꿨다더라. 존나 촌시러운 거로."

멀찌감치 떨어져 있던 수지도 그 말을 하며 이쪽으로 천천히 다가왔다. 다 모인 것이다. 나미는 아무래도 계속 남아 있으면 안 될 것 같은 마음에, 슬그머니 자리에서 일어났다. 아이들 몰래 빠져나가기 위해서는 인사도 하지 않는 게 좋을 것 같았다. 어깨를 잔뜩 움츠린 나미가 살금살금 걸었다. 그리고 뒷문을 통과하려는 순간, 커다란 공구 가방이 교실 문짝에 걸리고 말았다.

쿠웅!

나미의 가방에서 뭔가가 떨어졌다.

묵직한 쇠뭉치가 시멘트 바닥에 떨어지는 소리가 났다. 여섯 명의 시선이 모두 나미에게 닿았다. 나미는 나가려던 자세 그대로 굳어서, 가방에서 떨어진 공구를 내려다보았다.

이런 제길, 몽키 스패너.

"얘는 왜 데려가는 거야?"

수지가 차갑게 물었다. 공구 가방을 끌어안고 불안하게 따라오는 나미가 영 마음에 들지 않는 눈빛이다.

"예의상 쪽수 좀 맞춰줘야지. 그리고 앤 연장까지 챙겨 왔잖냐."

춘화가 나미의 어깨를 툭 쳤다. 나미는 겁먹은 사슴처럼 큰 눈을 동그랗게 뜨고 있었다.

이들은 폐상가가 모여 있는 미개발 지역으로 가고 있는 중이었다. 나미는 복희가 건네준 굽 높은 구두가 발에 맞지 않아서 정말이지 불편하기 짝이 없었다. 성큼성큼 걸어가는 다른 멤버들에 비해, 비틀비틀 짤그락거리며 걷는 폼이 금방이라도 넘어질 것 같았다. 그런 나미를 보는 수지의 시선이 더욱 싸늘하게 변했다.

"대충 이빨 까다 끝나는데, 혹시 싸움 나면 뒤에 가서 숨어. 누구 쫓아오면 도망가고. 그리고 절대 눈 마주치지 마."

춘화가 겁먹은 나미를 위해 대수롭지 않게 웃으며 말했다. 하지만 그게 나미를 더 무섭게 한다는 사실은 모르는 모양이었다.

"응……."

대답은 그렇게 했지만 나미의 작은 어깨는 한층 더 움츠러들기만 했다.

둥근 안경을 쓴 금옥이 춤추듯 발랄하게 앞서 걸었다. 양손에는 나미의 공구 가방에서 골라낸 묵직한 연장이 들려 있었다.

"그냥 한판 뜨자니깐. 연장 많구만."

춘화가 웃으며 금옥을 따라 걸었다. 모두 유쾌한 분위기였다. 하지만 나미는 불안해 미칠 것만 같았다.

전에 다니던 학교에서는 상상조차 할 수 없던 일이었다. 내가 이런 불량 학생들과 어울리다니! 나미는 혼자 속으로 울먹였다.

설상가상으로 이제는 손까지 떨리고 있었다. 당뇨 기운이 있는 나미는 당 수치가 내려가면 손이 떨리기 시작하고, 심해지면 온몸이 떨린다. 쇼크가 오기 전에 뭘 먹어야 하는데……. 이럴 줄 알았으면 아침에 엄마가 내민 밥이라도 한 숟가락 먹고 올 것을 그랬다.

아무래도 걱정스러워, 나미가 옆에서 걷던 장미에게 물었다.

"장미야."

"왜?"

"혹시 거시기 뭐 먹을 거 없냐?"

"오, 여유 있네."

춘화가 대신 웃으며 받아쳤지만, 장미는 그 말이 기분 나빴던 듯 나미에게 짜증을 부렸다.

"야, 넌 내가 먹을 거 달고 다니게 생겼냐?"

안 되겠다. 나중에 무슨 소릴 듣게 되더라도 지금 달아나는 게 좋을 것 같았다. 멤버들이 앞장서서 가고 있을 때, 몰래 돌아선 나미가 막 걸음을 떼려는 찰나. 이를 눈치챈 복희가 나미의 어깨를 돌려세우고 어깨동무를 했다. 그리고 상냥하게 말했다.

"용무 끝내고 구두 반납하고 가십시오~."

어깨를 잡고 끌고 가는 통에 이제는 달아날 수조차 없었다. 나미는 끝내 결전의 장소까지 얼떨결에 따라오고 말았다.

"먼저 왔네, 씨발."

진희가 먼저 입을 열었다.

"어이~ 소녀 시대!"

소녀 시대는 신창 여상의 불량 서클 이름이었다. 과연 슬쩍 앞을 보니, 공터 반대편에 일곱 명의 여자애들이 나란히 서 있었다. 자세도 불량하고 차림새는 더 불량했다. 나미는 잔뜩 겁먹은 얼굴로 덩치 큰 장미 뒤에 숨었다.

춘화가 앞으로 나서자, 신창 여상 불량 서클의 리더도 앞으로 나왔다.

"어이~ 하춘화 씨. 우리가 무슨 세렝게티의 한 마리 외로운 호랑이도 아니고…… 그렇게 꼭 영역 표시를 해야 되냐? 펭고펭고 좀 나눠 쓰자는데."

춘화가 가소롭다는 얼굴로 매섭게 말했다.

"그러게 왜 거기서 우리 학교 애들 삥을 뜯냐고? 그리고 세렝게티면 사자지, 이 무식한 년아. 꼭 저렇게 여상 야간 티를 내요."

춘화가 피식 비웃자 소녀 시대의 리더가 짜증을 냈다.

"……. 호랑이도 몇 마리 있을걸?!"

그러다 뒤에 숨어 있는 나미를 발견하곤 더한 비웃음을 날렸다.

"어이. 거 뒤에 아해는 뭐냐? 쪽수 맞추려고 중학생 데려왔냐? 졸라 떠네? 오줌 쌀라 그런다."

모두가 나미를 쳐다봤다. 나미는 점점 심하게 몸을 떨었다. 이제는 제 몸조차 가눌 수 없을 지경이었다. 공복의 쇼크 때문에 이러지도 저러지도 못하는 나미를 보고, 상황을 모르는 춘화가 은근한 미소를 지었다.

그리고 음산하게 말했다.

"나 진짜 얘까진 안 데려올라 그랬는데. 너네…… 빙의라고 들어봤지? 빙. 의."

빙 뭐? 소녀 시대 리더가 자신 없는 얼굴로 중얼거렸다.

"……들어봤지. 그…… 남극이랑…… 북극에 있는 거."

"그건 빙산이고, 빙신아!"

"아이 씨, 그게 뭔데?!"

"귀신이 들렸단 말이지. 빙의."

신창 여상 소녀 시대가 덜컥 겁을 집어먹었다. 춘화는 한껏 여유로운 얼굴로 느긋하게 말을 이었다.

"얘가 일명 '맨발의 광녀'라고 남쪽 동네에선 유명한 애거든. 지금 얘, 떨지? 그거 오려고 하는 거야."

"……뭐, 뭐가?"

"귀신!"

히익! 누군가 급하게 숨을 들이키는 소리가 났다. 춘화는 눈짓으로 나미의 맨발을 가리키며 더 낮은 목소리로 말했다.

"아침에 작두 타고 오느라고 양말도 못 신고 오셨단다. 야. 얘랑 눈 마주치지 마라. ……귀신 옮는다."

"지랄 떠네!"

소녀 시대 리더는 말은 그렇게 했지만 어쩐지 불안해 보이는 얼굴이었다. 아무래도 이대론 안 되겠다 싶었는지, 뒤로 한 걸음 물러나 손짓으로 신호를 보냈다. 그러자 유난히 동그랗게 부푼 머리가 눈에 띄는 이마 넓고 키 작은 불량소녀가 걸어 나왔다.

다른 사람은 나서지 않아도 되었다. 진희가 턱을 한 바퀴 굴리며 입을 풀더니 스스로 걸어 나갔다. 춘화는 알아서 뒤로 빠져주었다.

"넌 언제 봐도 대가리만 떠다니는구나. 쟁반 대가리. 하이바 좀 벗고 시작하지?"

진희가 먼저 운을 떼었다. 하지만 상대편도 만만치는 않았다.

"넌 탁구공이나 좀 뱉고 씨부리지? 네년 광대뼈로 등산 가도 되겠어."

진희의 콤플렉스인 광대뼈를 물고 늘어지자, 이쪽 편 장미까지 웃음을 터뜨렸다. 소녀 시대는 아예 대놓고 비웃고 있었다. 진희는 흥분해서 더욱 목소리를 높였다.

"어머 미친년. 주댕이가 자유분방하구나."
"자유화 시대 아니냐, 이 호로잡년아~."
"이거 보기 드문 개년이네?"
"거울 봐라. 썅~년아. 드문가."
"니기미 씹딱뽕."
"니주가리 씹딱뽕, 투~."

진희의 얼굴에까지 침이 튀었다. 상황상 아무래도 진희가 조금 밀리고 있었다. 안절부절못하던 진희는 얼마 전에 배워 온 필살기를 써먹기로 마음먹었다.

"이런 개씨발. 회 쳐다 개 줄 년아!"

하지만 기다렸다는 듯 상대가 웃으며 두 손을 교차로 들어 보였다.

"무지개 반사~."
"……이런 개년이!"

두 사람이 그렇게 욕 배틀에 열중해 있는 동안, 나미는 저혈당 쇼크가 심해져 죽을 맛이었다. 온몸에 식은땀이 나고 오한이 들었다. 그러다 보니 사지가 바들바들 떨리고 있다는 사실도 깨닫지 못했다. 정신이 까마득하게 오락가락하기를 여러 번, 이제는 두 발로 서 있는 것도 힘들 정도였다.

하지만 나미의 그런 사정을 모르는 수지는 아까보다 더 싸늘한 얼굴로 차갑게 경고했다.

"야. 쪽팔리게 떨지 말고 꺼지든가, 가만히 있든가."

변명이라도 한마디 하고 싶지만 입이 떨어지지 않았다. 나미가 그렇게 저혈당과 싸우고 있는 사이, 진희의 욕 배틀은 끝을 향해 달리고 있었다.

"이 미친 쟁반 대가리가."

"한 거 또 하기 없~기."

"이 싹퉁 머리 없는 년!"

"이 싹퉁 머리 없는 년! 찌찌뽕이다. 이년아. 맨날 똑같아. 진부한 년."

"이런…… 씹…… 씹탱……."

"뭐? 씹탱구리? 캘리포니아 씨빠빠."

"야! 씨발, 내가 할라 그런 걸, 이런 야비한 년이!"

아무래도 오늘은 진희의 패배인 것 같았다. 모두가 아쉬운 얼굴로 진희를 바라봤다.

그런 와중에도 장미는 급하게 붙이고 온 속눈썹이 불

편해 연신 눈을 깜빡거렸다. 안 되겠다 싶었는지, 떼었다 다시 붙이려고 하는데 그게 실수로 바닥에 떨어져버렸다. 장미가 떨어진 속눈썹을 줍기 위해 몸을 숙였다.

그 순간, 장미 뒤에 숨어 있던 나미의 얼굴이 모두에게 드러났다.

"이런 씨부랄! 느자구 없는 년들!"

나미가 폭발했다. 정신을 놔버린 것이다. 나미는 꼭 끌어안고 있던 가방까지 바닥에 던져놓고 온몸을 흔들었다. 한 번 터지기 시작한 헛소리는 멈출 줄 모르고 공터에 쩌렁쩌렁하게 울려 퍼졌다.

"염병 이노메 주둥박들, 똘가상에 영글지도 않은 시퍼런 복송을 간질데로 훌트리다가 벌집을 쑤셔 눈텡이고 대갈빡이고 죄다 조사버릴 주둥박이지! 오메 아침 먹고 오는 건데~에! 아이고 엄니 이제 일찍 일어날라요. 할머니가! 코 골아서 못잔 거랑께! 이런 씨부랄!"

아무것도 신지 않은 맨발, 경련하는 몸, 허옇게 뒤집어진 눈깔. 그 와중에도 춘화의 충고가 생각 나 눈을 마주치지 않으려고 이리저리 돌려대는 얼굴. 나미는 정녕 귀신 들린 모습 그 자체였다.

생전 들어본 적도 없는 사투리로 걸쭉한 욕인지 헛소린지를 내뱉기까지 했으니, 모여 있던 여자애들에겐 무당의 푸닥거리처럼 들리기만 했다. 이쪽 멤버들도, 저쪽

소녀 시대도 놀라고 겁에 질려서 그대로 얼어붙었다.

"저, 젊음의 행진 안 볼 거야?"

그때, 소녀 시대 리더가 저만치 물러난 자리에서 떨리는 목소리로 말했다. 자존심이 상할까봐 곧 죽어도 졌다고는 하지 않는다. 으아아아, 나머지들도 소리를 지르며 질세라 뒤돌아 달리기 시작했다.

공터엔 이제 춘화와 멤버들뿐이었다. 이쪽도 충격 받긴 매한가지였다. 아직까지 공포에 질린 눈으로 나미를 바라보는데, 온몸을 떨며 고래고래 소리 지르던 나미가 갑자기 평소의 순한 강아지 얼굴로 돌아와 울상을 지었다. 그리곤 한 손으로 자신의 배를 문지르며 칭얼거렸다.

"배고파."

"……."

잠시간 침묵이 이어진 후.

"이겼다~!"

모두들 환호성을 질렀다. 나미는 그저 계속 배고플 따름이었다.

뒤풀이가 빠지면 안 된다는 모두의 의견에 나미는 장미네 집까지 초대받고야 말았다. 라면을 끓여 먹고 군것질을 하며 신나게 노는데, 약속이나 한 것처럼 누군가 음악을 틀었다. 그것도 하필 나미의 빙글빙글.

"어떻게 하나~ 우리 만남은 빙글빙글 돌고~!"

춘화를 선두로 장미, 금옥, 복희, 진희가 라면 국물 떠먹던 숟가락을 마이크 삼아 들고 거실 한복판에서 춤을 추기 시작했다. 복희는 장미네 엄마 옷장에서 꺼낸 촌스러운 한복을 입고, 진희는 어디서 났는지 밤무대 반짝이 재킷까지 입고 있었다. 선글라스를 쓴 춘화는 앞에 앉아 해맑은 얼굴로 웃고 있는 나미를 보며 더욱 큰 소리로 노래를 따라 불렀다.

나미는 웃느라 정신이 없었다. 하도 웃어서 광대뼈가 아플 지경이었다. 그래서 거실 한쪽에 앉아 책을 보고 있던 수지가 자신을 못마땅한 눈으로 바라보는 줄도 몰랐다. 그저 웃으며 쫀득이를 빨다가 문득 그쪽을 쳐다봤는데, 수지의 눈빛이 변함없이 차가워 저도 모르게 슬쩍 눈을 피했다.

"야! 나도 너네 할머니한테 레슨 한 번만 받자, 응? 아주 귀에 착착 달라붙더만."

춤추다 지친 진희가 나미 옆에 널브러지며 말했다. 소녀시대 앞에서 펼쳐진 나미의 걸쭉한 전라도 사투리가 꽤나 마음에 들었던 모양이다.

"아이고. 몸이 작년이랑 달라."

장미도 거실 바닥에 드러누웠다. 노래가 끝나자 아이들이 하나둘 제자리를 찾아 모여들었다. 춘화가 다가와 나미의 어깨에 팔을 두르더니 호탕하게 말했다.

"야. 그러지 말고 우리도 이번 기회에 쪽수 좀 맞추자. 제대로 칠공주로."

"뭐가?"

"나미. 우리 멤버하자고. 그동안 칠공주인데 여섯인 거 좀 이상했잖아."

"존나 이상했지."

진희가 동의했다.

"임나미를 우리 멤버로 영입하는 데 동의합니까잉?"

춘화가 한쪽 손을 들어 올리고 아이들을 한 바퀴 돌아보았다. 나미네 할머니에게 꼭 사투리 욕을 배우고 말겠다던 진희가 제일 먼저 팔을 들었다.

"동의해부리제~."

"재청해부리제~."

금옥은 문학소녀답게 한자를 썼다.

"나는 콜이요~."

장미도 손을 번쩍 들었다.

"받고 한 명 더합니다~."

복희가 한복 치마를 휘날리며 말했다. 이제 동의하지 않은 사람은 수지 한 명뿐이었다. 멤버들이 창가에 앉아 책장을 넘기던 수지를 일제히 올려다보았다. 수지는 심드렁한 얼굴로 멤버들과 눈을 맞췄다.

나미를 한 번, 멤버들을 한 번 보더니 툭 내던지듯 한마디 했다.

"그러던가."

모두 환호성을 질렀다. 나미도 기쁜 마음에 어쩔 줄을 몰랐다.

"야~ 니기미 쪽수도 맞춰졌겠다, 우리도 새 이름 정하자. 이름."

이번에는 진희가 제안을 했다. 신창 여상 소녀 시대가 촌스럽다고 할 때는 언제고, 내심 더 그럴듯한 이름이 갖고 싶었던 모양이다.

"욕 좀 빼고 해, 미친년아."

"미친년 괜찮네. 미친년. 미친년들."

장미의 말에 진희가 좋은 이름이라며 방방 뛰었다.

"야, 야~!"

애들이 단체로 반대하자, 진희는 좋은데 왜 그러냐며 어깨를 으쓱했다.

"원더걸스 어때? 원더우먼. 원더걸스. ……죄송합니다."

장미는 의견을 내다가 분위기가 싸해지자 먼저 굽실거렸다.

"촌스러운 년. 아 졸라 촌시럽게 원더걸스가 뭐냐?"

"웃기시네. 미친년들은 퍽이나 창의적이다. 미친년아."

욕 한마디를 더 얹은 진희에게 반박하는 장미. 티격태

격하는 둘을 보며 나미는 그저 웃기만 했다.

그때 문 열리는 소리가 나더니, 장미네 오빠가 재수 학원을 마치고 집에 들어왔다. 문을 열어주던 장미는 오빠가 또 친구들을 한가득 끌고 들어오는 모습을 보곤 있는 대로 인상을 찡그렸다. 거실에 들어오자마자 우거지상을 하고 있는 장미를 마주한 오빠도 헉, 하고 놀라는 모습이 보였다.

"평생 봐도 놀랍구나, 내 동생아."

급조 쌍꺼풀 눈을 보고 하는 말이었다. 그러더니 집에 부모님이 없는 걸 확인하고는 뒤에 서 있는 친구들에게 말했다.

"들어와, 들어와. 엄마 없어."

재수생들이 우르르 들어왔다.

"장미~ 예쁘네."

"우리 장미 아주 예뻐졌네? 이제 오빠에게 시집와도 되겠어."

그렇게 장미를 향해 한마디씩 하더니 알아서 2층으로 하나씩 올라갔다.

"네가 아주 노량진에 말뚝을 박을라고 환장을 했구나? 삼수가 체질에 맞디?"

"얼굴 들이밀지 마라. 식전이다."

장미의 오빠도 그렇게 쏘아붙이며 막 올라가려다가,

거실 한쪽에 있는 수지를 발견하고는 큰 입을 헤 벌리며 말했다.

"오~ 수지. 좋아. 아주 좋아. 그렇게 예쁘게만 자라라. 이 오빠가 꼭 명문대 진학해서……."

"명문대? 난 네가 구구단 외는 게 신기한 사람이야. 안 올라가? 안 올라가?!"

"라면 있지?"

"네가 끓여 먹어. 이 노량진 멧돼지야."

오빠는 장미의 성화에 못 이겨 2층으로 올라갔다. 아이들은 꼭 닮은 두 사람을 보며 까르르 웃음을 터뜨렸다. 이때 들어오자마자 화장실에 들어갔던 장미 오빠의 친구, 준호가 문을 열고 나왔다.

장미 오빠와는 비교조차 되지 않는 미남이었다. 갸름한 얼굴에 샤프한 이목구비, 목을 덮는 장발이 마치 청춘영화에 나오는 유명 배우를 보는 것 같았다.

모두 준호에게 시선을 빼앗겼다. 장미는 볼을 붉히며 수줍은 듯 몸을 배배 꼬았다. 그리고 오빠에게는 한 번도 들려준 적 없는 상냥한 목소리로 물었다.

"라면 좀 올려다드려요?"

"계란은 빼고."

준호가 웃으며 계단을 올라갔다. 멤버들도 수줍은 듯 준호에게 인사했다.

"오빠 안녕하십니까~?"

"오빠 안녕하세요?"

준호는 거실에 옹기종기 모여 앉은 장미의 친구들에게 가볍게 인사했다.

"간만이다."

준호에게 관심이 없어 보이는 춘화와 수지만 그 말에 대충 대답했을 뿐, 나머지는 제각기 몸을 꼬며 쑥스러워하는 분위기였다. 그 모습에 피식 웃던 준호가 문득 나미를 발견하고 물었다.

"못 보던 애다."

춘화가 고개를 끄덕이며 말했다.

"우리 새 멤버."

"예쁘게 생겼네."

"오오~ 예쁘게 생겼대!"

살인적인 미소를 흘려놓고 올라가 버린 준호 뒤로 짓궂은 아이들의 놀림이 이어졌다.

나미는 준호가 거실에 있는 동안 너무 놀라 숨 쉬는 것조차 잊고 있었다. 세상에, 첫눈에 반한다는 게 이런 거구나. 눈에 띄게 발갛게 달아오른 나미의 볼을 보고 친구들이 웃음을 터뜨렸다.

그날 이후, 걱정했던 학교생활은 즐거움의 연속이었

다. 나미는 서울이 점점 마음에 들기 시작했다. 전의 학교와는 비교도 할 수 없을 정도로 신나는 일들이 이어졌다.

할머니 코 고는 소리에 여전히 밤잠을 설치다 지각할 때도 있었지만, 장미가 있으니 괜찮았다. 춘화가 지각할 때마다 춘화의 자리를 세팅하고 있던 장미의 가방과 교과서가 나미의 자리에도 세팅되기 시작했다.

밝아진 딸의 얼굴에 엄마가 기분이라며 새 나이키 운동화를 사주기도 했다. 장미가 오오, 하고 부러워하자 우쭐한 기분이 들었다. 이제는 서울 애들이 어색하거나, 자신만 동떨어졌다는 기분도 들지 않았다.

전학 온 첫날 나미에게 시비를 걸었던 상미 패거리가 가끔 혼자 있는 나미를 노려볼 때도 있었지만, 그저 눈만 안 마주치면 되겠거니 하고 재빨리 고개를 돌려버리곤 했다.

점심시간마다 방송반에서 틀어주는 신나는 팝송도 나미의 즐거움 중 하나였다. 춘화와 함께 매점에 가면, 어느새 나타난 다른 멤버들이 자연스럽게 모여들었다. 그러면 학교 아이들은 제일 좋은 자리를 양보해주었다.

그래도 수지와는 여전히 친해질 수 없었다. 수지는 예쁜 만큼이나 엄청나게 도도하고 말이 없는 아이였다. 반에서, 아니 학교에서 제일 예뻤지만 웃는 얼굴을 본 적이 없었다. 매일같이 학교 앞에서 수지를 기다리는 남학생들도 그런 수지의 차가운 태도에 꼬리를 말고 돌아가기 일쑤였다.

그래도 나미는 예쁜 수지가 좋았다. 나미의 눈에는 책받침 속에 있는 피비 케이츠보다 수지가 더 예뻤기 때문이다.

미술 시간, 선생님의
부탁으로 모델이 된 수지가 우아하게 의자에 앉아 있었다. 나미는 수지와 제일 가까운 자리에서 즐거운 얼굴로 그림에 집중했다. 그림은 나미의 취미이자 특기였다. 거침없이 수지의 얼굴을 그리는 나미를 보고 아이들이 하나둘 다가와 큰 소리로 감탄했다. 나미의 그림 속 수지는 실물보다 더 예쁜 것 같았다.

"오오~. 이건 뭐 사진이구마잉~."

"좀 그리는데."

장미와 춘화가 나미의 그림을 보며 칭찬해주었다. 수지도 궁금했는지 시선을 돌려 나미 쪽을 바라보았다. 내내 수지의 얼굴만 보고 있던 나미가 눈이 마주치자 방실거리며 웃음 지었다. 하지만 수지는 다시 얼굴을 차갑게 굳히고 고개를 돌려버렸다.

그날, 나미가 그림에 소질이 있다는 사실을 알게 된 춘화가 멤버들을 모아놓고 아이디어를 냈다.

"그림은 나미가 그려. 엽서에 쓸 사연은 금옥이가 쓰

면 되잖아. 보내자. 어때?"

라디오에 사연을 보내자는 것이었다. 아이들은 환호했다. 인기 라디오에 사연이 소개된다는 것은 정말 엄청난 일이었다. 더불어 진희가 말했던 것처럼, 소녀 시대보다 백 배는 더 멋있는 이름을 지어달라고 부탁하는 거다.

"반드시 뽑혀야 해!"

모두 모여 머리를 맞댔다.

"무조건, 무조건! 종환이 오빠 라디오에 보내는 거야."

다들 고개를 끄덕였다. 제일 인기 있는 DJ가 아니면 이름을 맡길 수 없다는 생각들이었다. 나미는 멤버들의 열정에 함께 불타올라, 밤을 새워가며 그림을 그렸다.

멤버 일곱 명의 얼굴이 모두 들어간, 아주 정성스러운 그림이었다.

엽서를 보낸 다음 날부터 나미는 밤마다 잠을 이룰 수가 없었다. 매일 밤 11시를 애타게 기다리며 눈이 감기려 할 때마다 허벅지를 꼬집었다. 그건 다른 멤버들도 마찬가지였다. 모두 그렇다는 사실을 알고 나서는 서로 돌아가면서 전화를 하며 라디오를 듣는 게 일상이 되어버렸다.

그러던 어느 날이었다. 나미는 할머니 옆에 누워 전화기를 붙들고 춘화와 통화를 하고 있었다. 할머니 코 고는 소리가 간혹 들렸지만 그게 문제가 아니었다. 전화기 건너에서 들려오는 춘화와, 오늘은 춘화네 집에서 잔다던 진희의 목소리, 그리고 라디오에서 들려오는 DJ의 목소리에 집중하느라 정신이 하나도 없었다.
 나미는 이불 속에 엎드린 채 라디오 볼륨을 조절했다. 할머니는 이제 이런 정도의 소음에는 절대 깨지 않았다. 춘화는 아까부터 미래에 일어날 신기한 일들에 대해 떠들고 있었다.
 "전화기를 들고 다니면서 통화하는 거지. 길거리에서."
 "무겁지 않을까?"
 "작은 게 나오겠지. 컴퓨터도 막 들고 다닐 거야. 거기서 편지도 쓰고…… 라디오도 보고."
 "오메, 라디오를…… 봐?"
 "보겠지. 미랜데. 전화 아니면 컴퓨터 둘 중 하난데 말이야. 아~ 그걸로 사업하면 대박인데 말이지."
 나미는 춘화의 이야기를 듣기만 해도 즐거웠다. 정말로 미래에는 그런 일이 일어나는 걸까? 생각만 해도 신기하고, 재밌었다.
 "아, 이년 또 소설 쓰시네. 왜?, 미래엔 물도 사먹는다고 그러지?"
 옆에서 진희가 춘화를 타박하는 소리가 들렸다. 나미는 웃음을 터뜨렸다.
 "야! 너네 집 가. 너네 집 가! 그리고, 물을 어떻게 사 먹냐?"

"그 얘긴 왜 안 해주냐?"

진희가 전화기를 낚아챘다.

"염병, 야. 얘가 미래엔 전화기로 사진도 찍고 텔레비전도 보고 그런단다. 참 나."

"야. 나온다. 나온다!"

갑자기 춘화가 소리를 질렀다. 나미는 전화기 너머로 호들갑을 떠는 두 사람의 목소리 때문에 라디오가 들리지 않아, 얼른 전화를 끊어버렸다.

정말이었다. 〈밤의 디스크 쇼〉에서 자신들이 보낸 사연이 흘러나오고 있었다. 나미는 낡은 라디오 스피커에 귀를 바짝 가져다 댔다.

[다음은 성북동에서, 작가를 꿈꾸는 여고생 서금옥 양의 사연입니다.]

금옥이의 이름이었다.

[스며드는 밤공기를 마시며 예이츠를 읽고 있을 때, 문득 한 구절에서 사랑하는 친구들을 떠올렸습니다. 청춘의 모든 날을 돌이켜보자. 내 생각, 너의 생각을 구분하지 않았지. 그래, 우린 아주 같은 하나였어라. 먼 훗날 현재를 돌아봤을 때 거기엔 사랑하는 내 친구 춘화, 수지, 진희, 장미, 복희, 그리고 나미가 있겠죠? 그런데 저희 멤버가 이름이 없어서 어쩌죠? 종환 오빠가 만들어주신다면 평생 저희 우정 변치 않을게요. 꼭 부탁드려요.]

됐다!

나미는 가슴이 벅차올랐다.

[아 네. 서금옥 양. 음……. 한낮의 햇살만큼이나 밝은 소녀들의 미소를 생각하니 불현듯 '써니'라는 단어가 제 머리를 스치네요. 화창하면서 명랑한 느낌. s.u.n.n.y 써니. 마음에 드셨으면 좋겠어요. 인생에서 가장 눈부신 날들을 보내는 소녀들에게 신청곡 띄워드립니다.]

뜨겁고 달콤한 공기가 가슴속을 가득 채우고 웃음을 따라 흘러나왔다. 나미는 베개를 끌어안고 어쩔 줄을 몰랐다. 각자의 집에서 기뻐 날뛰고 있을 녀석들을 생각하니, 절로 웃음이 새어 나왔다.

자는 줄 알았던 할머니가 갑자기 제정신이 돌아왔는지, 나미를 꼭 껴안고 우리 강아지, 하며 엉덩이를 두드렸다. 할머니 품에 안긴 나미는 참았던 웃음을 크게 터뜨렸다.

써니. Sunny.

행복해 죽을 것 같았다.

네번째 재
황진희의 우아한 일상

  조덕배의 〈꿈에〉가 흘러나왔다. 언젠가 〈밤의 디스크 쇼〉에서 신청곡이라며 흘러나왔던, 나미의 청춘이 묻어나는 곡이다.

  학창 시절의 추억은 평생을 간다더니, 한 번 떠올리기 시작하니까 마치 어제 일처럼 모든 게 선명해지고 있었다. 나미는 빨래를 정리하면서도 그 시절 그 노래를 틀어 놓고 저도 모르게 흥얼거렸다.

  재밌었지, 열여덟 살.

  뭐가 그리 즐거웠는지 아주 작은 일에도 웃음이 끊이질 않았다. 친구가 세상의 전부인 것처럼, 어떻게 그럴 수가 있었는지. 지금에 와서는 우스우면서도 그때가 그리운 마음은 어쩔 수가 없어서, 이렇게 생각하는 것만으로도 가슴속이 일렁였다.

나미는 빨래 더미에서 예빈의 교복을 찾아냈다. 구겨지지 않도록 잘 개다가, 문득 예빈이 당시의 나미와 비슷한 또래라는 걸 깨달았다.

우리 때도 교복이 있었으면 좋았을 텐데. 나미는 혼자 그런 생각을 하며 예빈의 교복 조끼를 들어 제 몸에 대보았다.

얼추 맞을 것 같은데?

거울을 보니 생각보다 나쁘지 않았다. 나미는 아예 블라우스와 치마까지 제대로 갖춰 입고 다시 거울 앞에 섰다. 사이즈가 비슷해서 그런지 마치 나미의 옷인 양 잘 맞았다. 나미는 즐거운 마음에 거울 앞에 서서 한 바퀴를 돌아보았다.

이 정도면 괜찮은데? 멀리서 보면 고등학생으로 보이지 않을까?

교복을 입자, 마음까지 열여덟 그때로 돌아간 것 같았다. 나미는 콧노래를 흥얼거리며 거실을 돌아다녔다.

삐빅-삑삑

갑자기 현관 비밀번호가 빠르게 눌러지는 소리가 들렸다. 나미는 화들짝 놀라 굳은 채 두 눈을 둥그렇게 떴다.

그러고 보니 오늘은 토요일. 어느새 예빈이 돌아올 시간이었다. 나미의 심장이 도둑질하다 들킨 사람처럼 격하게 쿵쾅거렸다.

예빈이 거실로 들어왔다. 무심한 얼굴로 도시락 통을 소파에 내려놓던 예빈은 소파 옆에 숨어 있는 나미를 발견하고 멈춰 섰다.

모녀의 시선이 부딪쳤다. 나미는 죄 지은 사람처럼 부끄럽고 창피해서 고개를 들 수가 없었다. 예빈은 쪼그려 숨은 엄마의 몸에 걸쳐져 있는 자신의 교복을 보고, 기가 막혀 벌어지는 입을 다물 수가 없었다. 그러다 결국 한마디 하고 말았다.

"그냥 사 입지?"

나미가 고개도 못 들고 어휴, 소리를 냈다. 설상가상으로 거실 테이블 위에선 나미의 핸드폰이 요란한 진동음을 흘리기 시작했다. 나미가 전화도 받지 못하고 눈치를 보자 예빈은 어이없다는 듯 한숨을 내쉬었다.

결국 나미는 벌 받는 아이처럼 오리걸음으로 걸어가 전화를 받았다.

"어. 장미야……. 진희? 욕쟁이 진희?"

진희를 찾았다는 전화였다. 예빈은 나미가 입은 자신의 교복을 여전히 화난 얼굴로 바라보고 있었다.

나미는 장미와 함께 골프장을 찾았다. 흥신소에서 골라준 〈자연스러운 만남 상황 B〉에 나온 대로, 골프장 신입 회원인 척 골프 웨어까지 차려입은 상태였다.

여기저기 흩어져 있는 부자들 사이에 진희가 보였다. 많이 달라진 얼굴이었지만 간신히 알아볼 수는 있었다. 진희의 테이블에는 남편으로 보이는 남자, 그리고 몇 명의 이른바 '사모님들'이 같이 앉아 있었다. 장미는 의미심장한 미소를 짓고 먼저 발걸음을 뗐다. 나미도 피식 웃고 뒤를 따랐다.

"세상이 아무리 변했다지만 요새 애들 어쩜 그러는지 모르겠어요. 천박하게. 그래도 우리 때는 고상하게 놀았잖아요. 책 읽고 클래식 듣고……."

부유해 보이는 사모님들이 진희의 말에 고개를 끄덕이며 동조했다. 나미는 웃음이 터져 죽을 것만 같았다. 책 읽고 클래식 듣고? 욕쟁이 진희가 고상했다고? 전라도로 욕 배우러 유학 가겠다던 그 진희가?

장미가 먼저 행동에 나섰다. 모르는 척 진희 앞을 지나가다 테이블 위에 있던 주스 컵을 툭 친 것이다. 진희는 그대로 주스를 뒤집어썼다.

"아이고~ 이거 죄송합니다."

장미가 능청스럽게 사과를 건넸다. 순간 나미는 진하게 화장한 진희의 입술이 움찔거리며 욕이 튀어나올 뻔했다는 것을 포착했다. 진희는 앞자리에 앉아 있는 사모님들을 의식했는지, 간신히 화를 억누르고 얌전하게 말했다.

"아이참, 조심 좀 하시지……."

이때 나미가 우연인 척 나타나, 어색하게 말을 걸었다.

"죄송합니다. 어떡해…… 어머. 너 진희 아니니? 황진희."

"……나미? 임나미?"

쏟아진 주스를 닦아주는 척하던 장미도, 자신을 밀어내는 진희에게 얼굴을 들이밀었다. 진희가 긴가민가한 눈으로 장미를 살펴보았다.

"……장미 아니니?"

"왜 아니겠어?"

씨익. 두 사람이 진희를 향해 웃음 지었다.

"애, 애들아. 정말 엄청 오랜만이다……. 우리, 다른 테이블로 옮길까? 응? 저 그럼 잠시 실례할게요."

진희가 자리에서 벌떡 일어나 장미와 나미를 이끌었다. 두 사람은 피식피식 웃음을 흘리며 진희를 따라갔다. 세 사람은 야외에 있는 한적한 테이블에 이르러서야 제대로 서로를 마주할 수 있었다. 진희는 우아하게 자리에 앉더니 그제야 좀 반갑다는 얼굴로 나미를 돌아보았다.

"나미는 하나도 안 늙었다, 얘. 한눈에 알아봤어. 장미는……."

그러고 장미를 보더니 슬쩍 웃었다.

"그대로네?"

장미는 우아한 척 고상하게 말하는 진희를 못 봐주겠다는 얼굴이었다. 어서 저 안 어울리는 가면을 벗겨줘야겠다고 결심하는 게 분명했다.

"너는 못 알아보겠다, 야. 주댕이 빼고 다 고쳤네. 세상에."

"고치긴 뭘 고쳐? 얘는, 비염 때문에 코만 살짝 했는데. ……눈썹 찔려서 눈 쪼금 하고."

조금이라고 하기엔 너무 많이 변한 얼굴이다. 25년 만에 만나서도 여전히 티격태격 다투는 두 사람을 바라보며 나미는 간신히 웃음을 참았다.

그때 골프장 안쪽에 있던 진희 남편이 다가와 진희를 꼭 끌어안았다. 우리 예쁜이, 하며 친구들 앞에서도 서슴없이 애정 표현을 하는데, 장미가 먹었던 주스를 도로 뱉어낼 정도로 닭살 돋는 장면이었다.

진희 남편이 나미와 장미에게 인사를 건넸다. 나미도 마주 인사했다.

"한 바퀴 돌고 올게. 얘기 쭉 나누고 있어~. 학교 때 친하셨나봐요?"

진희가 얌전하고 부드러운 목소리로 조그맣게 대꾸했다.

110

"같은 서클이었어요. 스터디……."

물론 그 '스터디'라는 단어를 말할 때 장미와 나미의 눈치를 조금 보기는 했다.

"이 사람 학교 때 어땠습니까?"

"진희가 좀…… 우아했어요."

나미는 간신히 그렇게 대답할 수 있었다. 자꾸만 웃음이 튀어나와 입가가 실룩거렸다.

"욕쟁이 중에선 나름."

장미가 작은 소리로 툭 내뱉었다. 다행히 남편은 못 알아들은 것 같았다. 나미는 결국 웃음을 터뜨렸고, 진희가 장미를 향해 눈을 부라렸다.

"패싸움 나가면 얘가……, 주둥이가 연장이라……."

"어머, 여보! 여자들끼리 얘기 좀 하게…… 저기들 기다리시네요."

진희는 더 이상은 안 되겠다 싶었는지 억지로 남편을 밀어붙였다. 다시 한 번 징그러운 애정 표현이 이어지고, 그가 자리를 떴다. 진희는 그제야 조금 편해진 얼굴이 되었다. 어떻게든 얌전하게 말하려고 애쓰는 모습이 너무 웃겨서, 나미와 장미는 여전히 입가를 실룩거리고 있었다.

"장미, 뭐 안 좋은 일 있었나보다? 그치?"

"아니 나는 웃겨서 그렇지."

이죽거리는 장미가 마음에 안 들었는지, 진희가 그쪽

을 무시하고 이번에는 나미에게 물었다.

"그래 어떻게 지냈어? 애는 몇 살이니?"

"고1."

"히익!"

이야기는 하지 않고, 많이 달라진 진희의 모습을 살피던 장미가 별안간 해괴한 신음을 흘렸다. 뭔가 굉장한 걸 발견한 얼굴이었다.

"너 젖도 했구나? 완전히 수박 됐네!"

진희 얼굴이 붉으락푸르락해졌다.

"무슨……! 교양 없게. 나미 남편은 무슨 일 해……?"

장미는 또 그게 신나는 모양이었다.

"우리가 스터디냐? 불량 서클이지."

"아 씨발, 진짜……! 그만해라~."

드디어 나왔다. 육두문자. 장미와 나미가 서로를 한 번 보고 씨익 웃었다. 진희는 겸연쩍은 얼굴로 애써 수습하려고 했지만 이미 뱉은 욕을 주워 담을 수는 없었다.

이제야 좀 황진희다웠다.

두 눈을 내리뜨고 아무 일도 없었던 척하는 진희를 보며 나미가 뒤늦게 용건을 털어놓았다.

"진희야. 너 춘화 만나러 안 갈래?"

"춘화……?"

나미가 그간의 사정 이야기를 털어놓았다. 헌데 진희

는 뭔가 기분이 상한 얼굴이었다. 중간 중간 입술을 움찔거리며 무슨 말인가를 하려고 했지만, 애써 다물기를 여러 번. 그러다 자리에서 벌떡 일어나더니 남편에게 가봐야겠다며 등을 돌렸다.

"진희야, 진희야!"

빠르게 걸어가는 진희를 나미가 당황해서 붙잡았다. 진희는 골프 장갑을 손에 끼우며 새침하게 쏘아붙였다.

"불륜들이나 쫓아다니는 그런 데 통해서 날 찾았다는 게 좀 그러네."

"뭘 그걸 갖고 그러냐? TV는 사랑을 싣고. 뭐 그런 거지."

장미는 진희에게 별것도 아닌 걸 가지고 유난스럽게 군다고 투덜거렸지만, 진희는 그게 아닌 모양이었다.

"나도 모르는 사이에 뒷조사당하는 게 좋겠니?"

"춘화가 얼마 안 남았다니까. 우리가 찾으면 오래 걸리잖아."

"다른 방법을 찾았어야지."

세월이 흐르긴 흐른 모양이다. 남의 눈이나 사회적 체면, 그런 건 전혀 신경 쓰지 않던 진희인데. 나미는 그것이 못내 씁쓸해 실망감을 감출 수가 없었다.

그런 두 사람을 버려두고 가려던 진희가 갑자기 뭔가 생각난 듯, 걸음을 멈췄다. 그러더니 조금 망설이는 기색으로 입을 열었다.
"너, 거기 명함 있어?"
"왜?"
"있으면 빨리 줘봐. 얼른!"
장미가 핸드백을 열어 주섬주섬 명함을 찾아냈다. 진희는 여전히 불쾌한 얼굴로, 장미의 손에서 그것을 낚아채 갔다.
"그런 교양 없는 데에 내 개인 정보 보관돼 있는 거, 난 못 참아. 나 먼저 간다. 연락하자."
일방적인 굿바이 멘트였다. 얼떨떨한 얼굴로 서 있는 두 사람을 남겨두고 진희의 뒷모습이 점점 멀어졌다.
종종걸음으로 따라가던 나미가 빽 소리를 질렀다.
"야! 황진희!"
급한 마음에 내질렀더니 생각보다 훨씬 큰 목소리가 튀어나왔다. 진희와 장미가 동시에 깜짝 놀라 나미를 뒤돌아보았다. 이번에도 옛날처럼 걸쭉한 전라도 욕이라도 퍼부어주려는 것은 아닐까, 생각하는 것 같았다. 얌전하게 생긴 주제에 가끔 저지르는 돌발 행동 때문에 간혹 친구들을 긴장하게 하는 나미였다. 세월이 무색하도록 그 성격만은 변함이 없어서, 소리친 나미조차 제풀에 살짝 놀라 기죽은 얼굴로 입을 열었다.
"넌 욕할 때가 예뻐."

기껏 한다는 말이 그거였나. 나미를 바라보던 진희는 그런 얼굴로 흠, 헛기침을 하더니 재빨리 걸어가 버렸다. 지나치게 서두르는 기색이었다. 코앞까지 다가온 차를 보지 못하고 하마터면 부딪칠 뻔할 만큼.

"아이 씨발."

차를 노려보는 진희의 입에서 자연스럽게 욕이 튀어나왔다. 진희는 다시 한 번 흠흠, 헛기침을 하고는 주차장 너머로 사라졌다. 제 버릇 남 못 준다더니. 지금은 우아한 척, 고상한 척 다 하고 있지만 저 모습은 나미가 알던 그 욕쟁이 황진희가 분명하다. 너무 오랜만에 만나서, 어색해서 그런 걸 거야. 나미는 실망한 자신을 그렇게 타일렀다.

돌아가는 길이 유난히 막힌다. 시내로 들어오니 차가 많아서 꼼짝도 할 수 없었다. 차갑게 돌아선 진희를 생각하는 듯, 운전대를 잡고 있는 나미는 말이 없었다.

"말이야. 지 남편이 빌딩이 두 개면 두 개지. 사람이 변해도 어쩜 저렇게 변하냐?"

장미는 서운함을 넘어 화를 내고 있었다. 장미의 눈에 비친 진희는, 죽어가는 춘화를 만나러 갈 마음이 전혀 없어 보였다. 예전의 진희라면 누구보다 먼저 춘화를 찾아낸 뒤 그 곁을 지켰어야 했다.

"세월이 그런 거지."

나미가 중얼거렸다. 25년이란 세월은 욕쟁이를 부잣집 교양 있는 사모님으로 바꾸어주기도 하는 모양이다. 그렇게 따지고 보면 자신도 마찬가지가 아닌가. 다른 사람의 눈에는 나미 역시 그렇게 보일지 모른다.

"야. 난 네가 소리 빽 지를 때 욕 한번 시원하게 쏴주는 줄 알고 은근 기대했잖아."

"한번 해줄 걸 그랬나?"

"간만에 한번 해봐라. 응? 응?"

"안 해……. 미친년아."

아줌마가 되어 재회한 뒤 처음으로 하는 욕이었다. 나미의 앳되고 고운 얼굴과는 어울리지 않는 욕이었지만, 덕분에 옛날 생각이 난 장미는 신이 나서 재촉했다.

"그거 말고. 그 옛날에 하던 거."

"뭐 이런 씨부랄 느자구 없는 년…… 이런 거?"

나미는 고상한 얼굴로 살벌한 욕을 하기 시작했다. 그 바람에 그 옛날 소녀 시대 앞에서 저혈당 쇼크의 힘을 빌려 퍼부어주었던 속사포 욕이 떠올라 나미와 장미, 두 사람 모두 웃음을 터뜨리고 말았다.

빵빵——! 갑자기 웬 차가 나미의 차를 추월하며 커다란 경적 소리를 냈다. 장미와 웃고 떠드느라 출발 신호를 늦게 본 것이다.

"아줌마! 여기가 자전거 도로요?!"

옆 차 운전석에 앉은 젊은 남자가 나미에게 신경질을 부렸다. 큰 소리에 놀란 나미가 죄송하다며 머리를 조아렸다. 젊은 남자는 대답도 없이 쌩 앞으로 나아갔다.

"욕을 해줘야지. 욕을."

금세 쪼그라드는 나미의 모습이 안쓰러웠던 듯 장미가 인상을 찡그리고 중얼거렸다.

"어우 놀라라……. 씨발."

그 바람에 나미가 뒤늦게 욕을 덧붙였다. 순발력이라고는 전혀 없는, 정말로 나미다운 대답이었다. 두 사람은 또 다시 웃음을 터뜨리고 말았다.

그렇게 며칠이 흘렀다.

그동안 나미는 한 아이의 엄마로서 변함없이 정신없는 아침을 보내고, 충실한 아내 노릇을 했다. 그것만 보면 지금까지와 별반 다르지 않은 생활이었다.

하지만 무언가 달라진 게 있었다. 다른 사람은 몰라도 나미 본인은 확실하게 느끼고 있었다. 춘화를 발견해 장미를 찾고 진희까지 만난 지금, 꿈 많고 사랑스럽던 열여덟 소녀 임나미가 단단한 껍질을 깨고 나오기 시작한 것이다. 누군가의 엄마이며 아내인 임나미가 아니라, 그저 오롯한 인간 임나미.

세상 모든 게 달라 보였다. 테라스를 통해 쏟아지는 햇살도, 매년 똑같이 찾아와 어느새 감흥 없어진 봄날도, 이제는 제 몸인 양 자연스럽게 여겨지던 집 안 풍경조차도 모두 달라 보였다.

 써니 때문이다. 오랫동안 팽개쳐 두었던 자기 자신을 써니와 함께 찾아낸 것이다.

 그 후 나미는 틈이 나는 대로 춘화의 병문안을 가고, 남편의 야근으로 심심하다는 장미와 밤마다 전화로 수다를 떨었다. 잊고 살았던 만큼 돌아온 인연이 애틋해, 절로 가슴이 뭉클해졌다.

 막 청소를 끝낸 오후, 흥신소로부터 전화가 왔다. 금옥을 찾았다는 연락이었다. 나미는 서둘러 옷을 갖춰 입고 집을 나섰다. 이번엔 혼자 가야 했다. 장미가 보험 회사 연수를 떠나고 없었기 때문이다.

 가는 내내 가슴이 두근거렸다. 서 치과 집 무남독녀 금이야 옥이야 서금옥이. 어떻게 변했을까? 미스코리아가 되겠다던 복희도, 피비 케이츠를 닮은 예쁜 수지도 모두 보고 싶었다. 그리운 얼굴을 하나씩 떠올리다보니 흥신소로 가는 길이 이렇게 짧은 줄도 몰랐다.

 나미는 어느덧 익숙해진 좁고 낡은 사무실 안으로 들어갔다.

 인스턴트커피를 앞에 두고, 흥신소 사장이 웬 서류 봉

투와 함께 성경 책을 내밀었다.

"이번엔 이 방법이 제일 자연스럽습니다."

전도 중에 우연히 만난다. 이것이 사장이 생각해낸 자연스러운 만남 방법이었다. 나미는 흥신소를 통해 찾았다는 말에 무척이나 불쾌해하던 진희를 떠올리고는, 이번에야말로 사장이 권한 방법대로 우연인 척하자고 마음먹었다.

"그런데 언니분은 안 오셨네요?"

"네. 며칠 연수 간다고 해서……. 그리고 언니가 아니라 친구예요."

머쓱해진 사장이 머리를 긁적였다.

"네, 뭐 어쨌든 나머지 두 분도 몇 주 내로 찾아드릴게요."

"네. 저 근데……."

나미가 조심스럽게 종이 한 장을 꺼내어 테이블 위에 올려놓았다.

"별도로 이분 좀 찾아주실 수 있나요? 성함이랑, 나이는 아는데."

사장이 종이를 들여다보았다. 이름, 나이, 살던 지역. 이 정도면 충분한 것 같다며 대수롭지 않다는 듯 고개를 끄덕였다.

"네. 뭐 이 정도면……."

그때 사무실 중간을 가로지르는 파티션 뒤에서 우당탕 시끄러운 소리가 났다. 사장이 무슨 일인가 싶어, 짜증 가득한 얼굴로 자리에서 일어났다.

"잠시만요."

그러다 누군가를 발견했는지, 나미가 앉아 있는 곳에서는 보이지 않는 파티션 뒤에 대고 두 눈을 휘둥그레 떴다.

"사모님. 그만 가보셔도 돼요. 접수 잘했으니까요. 비밀 철저히…… 네?"

무슨 일인가 싶어 그쪽을 바라보던 나미의 눈이 가늘어졌다. 커다란 반지를 낀 여자의 손이 바깥으로 삐져나와, 급히 저리 가라는 손짓을 하고 있었다. 왠지 익숙한 손이다. 나미가 슬그머니 자리에서 일어났다.

그리고 쐐기를 박듯, 눈치 없는 다른 직원의 말이 들렸다.

"아, 계셨네. 황진희 고객님. 남편분 차 넘버 잘못 쓰셨죠? 조회가 안 되네. 불륜은 차 넘버가 반인데……."

역시. 나미는 웃음이 터지려는 얼굴을 다잡고 파티션 앞으로 걸어가 슬쩍 그 아래쪽을 들여다보았다. 바닥에 쭈그리고 앉아 잔뜩 몸을 웅크린 진희가 입술을 비죽이고 있었다. 뭐라고 큰 소리로 욕해주고 싶은데, 그럴 수가 없어서 짜증이 난 얼굴이다. 며칠 전에 봤던 우아함은 찾아볼 수조차 없었다.

나미가 그런 진희의 뒤통수에 대고 은근히 물었다.
"너 뭐 하니?"
우뚝. 안 들킨 줄 알고 안도의 한숨을 내쉬던 진희의 몸이 딱딱하게 굳었다. 쭈그려 앉은 채로 어색하게 고개를 돌리자, 한심하다는 표정으로 파티션에 팔을 걸치고 선 나미의 얼굴이 보였다. 두 사람의 눈이 마주쳤다. 진희는 울상을 짓고 말았다.

그로부터 잠시 후, 햇빛 쨍쨍한 다세대 주택가.
단정하지만 고급스러운 차림새의 나미, 화려한 하이힐을 신고 있는 진희의 모습은 낡고 지저분한 이 골목과는 조금도 어울리지 않아 보였다. 가파른 오르막에 길바닥까지 울퉁불퉁하기 짝이 없어, 한눈에 보기에도 가난한 동네였다.
나미는 꿋꿋하게 앞장서서 걸었다. 두꺼운 성경 책을 들고 따라온 진희는 종종걸음으로 그 뒤를 쫓았다.
"왜 이런 데 산담? 오르막은 또 왜 이렇게 높아? 이거 사람이 살라고 만든 데 맞아?"
진희가 불편한 구두로 휘청거리며 불만을 토해냈다. 하지만 나미는 쉬지 않고 계속 걸었다.
"빨리 와."
"가잖아~."

투덜거리다가도 슬슬 나미의 눈치를 보는 것이, 며칠 전과는 사뭇 다른 모습이었다. 그렇게나 불쾌하다던 흥신소에 남편의 뒷조사를 의뢰한 것이, 제 딴에도 부끄럽긴 한 듯했다. 정확히는 나미가 그걸 떠벌릴까봐 노심초사하는 것이겠지만. 그 속이 뻔히 들여다보여서 실소가 새어 나왔다.

나미는 여전히 아무것도 모르는 척 걸음을 재촉하고 있었다. 진희의 얼굴엔 점차 초조함이 떠올랐다.

"나미야아~."

"왜?"

"장미한테 말 안 할 거지?"

"너 하는 거 봐서."

"아 그냥 혹시나 해서 알아보는 거라니깐."

"누가 뭐래?"

나미는 여유 있게 미소 지었다. 진희는 울상을 지으며 더욱 필사적으로 나미의 뒤를 따라갔다.

미묘한 실랑이를 계속하다 어느새 금옥이 있다는 허름한 다세대 주택 앞에 도착했다. 주택이라기엔 심각하게 낡을 대로 낡은 건물이었다. 페인트는 여기저기 벗겨진 데다 변색돼 본래의 모습을 찾아볼 수 없었고, 지저분한 계단에는 버려진 살림살이가 어지럽게 쌓인 채였다. 요즘엔 어느 집에나 다 있는 도어 락조차 설치되어 있지 않앉다.

머뭇거리는 진희 대신 나미가 용기 내어 벨을 눌렀다. 이어서 눈짓으로 신호를 보냈다. 준비된 대본은 성경 책을 든 진희가 읽기로 한 것이다.

집 안에서 아기 울음소리가 들려왔다. 그 위로 앙칼진 노모의 재촉이 이어졌다.

[철희 어미야, 나가 봐라!]

철희 엄마. 금옥을 부르는 소리일까? 나미는 두근거리는 마음을 진정시켰다.

[누구세요?]

아이를 어르는 소리와 함께 현관문 너머에서 부스럭거리는 인기척이 들렸다. 진희가 때맞춰 우아한 말투로 입을 열었다.

"안녕하세요? 주님의 좋은 소식, 전하러 왔습니다."

[교회, 다니는데요?]

퉁명스러운 대답이 돌아왔다. 아무래도 문을 열어줄 것 같지 않았다. 조급해진 나미가 속삭이며 진희를 채근했다.

"좀 상냥하게."

진희는 못마땅한 얼굴을 했지만 이내 더욱 상냥한 목소리로 말을 걸었다.

"하나님은 여러분을 사랑하십니다~."

이윽고 문이 열리는 소리가 들렸다.

삶에 지친, 피로한 얼굴의 여자가 나타났다. 두 팔엔 어린아이를 안고, 화장기 없는 얼굴에 생기라고는 전혀 찾아볼 수 없었다. 고된 집안일을 하느라 거칠고 투박해진 손은 굳은살로 뒤덮여 있었다. 늘어난 티셔츠에 얼룩덜룩한 치마, 헝클어진 머리를 대충 동여매고 있는……

금옥이.

"어느 교회에서 나오셨어요?"

금옥이 물었다. 나미는 차마 입을 열어 대꾸할 수가 없었다. 진희의 얼굴도 나미와 다르지 않았다. 두 사람은 어색하게 굳은 얼굴로 금옥을 뚫어져라 바라보고만 있을 뿐이었다.

서 치과 집 무남독녀 금이야 옥이야 서금옥이, 맞니?

차마 그렇게 물어볼 용기가 나지 않았다.

## 다섯번째
## 문학소녀의 편지 봉투

금옥의 꿈은 소설가였다. 스스로를 자랑스레 문학소녀라 부르던 금옥은 언제나 부모님이 사주는 새 책을 옆구리에 끼고 다녔다. 무남독녀 외동딸. 금옥은 말 그대로 부모님의 사랑을 듬뿍 받으며 금이야 옥이야 자랐다. 금옥의 부모님은 하나뿐인 딸이 원하는 것이라면 무엇이든 아낌없이 지원해주는 그런 분들이었다.

꼭 훌륭한 여류 소설가가 되겠다던 그녀는, 새 공책을 사면 늘 그곳에 소설을 썼다. 그리고 멤버들에게 돌아가면서 읽어보라 권하기도 했다. 어린 시절에도 금옥이 썼던 글들은 나미의 마음에 쏙 들어서, 지금쯤이면 그토록 노래하던 소설가가 되어 있겠지 하고 막연한 기대를 품고 있었던 것이다.

그런 금옥인데. 이렇게 살고 있었다니.

18평 남짓한 방 두 개짜리 집은, 낡은 세간들이 쌓여 있어서 무척이나 좁았다. 오래된 건물인 탓에 평수보다도 더 좁아 보였다. 여기저기 널려 있는 아기용품들 탓에 집이 더욱 어수선했고, 식구가 여럿인지 자질구레한 살림살이도 꽤 많았다. 나미와 진희가 앉을 자리조차 마땅치 않아서, 금옥이 내어준 방석을 깔고 둘이서 한쪽 방에 조용히 엉덩이를 붙였다. 나머지 한 방에는 시어머니가 계신 모양이었다.

그야말로 가시방석이었다. 진희도 잔뜩 찡그린 얼굴로 주섬주섬 자리에 앉았다.

유리컵에 주스를 담아 가져온 금옥의 얼굴엔 얇은 미소가 걸려 있었지만, 어쩐지 이 자리가 나미와 진희보다 더 불편해 보였다.

"마셔. 집이 좀 좁지? 재개발 끝날 때까지만 있으려고."

물론 이 동네가 재개발 구역이 아니라는 것쯤은 셋 다 아는 사실이었다. 나미는 저릿한 마음에 일부러 더 밝은 얼굴로 고개를 저었다.

"좋은데 뭘. 반갑다 금옥아."

금옥이 나미의 마음을 알았는지 방긋 웃어주었다.

"그러게. 나미는 어쩜 더 어려졌니? 똑같네. 그런데 진희는……."

진희의 얼굴을 본 순간, 금옥이 웃음을 터뜨렸다.

"못 알아보겠다 야, 너는!"

이제야 조금 이야기를 나눌 분위기가 된 것 같았다. 나미가 남몰래 안도의 한숨을 내쉬었다. 진희는 여기저기 뜯어고친 제 얼굴을 신기한 듯 들여다보는 금옥이 불만이었는지, 입술을 비죽 내밀고 말을 걸었다.

"야, 서금옥. 조카까지 네가 봐주는 거야?"

"어, 시누가 만삭이라 잠깐 동안만."

그때였다. 건넛방에 있다던 시어머니가 날카로운 목소리로 금옥을 불렀다.

"철희 에미야!"

난처한 듯 불안하게 떨리는 금옥의 눈동자. 나미는 괜찮다며 어서 가보라고 했지만 어쩐지 분위기가 좋지 않았다.

"잠깐만. 네~ 어머님."

금옥이 급히 일어나 방으로 달려갔다. 두 사람은 그저 조용히 앉아, 금옥이 돌아오기만 기다렸다.

"넌 염치도 없다, 야. 네 서방이랑 올케는 친구 없어서 나가 고생한다냐. 집에서 애나 키우는 게 뭐 힘들다고 얼굴은 맨날 오만상에…… 아이구~."

일부러 들으라는 듯 큰 소리로 말하는 시어머니였다. 금옥이 뭐라 열심히 변명했지만 더욱 심하게 역정을 낼 뿐이었다.

"아주 못 잡아먹어서 안달이네. 뭐 저렇게 밉살스런 시어머니가 다 있니?"

진희가 씩씩거리며 중얼거렸다. 나미도 난감했다. 시부모님이 일찍이 이민을 떠나 버려서 고부 갈등이란 걸 겪어본 적 없는 나미는, 금옥의 시어머니가 부리는 심술이 전혀 이해가 되지 않았다.

집안일에 시누 애 보기, 거동 불편한 시어머니 돌보기까지. 금옥은 분명 몸이 두 개라도 모자라 보였다. 헌데 그게 노는 것처럼 보인다니.

이래서야 제대로 얘기를 나눌 수도 없을 것 같았다. 병실에 있는 춘화가 애타게 기다릴 텐데……. 마음이 답답했다.

주인도 없는 방에서 눈치를 보던 나미가 문득 한쪽 구석에 펼쳐져 있는 생활 정보지를 발견했다. 꼬깃꼬깃한 종이에 빨간 펜으로 여러 개의 동그라미가 쳐져 있었다. 모두 출판사나 학습지 교사를 구한다는 구인 광고였다. 아무래도 금옥이 일자리를 찾고 있는 모양이었다.

잠시 후 문 닫히는 소리가 나더니 금옥이 나타났다. 애써 아무렇지 않은 척했지만, 바르르 떨리는 눈가로 오랜

울분이 묻어 나왔다.

　마주 앉은 세 사람은 어색하게 차를 마시기 시작했다.

　후루룩. 어색한 정적이 맴돌았다. 무슨 말이라도 꺼내야겠다 싶어 나미가 입을 여는 순간, 쿵 소리와 함께 건넛방 문이 열렸다. 그리고 금옥의 시어머니가 더욱 큰 소리로 역정을 내기 시작했다.

　"문을 닫기는 왜 닫아! 내가 못 할 말을 한 거냐! 아이고, 이제 아주 지 시어미 가둬두기까지 하네."

　고래고래 소리치는 시어머니 때문에, 간신히 잠들었던 아기까지 울음을 터뜨렸다. 금옥의 좁은 집은 완전히 아비규환이 되었다. 시어머니는 한술 더 떴다.

　"애 깼네. 허리 아파서 못 안는 거 뻔히 알면서……!"

　그게 누구 때문인데. 애초에 시어머니가 소리만 지르지 않았어도 아이는 잘 자고 있었을 것이다. 기가 막혀 아무 말도 못하는 나미와 진희의 눈에, 부들부들 떨고 있는 금옥이 보였다.

　내리뜬 눈이 가늘어지더니 잔뜩 힘이 들어갔다. 금옥의 손이 티 테이블을 붙잡고 부르르 떨었다. 그 위에 있는 컵이 덜그럭거리는 소리를 낼 정도로 격한 떨림이었다. 터지려는 화를 간신히 참고 있는 것이다.

　옛날처럼 전부 뒤엎고 휘두르는 건 아닐까 싶어, 나미와 진희의 얼굴에도 긴장이 어렸다. 하지만 금옥은 입술을 꾹 깨물고 창백해진 얼굴로 화를 삭일 뿐이었다. 그리고 난처한 얼굴로, 깨지기 직전의 미소 비슷한 것을 애써 만들어냈다.
"얘들아."
목소리마저 떨리고 있었다.
"응?"
"미안하지만 그만 가줄래?"
어쩔 수 없었다. 나미는 어두운 얼굴로 자리에서 일어섰다. 이대로 있다가는 금옥만 더 힘들어질 게 뻔했다.

인사랄 것도 없이 급하게 금옥의 집을 나와, 가파른 계단을 걸어 내려오는 나미와 진희의 표정은 우울하기 그지없었다. 꿈 많던 문학소녀 서금옥이 이렇게 고생하며 사는 모습을 보고 나니 착잡함을 떨치기가 힘들었다.

진희는 내려오는 내내 땅이 꺼져라 한숨을 내쉬었다. 금옥의 모습이 무척이나 속상했던 모양이다.

"서 치과 집 무남독녀 금이야 옥이야 서금옥이가 어떻게 저러고 사니? 옛날 같았으면 당장 밥상 엎었을 년이. 니미, 세월 참 무상해."

만난 지 얼마나 됐다고 벌써 예전으로 복귀한 건지, 진희의 입에서 자연스레 욕이 튀어나왔다. 어차피 이렇게 될 거 뭘 그렇게 힘들게 고상한 척을 하는지. 물론 이쪽이 훨씬 진희다워 좋긴 했다.

"이제야 좀 너 같다."

"장미 년 보니까 자연스럽게 욕이 나오대."

겸연쩍은 얼굴로 변명하는 진희를 보며 나미는 피식 웃어버렸다.

그래, 누구나 예전 그대로의 모습으로 행복하게 살고 있을 거라는 생각은 그저 나미의 이기적인 바람일 뿐이었다. 자신의 모습만 봐도 그렇다. 화가가 되겠다던 열여덟 살 임나미 대신, 예빈 엄마만 남아 끝도 없는 집안일을 하고 있을 뿐이지 않은가.

고상한 여류 소설가 서금옥도 없었다. 삶에 지친 중년의 주부가 있을 뿐이다. 막연했던 기대는 현실에 부딪쳐 산산이 부서졌다. 써니의 리더이자 가장 씩씩하고 활기 넘쳤던 춘화가 폐암으로 누구보다 먼저 세상을 떠나게 될 거라고는 상상조차 하지 못했던 것처럼.

금옥과 더 많은 이야기를 나누지 못해 너무나 아쉬웠다. 꼭 빠른 시일 내에 춘화를 만나러 가자고 말해야 했는데. 나머지 멤버에겐 아직 많은 시간이 남아 있지만, 춘화에게는 그나마도 없었으니까.

나미가 그런 생각을 하며 무거운 발길을 옮기던 순간, 계단 위에서 금옥의 목소리가 들려왔다.

"나미야~."

급하게 뛰어나온 듯, 금옥은 다급하게 나미를 부르곤

뒤늦게 계단을 달려 내려왔다.

그런 금옥의 손에는 구깃구깃한 흰 봉투가 들려 있었다. 금옥은 난처해하는 나미의 손에 억지로 봉투를 쥐어 주었다.

"집안에 임산부가 있으니 병문안 간다고 하기가 좀 그러네. 대신 춘화 좀 갖다 줘. 부탁할게."

"잠깐이라도 네가 좀 들르지……"

"……내가 밖에서 일이라도 했으면 너희들 더 편하게 만날 텐데……. 춘화한테 따로 전화할게. 우리 연락하고 지내자. 조심해서 가."

금옥은 그렇게 말한 뒤, 뭔가에 쫓기듯 급히 뛰어 올라갔다. 분명 시어머니에게 말도 안 하고 몰래 뛰쳐나온 것이리라. 나미와 진희는 그런 금옥의 뒷모습을 쓸쓸하게 바라보았다.

우울한 일들은 겹친다더니, 그 다음 날에도 나미는 일정이 좋지 않았다. 친오빠 종기의 마지막 재판이 열리는 날이기도 했으니 당연한 일인지도 몰랐다. 그는 공장 노동자들에게 임금을 지급하지 않았다는 이유로 고소를 당했다. 이렇게 재판정에 출두한 것도 벌써 여러 번이었다. 나미는 그때마다 방청석에 앉아 초라한 오빠 종기의 뒷모습을 지켜보았다.

상황은 전혀 달랐지만 나미는 25년 전에도 오빠의 등을 보며 이런 기분을 느낀 적이 있었다.

써니 일행들과 즐거운 시간을 보내고 집으로 돌아오던 저녁. 길모퉁이를 돌아 골목으로 들어선 나미의 눈에, 담벼락에 기대서 담배를 물고 있는 여자가 보였다. 통통 튀는 걸음으로 달려온 나미를 빤히 바라보며 여자는 철컥, 라이터에 불을 붙였다. 빼끔거리는 입 밖으로 하얀 담배 연기가 새어 나왔다.

두 사람의 시선이 마주쳤다.

"뭘 꼴아봐?"

흠칫, 나미는 습관처럼 눈을 피했다. 그리고 금세 후회했다. 예전 같았으면 꼬리를 내리고 얼른 도망쳤겠지만 이제는 달라진 나미였다. 스스로 그렇게 다짐하며 짧게 심호흡하고 고개를 들어 올린 뒤, 여자를 노려보았다.

"너 꼴아본다, 왜."

"하!"

어이가 없었는지 여자가 픽 웃더니 담배를 집어 던졌다. 나미는 도망치듯 급히 자리를 피했다. 담을 돌면 집 앞이다. 얼른 그쪽으로 걷다가 보니, 마침 대문이 열려 있고 엄마와 오빠 종기가 실랑이를 벌이는 중이었다.

"글쎄 암 말도 하지 말고 가만히 계쇼. 내가 다 알아서 할 것잉게."

"종기야. 그냥 엄마랑 경찰서 같이 가자. 내가 얘기 다 해놨다니깐. 착한 우리 종기가 나쁜 년 꾐에 꼬여서……."

두 사람의 대화를 들으며 나미는 속으로 한숨을 쉬었다.

―그게 아니라니깐 그러시네. 우리 종기는 암것도 몰라요. 그 여시 같은 년이 꼬득여서 쫓아다니다 봉께…….

며칠 전, 낯선 경찰차와 제복 경찰들이 집 앞을 위협적으로 둘러쌌을 때에도 엄마는 대문 앞에서 형사에게 빌듯이 사정하며 그런 말을 했다. 그땐 무슨 말인가 했는데, 이젠 누굴 말하는 건지 알 것 같았다.

―아, 그러니깐 어머님은 아드님 보는 대로 얼른 우리한테 연락을 줘. 이 정도 삐라면 바로 남산 간다니깐? 거기 들어가면 아드님 성해서 못 나와.

그렇게 말하던 형사의 손에는, 위협적인 붉은 글씨로 가득한 전단지가 들려 있었다. 전두환 정권을 규탄하고 공산당을 추앙한다는 내용이었는데, 아래의 대표 성명엔 떡하니 오빠의 이름 '임종기'가 적혀 있었다. 그 종이를 휘두르며 협박하고 가던 형사의 등 뒤로 엄마가 연신 머리를 조아리던 기억이 아직도 생생했다.

엄마는 지금도 속상해 죽겠다는 듯 주먹으로 가슴을 퍽퍽 두드렸다.

"어이구. 어디서 미친년을 만나서, 하도 않던 노동 운동 한답시고 집안을 말아먹어. 말아먹길. 어이구 이제 좀 살 만하니까……."

엄마의 탄식은 한동안 이어질 것 같았다. 그런 엄마의 마음도 모른 채 오빠는 울컥하며 발을 굴렀다.

"누가 나쁜 년 꾐에 꼬이긴 꼬여?!! 얼른 들어가쇼. 좀 잠잠해지면 다시 올 텡게."

종기가 애원하는 엄마를 억지로 대문 안으로 밀어 넣었다. 그러더니 혹여 누군가에게 들키지는 않을까, 죄 지은 사람처럼 주변을 살피며 급히 나미가 있는 쪽으로 달려왔다. 꼭 쫓기는 사람 같았다.

나미는 그런 오빠를 물끄러미 올려다보았다.

"나 없는 동안 할머니 잘 돌봐드려라. 공부 열심히 하고."

"어디로 가는데?"

"이 오빠는 민주주의와 이 땅의 노동자들을 위해서 한 목숨 바치기로 했다. 나중에라도 절대 독재 정권과 부르주아 사상에 물들면 안 된다."

비장한 목소리. 종기는 자신의 사상에 심취해, 나미가 한심하다는 눈으로 바라보고 있다는 사실도 알지 못한 채 자리를 떴다.

등을 움츠리고 조심스레 걸어가는 종기의 뒷모습을 나미는 조용히 지켜보았다. 종기는 담벼락에 기대서 담배를 피우던 여자에게 다가가고 있었다. 여자가 새 담배를 꺼내 물자, 비굴한 자세로 불을 붙여주기까지 했다. 쩔쩔 매는 태도를 보아하니, 엄마가 말했던 여시 같은 년이란 건 역시나 저 여자를 말하는 것 같았다.

나미는 두 사람을 빤히 바라만 보고 있었다. 거만하게 서 있던 여자가 턱짓으로 나미를 가리켰다.

"몇 학년이냐? 대학 오면 운동 좀 시키자."

"아직 꼬마라 아무것도 몰라."

종기가 안절부절못하며 대답했다. 여자는 그런 종기를 데리고 반대편으로 걸어가기 시작했다. 그 뒤를 강아지처럼 졸졸 쫓아가는 오빠. 초라하기 그지없는 모습이었다.

25년이 지난 지금에도 그날 종기의 뒷모습은 나미의 마음속에 꽤나 선명하게 남아 있었다. 움츠린 등이 참 좁아 보였는데, 아이러니하게도 그건 지금 역시 마찬가지였다.

노동 운동을 위해 목숨을 바치겠다던 청년 종기의 열의는 이제 눈을 씻고 찾아봐도 보이지 않았다. 피고인석에 앉아 공장 노동자들의 눈치를 보는 중년의 남자. 삶에 지쳐 더 좁아진 어깨 위에 묵직한 죄책감이 내려앉았다.

종기의 공장에서 임금을 받지 못해 고국으로 돌아갈 수도 없다던 외국인 노동자들. 그들은 원고인석과 방청석에 모여 앉아 죽일 듯이 종기를 노려보고 있었다. 차마 눈을 마주치지 못해 고개를 수그린 종기의 머리 위로, 근엄한 판결이 내려졌다.

"피고 임종기는 원고측 대표 하싼 이하 여덟 명의 외국인 근로자들의 임금을 장기간 고의적으로 체납한 사실이 증거에 의하여 인정됩니다. 이에 본 법정은 다음과 같이 선고합니다. 피고는 원고들에게 각 고용일로부터 퇴직시까지 체불 임금을 모두 지급하라."

결국 판사는 외국인 근로자들의 손을 들어주었다. 당연한 결과였다. 나미는 지친 종기의 모습을 보며 긴 한숨을 내쉬었다.

"오빠."

힘없이 일어나 재판정 바깥으로 걸어 나간 종기가 그 말에 나미를 돌아보았다. 동생을 발견한 종기의 입가에 쓴웃음이 떠올랐다. 보란 듯이 잘 살고 있는 동생 앞에서 정말로 면목 없다는 표정이었다.

"엄마는?"

"집에. 내가 전화드렸어……. 괜찮아?"

나미의 질문에 종기는 한숨을 푹 내쉬고 말았다. 어머니 볼 낯이 없었던 것이다. 어느덧 나이 오십이 된 종기의 얼굴에는 고된 세월의 흔적이 깊이 패여 있었다.

"인생 이렇게 사는 거 아닌데. 그치?"

"……."

종기는 후회하고 있었다. 되돌아갈 수만 있다면 근로자들에게 밀린 임금을 모두 지불하고, 공장을 늘리기에 급급했던 자신에게 따끔한 충고라도 한마디 하고 싶다고, 지친 얼굴로 중얼거렸다.

나미는 그런 오빠가 그저 안쓰럽게만 느껴졌다.

출구에서 종기를 고소했던 외국인 노동자들이 걸어 나오고 있었다. 종기를 바라보는 그들의 얼굴은 냉담하기 그지없었다.

"하싼! 미안하다."

종기가 용기를 내어 그들에게 악수를 청했다. 이제 재판이 끝났으니 과거의 앙금을 털어버리자는 뜻이었다. 하지만 그들은 종기를 용서할 마음이 없어 보였다. 그들의 입장에서는 자연스런 일이었다.

"개새끼."

하싼이 이를 갈며 우리말로 욕설을 내뱉었다. 그리고 다른 노동자들과 함께 종기를 무섭게 쏘아보더니 등을 홱 돌려 자리를 떠났다. 악수를 하기 위해 내밀었던 손이 부끄러웠던지, 종기가 어색하게 웃었다.

그 모습 어디에도 민주주의와 이 땅의 노동자들을 위해 헌신하겠다던 투사의 긍지는 찾아볼 수 없었다.

돈이 뭐기에…….

그날 밤, 나미는 남편의 서재에 앉아 스탠드 불빛에 의지해 금옥이 건네준 봉투를 열어보았다.

꼬깃꼬깃한 만 원짜리 지폐 다섯 장. 어려운 살림을 꾸리고 있는 금옥에게는 분명 큰돈일 것이다. 그럼에도 자신의 처지에 부끄러워하며, 오랜만에 만난 친구들과 눈조차 제대로 마주치지 못하던 금옥이. 그 모습을 떠올리자 나미의 눈시울이 붉어졌다.

정말이지, 그깟 돈이 뭐라고.

하지만 금옥이가 준 돈을 바라보고 있자니, 홧김에 '그깟 돈'이라고 생각했던 것조차 미안해져서 한숨을 쉬었다. 이건 금옥이 급할 때 쓰려고 오래도록 아껴왔던 비상금이 분명한 돈이다.

문득, 미안한 일이 생길 때마다 나미의 손에 수표를 쥐어주던 남편의 얼굴이 떠올랐다. 외국인 노동자에게 줘야 할 돈을 아끼려고 양심을 버린 오빠의 얼굴도 떠올랐다.

사람은 대체 몇 살 때부터 돈으로 마음의 표시를 하게 되는 것일까. 아니, 몇 살 때부터 돈 때문에 마음을 저버리는 것일까. 예전엔 그러지 않았는데…… 참 알 수 없는 일이다. 아무튼 확실한 건, 금옥의 마음은 진심이었다는 것이다.

나미의 손이 움직였다. 나미는 금옥이 준 봉투에서 오만 원을 꺼내 소중히 챙겨놓고, 남편에게 받은 봉투 안에서 빳빳한 십만 원 권 수표 열 장을 꺼냈다. 그리고 그 안에 넣었다.

금옥이 챙겨준 소중한 오만 원을 전해주자면 자연히 금옥이가 힘들게 살고 있다는 사실을 전해야 할 거고, 그럼 안 그래도 시간이 얼마 남지 않은 춘화가 가슴 아파할까봐 두려웠던 것이다. 아니, 사실은 그렇게 가슴 아파하는 춘화의 얼굴을 나미는 보고 있을 자신이 없었다.

내일 춘화에게 얘기하자. 금옥을 찾았다고. 집안에 임산부가 있어서 병원에는 못 올 것 같지만 너를 생각하는 마음만은 여전하더라고. 병원비에 보태라며 이렇게나 많은 돈을 쥐어주더라고.

두툼해진 금옥의 봉투를 보는 나미는 홀로 씁쓸한 미소를 지었다.

삑삑.

그때, 현관문에서 도어 락 비밀번호를 입력하는 소리가 들렸다. 예빈이 학원을 마치고 돌아올 시간이었다. 나미는 얼른 자리에서 일어났다.

얼른 밥을 차려줄 요량으로, 두 개의 봉투를 핸드백 안에 다시 넣은 후 재빨리 서재를 빠져나갔다.

"밥 안 먹어."

다녀왔다는 인사도 없이 예빈이 밥을 안 먹겠단다. 나미는 걱정스런 마음에 초조한 얼굴로 예빈을 바라보았다.

헌데 예빈의 모습이 어딘가 조금 이상했다. 죄 지은 사람처럼 고개를 푹 수그린 것도 모자라, 긴 머리카락으로 어떻게든 얼굴을 가려보려고 애쓰는 것이다. 나미는 불길한 예감에 고개를 숙여 아래에서 예빈의 얼굴을 올려다보았다.

"너 왜 그래?"
"뭐?"

예빈의 고운 얼굴에 붉은 멍 자국이 있었다. 나미는 깜짝 놀라 손으로 예빈의 얼굴을 들어 올렸다.

"얼굴 봐. 멍들었잖아."
"멍 아니야."
"왜 멍이 아니야? 어디서 그랬어?"
"아, 부딪쳤어!"

예빈이 버럭 소리를 질렀다. 그러더니 막무가내로 나미를 밀어내고는 자기 방으로 달려가 버렸다. 나미가 재빨리 뒤따라갔지만 예빈은 들어가자마자 안쪽에서 문을 잠가버렸다. 나미는 바깥에서 발을 동동 구르며 문을 두드렸다.

"예빈아, 예빈아. 너 왜 그래? 무슨 일 있어?"

방으로 들어간 예빈은 대꾸조차 하지 않았다.

"상처 덧나지 않나 한 번만 보자. 엄마가 치료해줄게. 예빈아!"

달래도 봤지만 잠긴 문은 꿈쩍도 하지 않았다. 예빈은 신경 끄라며 방 안에서 신경질을 부릴 뿐이었다.

불길한 예감이 들었다. 나미는 뭔가 예빈에게 안 좋은 일이 일어나고 있는 건 아닌가, 하는 생각을 하기 시작했다.

며칠 전에도 서재에서 제 아빠의 비상금을 몰래 훔치려던 예빈이다. 용돈은 충분히 주고 있는데, 훔쳐야 할 정도로 돈이 필요한 일이 뭘까. 가만히 생각하면 요즘 부쩍 학교에 가기 싫어하는 것 같기도 했다.

그저 사춘기 때문인가 했는데, 예빈이를 해코지하는 나쁜 애들이 있나? 혹시 왕따라도 당하고 있는 건 아닐까? 나미의 얼굴이 어두워졌다.

다음 날, 나미는 마음을 굳게 먹고 예빈의 학교 앞으로 갔다. 수업이 끝남을 알리는 종소리와 함께 교문에서 물밀 듯이 학생들이 쏟아져 나왔다. 군것질하러 가는 아이들, 친구와 함께 학원으로 향하는 아이들, 하릴없이 저들끼리 몰려다니는 아이들. 모두의 발걸음이 바삐 움직였다. 나미는 교문 앞에 숨어 있다가 학생들 틈으로 나타난 예빈의 모습을 발견하고 조심스레 움직였다.

나미는 어설프게 예빈의 뒤를 쫓았다. 흡사 미행이라도 하는 모양새였다. 주변 건물에 몸을 감추기도 하고,

눈이 마주칠 새라 급하게 딴청을 부리기도 했다. 수상쩍다는 건 알고 있지만 어쩔 수가 없었다. 당분간은 예빈의 주위를 살필 필요가 있었으니까.

예빈의 얼굴에 있던 상처는 틀림없이 누군가에게 맞은 흔적이다. 그 생각만 하면 울화가 치밀어 올라 밤새 한숨도 잘 수 없었다.

가만 안 둬.

나미의 입가에 오래된 고집이 묻어 나왔다.

이상한 낌새라도 느낀 것인지, 예빈이 별안간 뒤를 돌아보았다. 나미는 홱 고개를 돌리다 가로수에 머리를 박았다. 심장이 엄청난 기세로 쿵쾅거렸다. 아무래도 자신은 미행 같은 것엔 소질이 없는 모양이다.

"어!"

이제 괜찮겠지 싶어 다시 고개를 돌리니, 예빈은 이미 사라지고 없었다. 골목 끝까지 달려갔지만 어디로 사라졌는지 그림자조차 보이지 않았다. 나미의 얼굴에 진한 낭패감이 어렸다.

나미의 생애 두 번째 미행은 이렇게 허무하게 끝나고 말았다.

## 여섯번째
## 미행 끝에 마주친 리얼리티

    나미의 생애 첫 번째 미행은 요동치는 심장 박동과 함께 시작되었다. 이러다 심장이 입으로 튀어나오는 게 아닐까. 어쩌면 심장 마비에 걸릴지도 몰라. 열여덟 살 나미는 식은땀이 차오른 손바닥을 멜빵바지에 몇 번이고 문질렀다.
    목덜미를 덮은 장발, 귀를 덮고 있는 헤드폰, 멋들어진 청재킷을 입은 준호가 저 앞에 걸어가고 있었다.
    나미는 담벼락 뒤에 숨어 그 모습을 훔쳐보는 중이었다.
    방과 후에도 매일 함께 놀던 써니가 하필이면 오늘따라 다들 집에 일이 있다며 뿔뿔이 흩어졌다. 집에 갔던 나미는 사생대회 준비물이 떠올라 번화가의 제법 큰 문방구를 찾아갔다가, 그 근방에서 우연히 낯익은 뒷모습을 발견했다. 준호였다. 정신을 차렸을 때는 이미 그를 뒤쫓고 있었다.

'이런 행운이 찾아오다니! 친구들도 없이 혼자서 어딜 가는 걸까?'

음악을 들으며 성큼성큼 걸어가는 모습도 멋있었다. 준호가 고개를 돌릴 때마다 부드럽고도 남자다운 턱 선이 슬쩍 보여서, 나미의 볼이 금세 발그레하게 변했다.

알고 싶다. 사는 곳은 어딘지, 어느 대학에 가려는지, 뭘 좋아하고, 또…… 여자 친구는 있는지. 그런 생각을 하다 정신 차리니 어느새 번화가 한복판이었다. 나미는 정말로 어설픈 미행을 하고 있었다. 준호가 담벼락을 따라 걸어가면 한참 떨어진 곳에서 그 발자국을 따라 걸었다. 준호가 가로수 길을 걸을 때는 그가 스치고 지나가는 가로수 뒤에 숨어 흘끔흘끔 뒷모습을 훔쳐보았다.

마침 거리에서 애국가가 흘러나왔다. 지나가던 행인들이 모두 걸음을 멈추고 한 방향으로 몸을 돌려 국기에 대한 경례를 하기 시작했다. 당황한 나미가 얼떨결에 그들을 따라 오른손을 가슴 위에 올렸다.

하지만 준호는 쓰고 있는 헤드폰 때문인지, 애국가에는 관심이 없었다. 여전히 경쾌한 걸음으로 제 갈 길을 가기만 했다. 이러다 준호를 놓칠까봐 급해진 나미는, 당황한 얼굴로 얼른 그를 따라 달렸다.

쫓아가다가 멈추고, 쫓아가다가 또 멈추기를 여러 번. 준호가 어느 골목 안쪽에 있는 음악 감상실로 들어갔다. 영 스타 다방. 작은 간판에 달린 붉은 전구가 반짝거리며 빛나는 것이 보였다. 나미는 갈등했다.

'고등학생이 이런 데 들어가도 되나? 불량한 애들이 다니는 곳인 것 같은데……'

고민에 몸부림치다 마침내 주먹을 꾹 쥐었다. 망설임은 길지 않았다. 나미는 이상한 데서 막무가내인 경향이 있었다. 어떤 곳인지는 몰라도 일단 들어가 보자. 어쩔 수가 없었다. 호랑이를 잡으려면 호랑이 굴에 들어가야 하고, 준호를 알기 위해서는 음악다방에 들어가야만 한다. 원래 사랑은 맹목적인 거랬으니까.

나미는 긴장한 얼굴로 가파른 계단을 오르기 시작했다.

다방 내부는 시끄러운 락 음악과 뿌연 담배 연기로 꽉 차 있었다. 중앙에 위치한 주크박스 안에는 DJ가 자리를 잡고 앉아서 신나게 머리를 흔들고 있었다.

"콜록! 으…… 콜록, 콜록!

문을 열고 들어온 나미가 연신 기침을 해댔다. 매캐한 담배 연기 때문이었다. 준호는 어디에 있을까? 나미는 소매로 코를 막고 조심스레 눈을 굴리며 주위를 둘러보았다.

심각한 얼굴로 음악을 듣는 남자, 어깨를 나란히 하고 앉아 사랑을 속삭이는 연인, 음악에 취한 건지 술에 취한 건지 아무튼 졸고 있는 남자, 시끄럽게 떠드는 여자들……. 나미의 고개가 이리저리 기웃거렸다. 그러다가 어느 구석, 테이블 하나를 차지하고 앉아 음악을 듣고 있는 준호를 발견했다.

　'찾았다!'

　준호는 소파에 등을 기대고 편하게 앉아 있었다. 시끄러운 락 음악보다는 자신만의 음악을 듣는 듯, 여전히 헤드폰을 벗지 않은 채였다. 나미의 얼굴이 다시 발그레하게 변했다.

　음악을 정말 좋아하는구나. 나미는 왠지 준호에 대해 알게 된 것 같아 기쁨으로 발을 동동 굴렀다.

　좀 더 바라보고 싶었다. 우수에 젖은 눈으로 음악에 빠져 있는 그를 이렇게 가까이에서 관찰할 기회는 흔치 않다. 결국 나미는 과감한 결정을 내렸다. 한쪽 빈자리에 앉아 계속 준호를 훔쳐보기로 한 것이다.

　긴 파마머리를 늘어뜨린 남자 종업원이 소리 나게 껌을 씹으며 다가오더니, 탐탁찮은 얼굴로 나미를 위아래로 훑어보았다.

　"중학생은 좀 그런데?"

　동글동글한 얼굴에 반듯한 앞머리, 아담한 체구 때문

에 나미는 또래보다 더 어려 보이는 경향이 있었다. 나미가 불만스럽게 대꾸했다.

"……중학생은 아닌데요?"

종업원의 눈이 더 가늘어졌다. 마치 나미에게 거짓말 하지 말라고 빈정거리는 것 같았다.

"주문?"

"커피 주세요. 블랙."

순전히 오기였다. 커피는 좋아하지도 않을 뿐더러, 블랙은 마셔본 적도 없었다. 그저 어린애 취급받는 게 싫어서 해본 말일 뿐이다. 아니나 다를까. 종업원이 픽 비웃는 소리를 내며 주문서에 커피를 휘갈겨 적었다. 그리고 한 손을 내밀었다.

"선불."

"어, 얼만데요?"

"천원~."

헉, 뭐가 이렇게 비쌀까. 사생대회에 쓸 준비물 구입비를 빼면, 나미의 지갑에는 일주일치 용돈인 천 원짜리 한 장이 전부였다. 이걸 커피 한 잔에 다 쓰려니 속이 쓰렸지만 이미 엎질러진 물이었다. 나미는 망설이다 지갑을 열었다. 한 장뿐인 천 원을 꺼내자 종업원이 탁 빼앗듯 낚아채 갔다.

"단속 뜨면 뒷문은 저쪽."

그가 가리킨 곳에는 카페 뒤쪽으로 나가는 쪽문이 하나 있었다. 나미는 기죽은 얼굴로 고개를 푹 수그렸다.

종업원이 돌아간 뒤 나미는 다시 준호를 향해 시선을 돌렸다.

'어?'

한데 준호의 모습이 보이질 않았다. 앉아 있던 자리는 텅 빈 채다. 나미가 커피를 주문하는 그 잠깐 사이에, 어디론가 사라진 모양이었다. 낭패였다. 이제부터 천천히 준호를 훔쳐보려던 나미의 얼굴이 당황해서 굳어졌다.

어디로 간 걸까? 나미는 자리에서 일어나 준호가 있었던 자리로 조심스레 다가갔다. 다방 중앙을 가로막고 있는 커다란 어항 때문에 보이지 않는 걸까 싶어, 얼굴을 가까이 가져다 대고 건너편을 뚫어져라 바라보았다.

물고기만 살랑살랑 움직이고, 건너편에도 준호의 모습은 보이질 않았다. 나미의 얼굴이 실망으로 우울해졌다.

무턱대고 따라오는 게 아니었다. 나미는 잔뜩 부루퉁해진 얼굴로 돌아섰다.

그때 누군가 나미의 뒤쪽에 나타나더니 두 손으로 헤드폰을 들어 올렸다. 그리고 돌아선 나미의 귀에 끼워주었다.

시끄러운 음악다방. 분명 DJ가 틀었던 음악은 시끄러운 로큰롤이었다. 그런데 나미의 귀에는 달콤하고 부드러운 러브송이 들리고 있었다.

리처드 샌더슨의 〈Reality〉.

깜짝 놀란 나미가 다시 뒤를 돌았다. 준호의 얼굴이 눈앞에 있었다. 그는 나미를 빤히 바라보았다. 잘생긴 얼굴이 믿을 수 없이 다정한 미소를 그려내는 것을 보자마자, 나미의 가슴이 쿵쾅거리는 소리를 내며 달음질치기 시작했다. 나미의 심장은 이미 주인의 통제를 벗어나 격렬하게 두근거리고 있었다.

헤드폰에선 감미로운 멜로디가 흘러나왔다. 시끄러운 음악다방 속에서 오직 두 사람만이 다른 세계에 있는 것 같았다. 마치 영화 〈라붐〉의 주인공 빅이 된 기분이었다. 그때 소피 마르소도 이런 기분이었을까? 나미는 달아오른 얼굴을 숨기지도 못한 채 그저 넋을 잃고 준호를 바라보았다.

"너 나 전에 봤지? 장미 친구."

준호가 말했다. 화들짝 놀란 나미가 헤드폰을 벗고 고개를 끄덕였다. 차마 입이 떨어지질 않아, 대답도 할 수가 없었다. 설렘을 넘어 이제는 숨이 막힐 것만 같았다.

"이름 뭐야?"

"나민디요."

아, 이 망할 놈의 사투리. 나미가 입술을 꾹 깨무는데 준호가 묘한 표정을 지었다.

"나미? 빙글빙글?"

"······네."

아, 이번엔 그놈의 빙글빙글이구나. 원래 나미는 가수를 떠올리게 하는 자신의 이름을 좋아하지 않았다. 하지만 그 순간 준호의 입가에 걸린 미소를 보면서, 그렇게라도 그가 자신의 이름을 기억해줄 거란 생각에 갑자기 기분이 좋아지기 시작했다.

"음악 좋아하나보다? 이런 데 혼자 오고."

준호를 따라온 거지만 곧 죽어도 사실대로 말할 수는 없었다. 남자 꽁무니나 따라다니는 여자애라고 여겨지고 싶지 않았다. 나미는 일부러 입을 꾹 다물었다. 이놈의 심장, 좀 진정해주지. 준호가 가까이에 서 있어서 그런지, 크게 울리는 자신의 심장 소리가 들릴까봐 나미는 더욱 움츠러들었다. 그 모습마저 창피하기 그지없었다. 부끄러운 마음에 얼굴만 더욱 더 시뻘게지고 있었다.

"혈압 있니? 얼굴 터지겠다."

준호가 웃으며 물었다. 나미는 난감한 얼굴로 안절부절못하고 서 있었다. 그러다 입술을 달싹이며 뭔가 중얼거렸는데, 음악 소리가 너무 커서 알아듣지 못한 준호가 다시 물었다.

"뭐?"

나미가 두 눈을 질끈 감았다. 그리고 목소리를 좀 더

키웠다.

"당뇨 쪼까 있는디요……!"

그러나 그 순간은, 타이밍 나쁘게도 레코드판이 바늘에 걸린 순간이었다. 음악이 멈춘 것이다. 조용한 다방에 나미의 목소리만 커다랗게 울려 퍼졌다. 홀에 앉아 있던 모든 사람들의 시선이 나미에게 집중되었다.

하필이면…….

나미는 창피해서 죽을 것만 같았다. 벌겋게 달아오른 얼굴로 수족관 뒤에 몸을 숨겼는데, 준호는 아직도 자신을 빤히 바라보고 있었다. 발을 동동 구르던 나미가 결국 등을 돌렸다.

"어디 가?"

준호가 물었다. 이제 자포자기한 나미는 절망 속에서 되는대로 대답했다.

"화장실요."

그리고 부끄러운 듯 수줍은 목소리로 덧붙였다.

"손 씻을라고."

혹시나 오해할까봐 한 말이었다. 그런 나미의 모습이 귀여웠던지, 준호는 여전히 근사한 미소를 짓고 있었다.

나미는 황급히 뒷문으로 달려 나갔다. 화장실은 핑계였다. 그저 빨갛게 달아오른 얼굴을 좀 식히고 싶었을 뿐이다. 그리고 흘러넘칠 듯 커진 마음을 추스를 시간도 필요했다.

 다방 뒷문은 어두운 뒷골목으로 통해 있었다. 차가운 공기가 머리에 닿자 비로소 정신이 들었다. 도대체 무슨 짓을 저지른 건지 모르겠다. 준호를 따라 다방까지 들어온 것도 모자라, 그 앞에서 이상한 모습만 보이고 말다니. 차가운 담에 기대 서 있던 나미는 벽에 머리라도 박을 것처럼 거칠게 흔들어댔다.

 그때였다. 덜컥, 문이 열리는 소리가 났다. 혹시 준호인가 싶어 바라보니, 전혀 예상치 못했던 인물이 따라 나와 있었다.

 신창 여상 소녀 시대.

 "여!"

 얼마 전 폐상가에서 만났던 불량소녀들이었다. 다방 안에 있다가 나미를 알아보고 쫓아 나온 것이다. 잔뜩 겁먹은 나미 앞에, 소녀 시대 리더가 풍선껌을 질겅거리며 다가왔다. 나머지 둘도 건들거리며 걸어와 나미를 에워쌌다.

 "작두 타는 년. 간만이다?"

 "……누구세요?"

 "아, 이런 쌍. 하춘화가 얘기 안 하디? 여기 우리 구역이라고. 펭고펭고를 넘겼으면 여긴 얼쩡대지 말았어야지."

 그걸 내가 어떻게 알아. 나미는 금방이라도 울고 싶어

졌다. 안 돼. 여기서 울면 안 돼. 그렇게 속으로 되뇌며 입술을 꼭 깨물었다. 나는 써니다. 나는 진덕 여고 써니다. 우리 멤버를 욕되게 해서는 절대 안 된다.

나미는 곧장 눈을 까뒤집고 팔을 들어 올렸다. 전에 했던 방법을 써먹을 요량이었다. 마치 유령에 빙의된 것처럼, 할머니에게 배운 욕을 내뱉으려 했다.

"이런 씨부랄……!"

퍼억!

하지만 입을 다 떼기도 전에 소녀 시대 리더가 나미의 머리를 후려쳤다. 나미는 너무 아픈 데다 놀라기까지 해서 그대로 얼음처럼 굳어버렸다.

"이 씨발년아. 다 들었어. 어디 시골서 올라온 촌년이 구라질이야. 그때 씨발 진짠지 알고 밤에 화장실도 못 갔잖아!"

아, 들켰구나. 나미는 무서운 마음에 대꾸 한마디 하지 못했다. 소녀 시대 리더가 그런 나미의 이마를 오른손 검지로 툭툭 쳤다.

"너네, 이름 만들었더라. 써니? 씨발. 종환 오빠가 지어줬다매? 우리도 씨발, 소녀 시대 이름 촌스럽다고 해서 바꿀 거야. 영어로."

나미를 둘러싸고 있던 두 소녀가 동시에 말했다.

"핑클!"

그것도 어딘가 안 어울리게 느껴졌지만, 차마 그렇게 말할 용기도 없었다. 부하로 보이는 두 소녀 중 하나가 고개를 푹 수그린 나미에게 머리를 들이밀었다. 진희와 욕으로 배틀하던 아이였다.

"야! 일단 돈 좀 빌려줘 봐라. 언니들 핑클 파마 좀 말게."

"……돈 없어."

나미의 힘없는 대답에, 소녀 시대의 리더가 허, 하고 헛웃음을 흘렸다.

"그렇지! 앙탈이 빠지면 허전한 거지."

척! 리더가 잔뜩 폼을 잡고는 한쪽 손을 들어 올려 신호했다. 하지만 나머지 두 명이 영문을 모르겠다는 얼굴로 리더를 빤히 바라보자, 짜증스럽게 덧붙였다.

"뒤지라고."

그제야 소녀들은 나미에게 달려들었다. 그러더니 가슴께에 달린 주머니며 청바지 뒷주머니까지 손을 집어넣어, 돈이 있나 없나 뒤적거렸다. 당황한 나미가 마구잡이로 팔을 휘두르기 시작했다.

"아악!"

둘 중 하나가 나미의 주먹에 맞아 나가 떨어졌다. 궁지에 몰린 쥐는 고양이도 무는 법이다. 나미의 반항이 생각보다 심했던 탓인지, 두 사람은 나미를 이러지도 저러지도 못한 채 휘둘렸다.

"허!"

나미의 반항이 가소롭다는 듯, 소녀 시대의 리더가 다가왔다.

퍽!

그러다 마구잡이로 휘두르는 나미의 손에 제대로 머리를 한 대 얻어맞고는 한 걸음 뒤로 물러서고 말았다. 얼빠진 얼굴의 리더가 버럭 짜증을 냈다.

"아, 씨! 다리 잡아, 쫌!"

두 명이 달라붙어 나미의 몸을 얽어매었다. 그제야 나미의 반항이 멈추었다. 온몸을 제압당한 상태에서도 나미는 지치지도 않은 얼굴로 리더를 노려보았다. 외모는 순둥이 같았지만 고집은 쇠심줄이나 다름없는 나미였다.

"어우 놀래라, 쌍. 어디서 이런 미친년이⋯⋯ 야! 눈 안 깔아?"

화가 난 리더가 큰 소리로 성질을 부렸다. 하지만 나미는 여전히 씩씩거리면서 리더를 노려볼 뿐이었다. 눈을 마주치면 안 된다던 춘화의 말은 이미 잊어버린 지 오래였다. 죽기 아니면 까무러치기다.

"씨발. 눈 안 깔지?"

그런 나미의 태도가 고까웠던지 리더가 날카로운 눈초리로 나미를 흘겨보았다. 마치 이제부터가 진짜라는 듯,

비릿한 미소를 흘리며 주먹 쥔 손을 들어 올렸다.

"너 지금 이 상황이 제대로 안 받아들여지나 본데? 어디서 백마 탄 왕자라도 나타나서 구해……."

"야!"

"……주러 왔네."

어두컴컴한 공터에 누군가 나타났다. 소녀 시대 리더는 흥이 깨진 듯, 잔뜩 찡그린 얼굴로 뒤를 돌아보았다. 다방 후문 앞, 준호가 담배 연기를 흩날리며 서 있었다.

나미는 깜짝 놀라 그를 바라보았다. 도대체 어떻게 알고 온 건지, 붙잡힌 나미와 소녀 시대를 준호는 굳은 얼굴로 훑어보았다.

잠시 상황 파악을 하던 소녀 시대가 나미를 내팽개치고 여유로운 걸음걸이로 준호를 향해 다가갔다. 아무리 남자라지만, 세 명이나 되는 자신들이 우세하다고 판단한 모양이었다.

질겅질겅. 리더는 껌을 씹으며 한 손을 뒷주머니에 넣어 새 껌을 꺼냈다. 그러더니 포장지를 뜯어 얇은 면도칼에 한 바퀴 돌려 감았다.

나미의 얼굴이 급속도로 창백해졌다. 면도칼이라니. 상상도 못 했던 일이었다. 준호가 다칠지도 모른다는 생각에 다리가 덜덜 떨리기 시작했다. 리더는 빙글거리는 얼굴로 면도칼을 껌으로 말아놓은 부분을 손가락 사이에 끼우고, 고개를 비스듬히 들어 준호를 바라보았다. 그런데도 준호는 눈 하나 깜짝하지 않았다.

"등장이며 타이밍이며…… 너무 진부한걸? 잘생긴 오빠. 응? 내가 피해자 역할일 때 다시 오면 안 되나?"

"신창 여상인가?"

"그럼 뭐? 주판이라도 바꿔주시게?"

리더의 재치 있는 대꾸에 준호는 담배를 한 모금 빨고 길게 내뱉었다. 그러더니 대수롭지 않다는 얼굴로 말했다.

"너네 세 다리 위 선배 중에 송정옥이라고 있지? 얼굴 이십 센티 찢어져서 너덜너덜해진 애. 자퇴하고 정신 병원."

"……."

들어본 일이 있는 모양인지 리더의 얼굴이 살짝 굳어졌다.

"그거 이 오빠가 한 거야. 걔 아직도 물 마시면 빵꾸 난 데서 흐른다며?"

"……지랄하네."

"아닌 거 같지?"

준호가 천천히 움직였다. 피우던 담배를 바닥에 집어 던지고는 쓰레기통에서 버려진 형광등을 하나 집어 들었다.

"그거 물고 일루 와라. 오빠 지금 약 좀 해서 여자고 뭐고 없어. 일루 와봐. 예쁘게 해줄게."

쨍그랑!

준호가 들고 있던 형광등을 휘둘러 깨버렸다. 그러더니 어깨에 짊어지고는 싸늘하게 웃었다. 이건 불량배 수준을 넘어서, 범죄 정도는 아무렇지도 않게 저지를 남자로 보였다. 정말 마약이라도 하다 나온 것 같기도 했다. 그런 준호의 모습에 나미까지 움찔, 어깨를 떨었다.

무서웠다. 소녀 시대 리더는 아예 저만치 뒷걸음질을 치고 있었다.

"여... 여... 영 일레븐 몇 시에 하냐?"

아예 말까지 더듬거렸다. 그래도 졌다고 인정하긴 싫었는지, 이번에도 엉뚱한 핑계를 대며 달려가고 있었다. 나머지 둘도 리더를 따라 달리며 분통을 터뜨렸다.

"야, 너 축지법 쓰냐?"

소녀 시대의 모습이 골목을 돌아 저 너머로 사라졌다. 그들의 모습이 완전히 보이지 않을 때까지 준호는 형광등을 든 채 싸늘한 미소만을 흘렸다. 나미는 쭈뼛거리며 그의 눈치를 보았다. 나쁜 남자가 더 멋있다더니. 이제는 그저 준호가 자신을 백마 탄 왕자처럼 구해주러 왔다는 생각에, 그의 불량스러운 모습도 잊고 다시 가슴이 두근거리기 시작했다.

"휴."

준호의 입에서 안도의 한숨이 흘러나왔다. 그는 들고

있던 형광등을 질색하는 얼굴로 집어 던졌다. 자세히 보니 긴장한 듯 얼굴도 잔뜩 굳어 있었다. 그리고 나미를 향해 달려오더니 다친 데는 없는지 여기저기 살펴보았다.
"어우~ 괜찮아?"
"네……."
"요새 애들 왜 이렇게 무섭냐? 빨리 저 앞문으로 토끼자."
'……다 거짓말이었구나.'
당황하기도 하고 안심이 되기도 해서, 나미의 얼굴이 멍하니 풀어졌다. 준호가 씩 웃더니 머리를 긁적이며 말했다.
"손 떤 거 혹시 티 났니?"
그는 소녀 시대가 다시 나타날까 두려웠던 듯 나미의 손을 잡고 재빨리 다방 후문으로 들어섰다. 맞잡은 손이 따뜻해서 나미의 심장은 또다시 미친 듯이 두근거리기 시작했다.
제발 그만 날뛰어라, 심장아. 들릴까봐 무섭단 말이야.

집으로 돌아오는 길, 골목 한쪽에 데모를 진압하던 전경들이 방패를 들고 쭈그리고 앉아 저녁식사를 하고 있었다. 부상을 입었는지, 붕대를 감거나 상처를 치료 중인 전경들도 있었다. 아무래도 근처 대학교에서 또 데모를 시작한 모양이었다.

 나미 혼자 걸었다면 분명 이 사람들이 무서워 잔뜩 긴장한 채 걸어야 했을 것이다. 하지만 지금은 준호와 함께였다. 불량한 아이들이 또 쫓아올지 모른다며 자진해서 집까지 데려다주겠다는데, 거절할 이유가 없었다. 나미는 부끄러워 고개조차 들지 못했지만 어쨌든 행복했다. 꼭 순정 만화 속 주인공이 된 기분이었다. 집까지 가는 길이 이렇게 짧을 줄이야.

 전경들 옆을 걷던 준호가 나미에게 말을 걸었다. 두근거림을 들킬까봐 고개를 푹 수그린 나미와는 달리, 준호는 상처 입은 전경들을 보며 뭔가 다른 생각을 하고 있던 모양이었다.

 "난 가끔 그런 생각들을 한다. 우린 싸울 때 뭔가 들고 싸우잖아?"

 "형광등요?"

 "아니, 저런 곤봉이든, 방패든."

 "아……."

 "문화 예술을 천대하는 사람이 권력을 장악하면 힘으로 민중을 다스릴 수밖에 없어. 다룰 줄 아는 게 칼이나 총, 삽밖에 없으니까."

 "아……."

 무슨 말인지 하나도 알아듣지 못했지만, 나미는 그저

고개를 끄덕거렸다. 지금은 그저 준호의 목소리를 듣는 것만으로도 충분했다.

"음악! 총이나 칼 대신 악기를 다루고 음악으로 소통하는 세상. 자유. 평화…… 아무튼 음악."

결국 음악이 좋다는 뜻인 것 같았다. 모두가 음악을 사랑하다 보면 자유와 평화가 저절로 올 것이라고…… 대충 그런 뜻이 아니었을까?

"저도 음악 좋아해요."

나미가 그렇게 대답하자 준호는 그 마음 잘 안다는 듯, 신이 나서 나미를 돌아보았다.

"군대에 간다면 군악대로 지원하고 싶어. 난 무기 체질이 아니거든."

"군대 가세요?"

나미가 걱정되는 얼굴로 묻자 의외의 대답이 돌아왔다.

"나 면제야. 삼대독자."

"아, 네……."

그런데 왜 군대 간다는 말을 한 걸까? 남자들의 생각은 알다가도 모르겠다. 어쨌거나 나미는 준호가 군대에 가지 않게 되어 다행이라고 생각했다. 만일 그가 군대에 가면 왠지 꼴사나운 얼굴로 혼자 울음을 터뜨리게 되리라.

망상을 부풀리며 제풀에 안심하는 나미에게 준호가 악수를 청하듯 손을 내밀었다.

"난 준호라고 한다. 한준호."

준호가 대뜸 자신의 이름을 말했다. 사실 나미는 준호의 이름을 이미 알고 있었다. 춘화와 장미에게 들었기 때문이다. 하지만 아무 말 없이 조심스레 손을 내밀어 그의 손을 잡았다. 손바닥이 닿자 찌르르 가슴이 울렸다.

"생각해보니까 내 이름을 얘기……."

웃으며 말하던 준호가 갑자기 가까이 다가오기 시작했다. 황홀한 기분으로 그를 응시하던 나미의 심장이 덜컹덜컹 몸부림을 쳤다. 얼굴이, 코가, 눈이, 입술이 다가오고 있었다. 키스하려는 걸까? 그렇게 생각하고 깜짝 놀라 그를 바라보는데, 준호가 한 손으로 나미의 귓불 뒤 머리를 쓰다듬었다.

나미는 숨 쉬는 것조차 잊어버렸다. 심장은 터지기 직전이고, 온몸이 긴장으로 떨렸다. 결국 나미는 눈을 질끈 감았다.

"아앗!"

그때 준호가 나미의 머리카락을 뽑을 듯이 잡아당겼다.

"껌 붙었네."

멈췄던 심장이 다시 움직이기 시작했다. 나미는 창피하고 부끄럽고 실망한 마음에 어쩔 줄 몰라 준호와 눈도 마주치지 못했다. 하지만 준호는 그런 나미의 마음을 눈치채지 못한 듯, 잡고 있던 머리카락을 다시 한 번 세게

당겼다. 나미는 두피에 전해지는 따끔한 아픔에 또다시 비명을 질렀다.

"아앗!"

"아까 걔네랑 뒹굴 때 붙었나보네."

준호가 고개를 저었다. 껌이 떨어지지 않는 모양이다.

"안 되겠다. 붙었네. 집에 아세톤 있지? 아니면 잘라야겠다."

"……네."

창피해 죽을 것만 같다는 나미의 얼굴을 그제야 본 준호가 피식 웃음을 터뜨렸다. 나미의 두 볼이 잘 익은 사과처럼 빨갛게 물들어 있었기 때문이었다.

"또 당뇨 왔니?"

당뇨 얘긴 또 왜 꺼냈담! 음악다방에서의 일이 생각나, 나미의 고개가 더욱 수그러졌다. 아무래도 이대로 있다간 또 무슨 실수를 할지 몰랐다. 얼른 집으로 들어가야겠다는 생각에 나미는 준호에게서 후다닥 멀어졌다. 그리고 쭈뼛거리며 골목 저편을 가리켰다.

"아니요. 저기 다 왔어요. 우리 집. 저쪽……."

"아! 그리고 그거 없으면 킬라 뿌려봐. 들어가."

끝까지 나미의 머리카락에 붙은 껌이 걱정이었는지, 준호는 조언을 아끼지 않았다. 머뭇거리는 나미를 보곤 또다시 근사한 미소를 지으면서.

그 미소 한 방에 나미의 얼굴이 풀어졌다. 오늘 준호를 쫓아갔던 건 잘한 일 같았다. 그 덕분에 그가 왕자님처럼 나타나 자신을 구해주고, 이렇게 집까지 바래다주기도 했으니까.

준호가 뒤돌아 걸었다. 나미는 그 뒷모습을 하염없이 바라보았다.

그런데 별안간, 준호가 불쑥 나미를 향해 고개를 돌렸다.

"아. 그리고 나중에 걔네들 또 만나면, 나랑 사귄다고 해! 미친놈이라고도 하고."

"오오, 우오오오오!"

한쪽에 앉아 있던 전경들이 부러움의 함성을 질렀다. 방패를 두드리며 환호성을 보내주는 이도 있었다. 나미는 부끄러움에 어쩔 줄을 모르다 결국 고개를 푹 수그렸다.

준호의 발걸음이 멀어져갔다. 나미는 또 멍하니 서서 그의 뒷모습을 지켜보았다. 껌을 떼느라 산발이 된 머리를 하고도 헤실헤실 웃음이 나왔다.

써니가 지금의 나미를 보았다면 분명 미친년이라고 욕하며 다들 놀렸을 것이다. 하지만 그래도 괜찮았다. 지금 나미의 눈엔 어두컴컴한 골목조차 총천연색으로 빛나고 있었으니까.

그날은 나미의 첫 번째 미행이 성공한 날이자, 첫사랑이 시작된 날이었다.

일곱번째
우리 중 한 명을 건드리는 것은

눈부신 햇살이 쏟아지는 창가에 춘화가 앉아 있었다. 환자복 때문에 마른 얼굴이 더 창백하게 보였지만, 표정만은 더없이 평온했다.

나미는 춘화의 앞에 앉아 이젤을 펼쳐놓고 그림을 그리는 중이었다. 나미의 손에 들려 있는 4B 연필이 사각사각 소리를 내며 부드럽게 움직였다. 하얀 도화지 가득히, 나미를 바라보는 춘화의 얼굴이 그려지고 있었다.

문득 뭔가 궁금한 게 떠올랐는지 춘화가 입을 열었다.

"금옥이는 무슨 돈을 백만 원씩이나 넣었대?"

금옥이 부탁했다던, 나미가 춘화에게 전해준 봉투 안

에는 백만 원이나 되는 돈이 들어 있었다. 춘화는 뭔가 찜찜하니 마음에 걸리는 모양이었다.

"넣을 만하니까 넣었겠지. 친구잖아."

그건 나미가 넣은 돈이었다. 하지만 나미는 그에 대해선 입도 벙긋하지 않았다. 춘화가 빙긋 웃는 얼굴로 고개를 끄덕였다. 그러더니 그림에 집중하느라 정신없어 보이는 나미에게 다시 말을 걸었다.

"옷은 딴 걸로 그릴 거지?"

환자복이 싫은 모양이었다. 잔뜩 기대하는 얼굴로 고개를 쑥 빼더니 무릎을 껴안고 이리저리 몸까지 흔들어댄다. 나미는 결국 춘화를 타박하기에 이르렀다.

"움직이지 말아봐. 간만에 하니까 잘 안 되네."

정말 오랜만에 잡아보는 연필이었다. 감각을 되살리기 위해 최선을 다하고 있지만, 나미의 눈에는 계속 어딘가 어색하게만 보였다. 어른이 돼서 연애를 하고, 결혼을 해서 예빈이를 낳고, 한 남자의 아내이자 한 아이의 엄마로 바쁘게 살아오다 보니 그림 같은 건 그릴 여유가 없어진 지 오래됐다.

그래도 이렇게 하얀 캔버스를 마주하고 앉아 있자니, 봄꽃 피듯 행복한 마음이 들었다. 초상화를 그려달라는 건 춘화의 부탁이었다.

─웃는 얼굴로 그려줘. 건강해 보이게.

나미는 도저히 거절할 수 없었다.

조금씩, 하지만 부지런히 움직이는 연필 끝에서 활짝 웃고 있는 춘화의 얼굴이 완성되어갔다. 나미는 애정 어린 얼굴로 그림을 바라보았다. 문득, 그동안 왜 못 하고 살아왔나 하는 후회가 들었다. 늘 마음 한구석에는 이렇게 그림을 그리고 싶다는 소망이 있었던 건데.

그림에 몰두해 있는 나미. 그런 나미를 바라보던 춘화가 문득 진지한 얼굴로 물었다.

"임나미."

"네에~."

"뭐, 하고 싶은 거 있어? 되고 싶은 거나."

춘화의 질문에 나미가 작은 웃음을 터뜨렸다.

"이 나이에 되고 싶은 게 있겠어? 그냥 사는 거지."

꿈을 꾸지 않게 된 것이 언제부터였을까. 남들처럼 평범하게 살다 어느새, 되고 싶은 것도 많고 하고 싶은 것도 많았던 열여덟의 나미는 조금씩 잊혀졌다. 가끔 하얀 종이를 보거나 굴러다니는 연필을 보면 가슴이 두근거리기도 했지만, 그 모든 게 아련한 꿈처럼 여겨지기만 했다. 그저 막연한 꿈으로.

그래서 어른이 된 뒤에는 당연히 이뤄지지 않을 거라 믿었다.

"그냥 살지 마."

춘화의 말에 나미는 말문이 막혔다. 최소한 춘화를 만나기 전까지, 나미는 그 말처럼 '그냥' 살아왔으니까.

"내 몫까지 잘 살다 와."

담담하게 당부하는 춘화의 말에 문득 서글퍼져서 목이 멨다. 나미에게는 '그냥' 살아갈 시간이라도 남아 있었지만, 춘화에게는 그런 시간조차 남아 있지 않았으니까.

스스로의 무신경함이 믿을 수 없이 부끄러워졌다. 나미는 왈칵 쏟아질 것 같은 눈물을 간신히 누르고, 애써 웃으며 말했다.

"……움직이지 말랬지."

춘화가 다시 활짝 웃었다. 머쓱한 얼굴로 고개를 젖히더니 유리창 밖을 향해 고개를 돌렸다. 아련하게 늘어진 그 눈빛이, 속절없이 흘러가는 세월을 보는 듯해서 이유 없이 가슴이 먹먹해졌다.

그때, 평온한 병실을 일깨우는 투박한 노크 소리가 들렸다.

쾅쾅!

깜짝 놀란 나미가 고개를 돌렸다. 춘화도 두 눈을 크게 뜨고 병실 입구를 바라보았다.

진희였다. 커다란 선글라스에 명품으로 온몸을 휘감은 진희가 씩씩거리며 서 있었다. 나미와 춘화가 멀뚱한 얼굴로 진희를 바라보자, 한참 동안 숨을 고르더니 머뭇거리는 동작으로 선글라스를 벗어 들었다.

너무 울어서 퉁퉁 부은 눈이 드러났다.

"춘화야……."

금방이라도 울음을 쏟아낼 것 같은 목소리였다. 춘화에 이어 나미까지 발견하더니, 진희는 이내 큰 소리로 울분을 터뜨렸다.

"나미야. 이 씹새끼 바람 피웠다."

두 사람은 당황해서 아무 말도 할 수가 없었다. 기껏 여기까지 찾아와서 한 첫마디가 남편의 외도를 일러바치는 말이라니. 장미가 소개해준 흥신소가 확실히 일을 잘하긴 잘하는 모양이었다.

"이 새끼 어떡하니? 세 집 살림 한 지가 일 년도 넘었대."

부들부들 떨리는 목소리. 우아하고 고상하던 사모님은 온데간데없었다.

"누가?"

때마침 예상치 못한 장미의 목소리가 병실 문 뒤에서 튀어나왔다. 입구에 서 있던 진희가 얼마나 놀랐는지 히익, 하는 소리를 냈다. 장미는 어리둥절한 얼굴이었다. 장미는 출장에서 돌아와 춘화 생각이 나서 들른 참이었다. 그런데 죽어도 만나러 올 것 같지 않았던 진희가 병실 입구에 서서 남편의 외도를 고백하고 있다니.

누구보다 장미에게 들키고 싶지 않다던 진희다. 얼떨떨함이 가시자마자 비죽, 웃음을 베어 무는 장미를 보곤 진희도 창피한지 손 부채질을 하고 섰다.

결국 너나 할 것 없이 피식피식 웃음을 터뜨렸다. 그리고 잠시 뒤에는 모두 모여 장미가 사 온 바나나를 먹고 있었다.

진희가 춘화의 병원 침대에 모로 누웠다. 한바탕 울고 나서 이번엔 한바탕 웃은 직후라, 속이 후련한 얼굴이었다. 보호자용 침대에 누워 있던 장미가 벌떡 일어나 그 옆에 엎드렸다.

"어쩌실라고?"

진희의 입에서 한숨이 흘러나왔다. 내버려 둘 수도 없고, 그렇다고 확 헤어져버릴 수도 없고. 고민이 많은 모양이었다.

"미안하다, 춘화야. 몇십 년 만에 만나서 이딴 소리나 해대고."

"야야야! 친구끼리 뭘. 너도 그냥 확 바람피워."

춘화의 호탕한 대답에, 진희의 얼굴에 희색이 돌았다. 구미가 당긴 모양이었다.

"……같이 피울 사람있어? 임나미? 김장미?"

갑자기 진희가 나미와 장미에게 바람을 넣기 시작했다. 나미는 그냥 웃어넘겼지만 장미는 살짝 고민하는 눈치였다.

"나는 좀 당기긴 당기는데……, 너 그러면 나중에 위자료 못 챙겨 받는 거 아니냐?"

"아, 또 그건 그래."

그렇게 생각하니 진희는 또 억울하다는 얼굴이 되었다. 만에 하나 이혼이라도 하게 되면 위자료가 문제가 된다. 진희의 남편은 돈이 많았다. 그래서 더 헤어질 수 없었다.

"아 나, 이 좆만한 딱따구리. 이거 어떻게 작살내지?"

진희가 여전히 분이 풀리지 않는 듯, 어떻게든 남편에게 복수하겠다며 이를 갈았다.

"찾아가서 깽판 한 번 쳐줘? 우리 중 하나를 건드리는 건 전부 건드리는 거잖아."

"오오~ 임나미!"

나미가 지금까지는 본 일 없는 비장한 어투로 말하자, 친구들이 나미의 의견에 환호성을 질렀다. 춘화는 그런 나미가 대견하다는 듯 씩 웃으며 바나나를 붙잡고 진희 옆에 엎드렸다.

"야. 어떻게 해줄까? 이렇게 생긴 거 확 분질러줘? 나, 날 받아놓은 여자야. 어때, 진희~?"

춘화가 들고 있던 바나나를 두 손으로 잡고 콱 부러뜨려버렸다. 그 모습을 본 진희가 크게 웃음을 터뜨리더니 침대를 구르면서 깔깔거렸다. 나미도 춘화와 진희 사이를 비집고 들어와, 다른 바나나를 하나 집어 들고 가세하기 시작했다.

"그렇게 하면 약하지. 이렇게, 이렇게 해서……."

천진한 얼굴로 바나나를 멸절시키는 나미의 무자비한 손놀림에, 진희가 흠칫 놀라며 버럭 화를 냈다.

"어머, 남의 남편 꼬추 가지고 왜 이 지랄들이야?"

"이봐. 이봐. 조선 년들은 꼭 막판에 서방 편 들어요, 이거."

장미가 그런 진희를 베개로 때리기 시작했다.

"아이고 이년들아~."

깔깔 웃던 춘화는 그러면서 친구들을 확 껴안았다. 장미, 진희, 나미, 춘화. 네 명의 여자들은 병실이 떠나가도록 통쾌한 웃음을 터뜨렸다.

이렇게 시원하게 웃어본 게 얼마 만이던가. 나미는 25년 만에 한 자리에 모인 친구들과 늦게까지 수다를 떨다가, 예빈의 학원이 끝나는 시간에 맞춰 병원을 나섰다.

학원 앞은 귀가 버스들이 몰려 복잡하기 그지없었다. 나미는 길가에 즐비한 차량들 사이를 어떻게든 비집고 들어가려고 애쓰고 있었다. 한 손은 운전대를 잡고 다른 한 손으로 전화기를 든 채 예빈에게 계속 전화를 걸었지만, 수업이 늦게 끝나기라도 했는지 예빈은 전화를 받지 않았다.

 결국 긴 통화 연결음이 지나고 음성 사서함으로 넘어가는 안내음이 들렸다. 나미의 애타는 마음을 아는지 모르는지 길은 여전히 버스로 꽉 막혀서 많은 차들이 길 한복판에 갇힌 상태였다.

 "왜 전화 안 받아? 앞에 차 댈 데 없어서 뒤에 있을게. 나오면 전화해."

 예빈에게 음성 메시지를 남긴 나미가 답답한 마음에 고개를 쭉 내밀었다. 빵빵-. 뒤 차가 경적을 울려댔다. 나미는 결국 시끄럽게 빵빵거리는 차를 피해 골목으로 들어가야 했다. 이제 됐나 싶어 한숨을 돌리려는 순간, 한 무리의 여학생들이 어두운 골목길에 모여 있는 모습이 보였다.

 예빈이와 똑같은 교복이었다.

 불량해 보이는 여학생들이, 잔뜩 움츠린 여학생 하나를 둘러싸고 있었다. 나미의 눈이 가늘어졌다. 좀 더 자세히 보기 위해 고개를 길게 빼고 조수석으로 몸을 기울였다.

 일진으로 보이는 한 여학생이 주머니에 손을 찔러 넣고는 구둣발을 들어 올려 피해 학생을 걷어찼다. 다른 아이들은 그 아이의 주머니를 뒤져 지갑을 꺼내더니 그 안에 들어 있는 현금을 가로챘다. 깔깔거리는 웃음소리가 나미에게까지 들렸다. 폭력을 그저 놀이의 일종이라고 생각하는 것이다. 춤을 추는 듯한 동작으로 피해 학생의 따귀를 날리고는 저들끼리 좋다고 시시덕거렸다.

그런데 뭔가 이상하다. 아무래도 낯이 익었다. 나미의 눈이 더욱 가늘어졌다. 순간 구타를 당하던 여학생이, 푹 수그러진 고개를 나미 쪽으로 돌렸다. 엄마를 닮아 동그랗고 하얀 얼굴, 예빈이었다.

심장이 덜컥 내려앉았다. 나미는 너무 놀라 운전석에서 곧장 뛰어내렸다.

나미의 뒤를 따르던 차가 그 바람에 급정거를 하게 되었다. 화들짝 놀란 뒤 차 운전자가 나미에게 손가락질을 하며 소리 질렀다.

"아이~씨! 아줌마, 거 운전 좀~."

"뭐, 이 새끼야!"

나미는 뵈는 게 없었다. 소리치는 남자를 향해 버럭 화를 내고는 예빈이 있는 곳을 향해 달려가기 시작했다. 남자는 되레 놀라 입을 꾹 다물고 말았다.

"야!"

예빈이 있는 곳까지 한달음에 달려간 나미가 골목이 떠나가라 소리를 질렀다. 예빈을 구타하던 아이들이 신경질을 내며 그런 나미를 돌아보았다. 어른을 보고도 무서워하기는커녕, 귀찮다는 기색이 완연한 얼굴이었다.

저들끼리 눈짓을 주고받더니 예빈의 얼굴을 한 대 더 때리고는 어슬렁거리며 골목 반대편으로 걸어갔다.

"어머, 어머! 저것들이! 예빈아, 괜찮아?"

나미가 고개를 푹 숙이고 있는 딸, 예빈을 감싸 안았다. 시퍼렇게 멍이 든 얼굴과 여기저기 찢어진 교복. 예빈은 아무 말도 하지 않았다. 그저 겁에 질린 얼굴로 입을 꾹 다물고 있었다.

"야! 너희들 왜 그래?! 뭐 하는 짓이야?! 야!"

하나뿐인 딸이 일진에게 맞는 모습을 본 나미의 눈에서 불똥이 튀었다. 할 수만 있다면 저 아이들을 모두 경찰서로 데리고 가서 따끔하게 혼내주고 싶었다. 하지만 나미의 분노 어린 외침에도, 아이들은 전혀 뉘우치는 기색이 없었다. 도리어 나미를 향해 눈을 부라리더니 큰 소리로 욕설을 내뱉는 것이 아닌가.

"뭐, 이 씨발 년아!"

어른에 대한 예의라고는 쥐꼬리만큼도 찾아볼 수 없는 태도였다. 이제는 아주 나미에게까지 달려들어 주먹을 휘두를 기세였다. 곁에 있던 다른 여학생들이 그 학생을 말리자, 그제야 몸을 돌리더니 골목 저편으로 사라져버렸다.

나미도 더 이상 그 애들을 쫓아가지 않았다. 예빈이 괜찮은지 확인하는 것이 먼저였다.

하지만 예빈은 고개를 숙인 채, 나미를 밀치고 한 걸음 멀어졌다. 그리고 이렇다 할 말도 없이 그냥 혼자서 가버리려 했다.

"괜찮아? 쟤들 뭐야? 너한테 왜 그래?"

예빈이 걱정하는 나미에게 버럭 화를 냈다.

"아 왜 껴들고 난리야?"

"무슨 일이냐고?! 쟤들 뭔데?"

"신경 끄라고!"

"쟤들 뭐 하는 애들이야? 왜 쟤들이 돈을 빼앗고 너를 때려? 예빈아, 엄마한테 말해봐. 응?"

나미가 예빈을 다그치듯 어깨를 붙들었다. 그러자 나미와 눈도 마주치지 않고 피하기만 하던 예빈이 나미를 똑바로 바라보며 울먹이기 시작했다.

"쟤들이 뭐면? 엄마가 뭐 어쩔 건데? 뭐, 죽여주기라도 할 거야?!"

나미의 억장이 무너졌다. 예빈의 말이 맞았다. 아이들 일에 어른이 끼어들면 안 되는 거였다.

그런 아이들은 어디에나 있었다. 자신의 학창시절만 보더라도 알 수 있는 일이었다. 전학 첫날부터 나미를 괴롭히던 상미나, 신창 여상의 소녀 시대처럼. 남을 괴롭히는 데 꼭 특별한 이유가 있는 건 아니었다. 그저 재밌으니까 그러는 애들도 세상엔 많은 것이다.

"그냥 가, 좀. 빨리."

예빈이 악에 받친 듯 소리를 질렀다. 그러더니 나미에게서 멀어져 저 혼자 골목 바깥으로 달려가 버렸다.

혼자 남은 나미가 꾸욱, 주먹을 쥐었다. 그래…… 너희들이 내 딸 예빈이를 괴롭히고, 때리고, 울게 했다 이거지?

나미의 눈이 일진들이 사라진 방향을 무섭게 노려보았다.

한적한 공터에 한 줄기 먼지바람이 지나갔다. 그 한가운데에 선글라스를 낀 장미가 서 있었다.

"어이. 보험 아줌마!"

진희가 나타났다. 주위를 두리번거리던 장미가 진희를 발견하곤 반가운 듯 얼굴을 활짝 폈다. 그래도 말투는 곱게 나오지 않았다.

"얼레? 싸모님이 이 누추한 곳엔 어쩐 일로 오셨을까?"

"피를 보기 좋은 날씨구나~."

신경을 긁는 장미의 말에도 진희는 전혀 개의치 않았다. 오히려 지금부터 일어날 일에 대한 기대로 잔뜩 신이 난 얼굴이었다.

"싸모님, 의상이 좀 그러네."

진희는 지나치게 어려 보이는 옷을 입고 있었다. 나이 생각 안 하고 차려입은 꼴이 어딘가 꽤 어색해 보였다. 장미가 선글라스를 내리며 비꼬자, 참다못한 진희가 버럭 짜증을 냈다.

"시끄러. 예전 방식대로 하는 거다."

"뭘?"

"기선 제압을 하겠다는 거지. 내가."

욕쟁이 진희가 욕으로 기선 제압을 하겠다고 선언했다. 장미는 기분 좋은 듯 진희의 어깨에 손을 얹었다.

"그래, 이년아. 욕쟁이는 욕을 먹고 살아야 되는 법이야. 근데 너 이거, 한 거지? 엉? 했구만."

장미가 장난으로 진희의 가슴을 찔렀다.

"몰라, 이년아. 근데 얘는 왜 안 온다니? 여기 맞아?"

진희가 귀찮다는 듯 장미의 손을 뿌리치고 주위를 돌아보았다. 그러다가 한쪽에서 쭈뼛거리며 다가오는 나미를 발견하곤 딱 굳어버렸다.

나미는 십 대 소녀처럼 갈래머리를 하고 있었다. 더구나 예빈의 교복까지 제대로 갖춰 입은 모습이다. 곱게 메고 온 책가방 끈을 잡고 눈치를 보면서 다가오는 폼이, 우습기도 하고 황당하기도 했다. 장미와 진희는 그저 눈을 끔벅거리며 바라보는 수밖에 없었다.
"미친년."
진희가 중얼거렸다. 나미는 쑥스러워 어쩔 줄 모르는 얼굴로 어정쩡하게 서 있었다.
"걔들이 나 알아볼까 봐……."
나미가 차마 고개도 들지 못하고 중얼거렸다. 수줍은 듯 붉어진 볼이, 조명만 잘 쓰면 여고생이라 해도 봐줄 만할 것 같았다. 장미는 나미를 머리부터 발끝까지 다시금 훑어보더니 풉, 웃음을 터뜨렸다.
"야아~. 어머, 애 어떡하니? 호호호호. 남편 완전 좋아하겠다."
장미뿐 아니라 진희도 새어 나오는 웃음을 멈추지 못하고 있었다. 그때였다. 저 멀리서 누군가 나미를 부르는 소리가 들렸다.
"야 임나미!"
춘화였다. 시원스레 호탕한 웃음소리와 함께 등장한 춘화는, 묵직한 끌로에 백을 어깨에 짊어지고 오버코트를 휘날리며 다가오고 있었다. 긴 다리로 성큼성큼 걸어오는 폼이, 차림새는 달라졌지만 예전 그때와 전혀 달라진 게 없어서 절로 향수를 불러일으켰다.
"하하하. 애 완전 고삐리네. 너 그냥 앞으로 쭈욱 그렇게 입고 다녀라. 아하하하……."

춘화가 나미의 어깨에 한쪽 팔을 얹고 유쾌한 웃음을 터뜨렸다. 나미는 민망해하는 얼굴로 춘화를 바라보다가, '춘화가 왜 여기에 있어?'라고 눈빛으로 장미에게 물었다.

"심심하다잖아. 그리고 이런 날 리더가 빠질 수 있냐?"

장미가 어깨를 으쓱하며 말했다. 나미도 결국 어쩔 수 없다는 얼굴로 웃었다. 나이 든 고등학생과 비싼 백을 하나씩 들고 있는 아줌마들이, 공원이 떠나가라 웃음을 터뜨리는 이상한 광경이 연출되었다.

"갈까?"

마치 서부 영화에 나오는 사나이들처럼 비장하게, 네 명의 아줌마들이 공원을 가로질러 전장으로 나섰다. 예빈을 떠올리자 나미의 얼굴도 점차 살벌하게 변했다.

예빈을 괴롭히던 일진 애들을 찾는 건 생각보다 어렵지 않았다. 예빈과 같은 학교를 다니는 애들이라면 모두 그 아이들을 알고 있었다. 늘 이 공원에서 모인 뒤 시내로 움직인다는 소리를 듣고는, 오래 고민할 것도 없이 결전의 장소로 이곳을 선택했다. 한적한 공원이라 마침 보는 사람도 없어 안성맞춤이었다.

멀리 벤치 앞에 모여 시끄럽게 떠들고 있는 네 명의 불량소녀들이 보였다. 매캐한 담배 연기가 이쪽까지 흘러

오고 있었다. 나미의 손가락이 똑바로 그 아이들을 가리 켰다.

"야. 쟤들. 쟤들."

"쟤들이야? 오늘 간만에 스트레스 좀 풀어보자. 껭 값은 내가 쏠게. 맘껏 즐겨."

진희는 그동안 쌓인 스트레스를 마음껏 해소할 수 있겠다는 듯, 어깨를 돌리며 몸을 풀었다. 진희가 뒤를 처리해준다니 합의금 걱정도 없겠다, 장미는 신이 나서 들고 온 핸드백을 붕붕 돌리기 시작했다.

"춘화는 그냥 보고만 있어."

나미는 아픈 춘화를 배려해 그렇게 말했다. 하지만 춘화는 그게 무슨 헛소리냐는 듯 나미를 바라보며 피식 웃음을 흘릴 뿐이었다.

"……암 환자가 못 싸울 거란 편견을 버려."

기이한 말을 남긴 춘화가 묵직한 끌로에 백을 짊어졌다. 과연 춘화였다. 예전 그 모습 그대로다. 써니의 리더였던 진덕 여고 짱 하춘화.

나미와 모두의 시선이 마주쳤다. 눈빛만으로도 충분했다.

좋아. 피의 복수다. 신명나게 한판 놀아보자. 25년 전의 그날처럼.

◇    ◇    ◇

 흰 띠를 이마에 두른 시위대가 정권 타도의 구호를 외치고 있었다. 대규모 데모로 번질 것을 예상한 전경들이 시위대 앞을 막고 대치하는 상태였다. 그 모습을 구경하는 인파까지 상가 쪽에 옹기종기 모여 있었다. 일촉즉발의 상황. 거리의 분위기는 그야말로 살벌하기 그지없었다.
 써니는 다들 옷가게 쪽에 모여 있었다. 문 앞에 서서 두 눈을 빛내며 주위를 살피는 춘화, 금옥, 장미. 거기에 나미까지. 복희는 옷을 갈아입어야 한다며 옷가게 안으로 들어간 참이었다.
 "휴교라 땡큐긴 한데 작작들 좀 하지, 거……."
 장미가 한숨을 내쉬며 중얼거렸다. 시위대의 구호 소리가 점점 커지고, 그 앞을 목석처럼 가로막은 전경들의 호흡이 거칠어졌다. 나미는 저 안에 혹시 오빠 종기가 있나 싶어, 길게 목을 빼고 여기저기 살펴보느라 정신이 없었다.
 "수지는 언제 온다냐?"
 "이 회사에서 걔 연예인 시킨다고 난리라잖냐."
 춘화가 옷가게 브랜드를 가리키며 고개를 저었다. 아무래도 오늘 수지는 나오지 않는 것 같았다.
 "예쁜 년들은 참 편해. 미모만 한 능력이 없어요. 여자는. 아, 나도 거의 완성됐는데……."

장미가 쇼윈도에 얼굴을 들이대고 쌍꺼풀을 비춰 보며 아쉬움의 탄식을 흘렸다.

"내가 이제 욕도 안 나온다."

진희가 혀를 찼다. 장미는 울컥해서 그런 진희를 물고 늘어졌다.

"왜? 내가 쌍꺼풀만 완성되면 미인이라 부러워서 그러냐?"

"말을 말자, 이 육덕진 년아."

장미와 진희가 잠시 티격태격하는 사이, 춘화는 여전치 시위대와 전경들로 가득한 거리를 돌아보고 있었다.

"아~ 슬슬 마주칠 때가 됐는데 말이지. 쌍 년들, 안 보이네."

장미가 전의를 불태우며 말했다. 나미는 불안한 마음에 발을 동동 구르고 있었다.

오늘 써니가 이 위험한 거리에 모인 이유는 단 한 가지. 이제는 핑클이 된 소녀 시대에게 본때를 보여주기 위해서였다. 음악다방 뒤에서 나미가 겪었던 일을 알게 된 멤버들이, 뜨겁게 분개하며 복수의 칼을 갈아댄 결과였다.

"야~ 난 괜찮다니깐!"

자칫 큰 사고로 번질 수도 있다는 생각에 불안해진 나미가 친구들을 말려보았다. 하지만 춘화는 꿈쩍도 하지 않았다. 굳은 얼굴로 고개를 젓더니 비장한 얼굴로 중얼거렸다.

"넌 가만있어. 우리 중 한 명을 건드리는 건 우리 전체를 건드리는 거야."

그것이 춘화의 지론이었다. 나미는 어엿한 써니의 멤버고, 나미를 건드렸으니 소녀 시대를 가만히 놔둘 수는 없다며 이를 갈았다.

나미는 멤버들이 고맙기도 하고 걱정스럽기도 해서, 이러지도 저러지도 못하고 있었다. 나미야 그러든 말든 금옥은 화사한 얼굴로 이를 드러내며 웃었다.

"야. 맨날 이빨만 까지 말고 한판 제대로 좀 뜨자. 응? 아~ 진짜."

금옥은 아무래도 진짜 몸싸움을 하고픈 모양인지, 두리번거리며 연장을 찾아다니는 중이었다.

"안녕하십니까아. 평화의 상징 미스 종로 을~."

옷가게 문이 열리더니 드디어 복희가 나타났다. 드레스 원피스를 입은 복희는 당장 미스코리아 대회에라도 출전할 것 같은 모습이었다. 〈축 개업〉이라고 적혀 있는 분홍색 화환 띠를 가슴에 두르고, 뚝 떼어낸 마네킹의 한쪽 팔을 봉처럼 들고 서서 우아하게 웃었다.

이게 싸움에 임하는 자세인가. 멤버들이 기막혀 하는 얼굴로 복희를 바라보았다. 금방 산 옷인 듯, 원피스에는 가격표까지 그대로 붙어 있었다.

"내가 네년 때문에 욕을 못 끊어. 왜 이 지랄이야, 정말! 속상해~."

진희가 욕을 퍼붓자 금옥이 미친 듯이 웃음을 터뜨렸다.

"얘부터 패자, 우리."

"쫌 있으면 수영복 입고 돌아다닐 년이야, 이년이."

"수영복 갈아입고 옵니까아?"

복희는 아무렇지도 않은 얼굴이었다. 여전히 인형 같은 미소를 걸치고 천연덕스럽게 말했다.

한편 길거리 시위대와 진압 전경들의 긴장감은 더욱 고조되고 있었다. 두 진영의 젊은이들이 금방이라도 달려들 듯 상체를 앞으로 기울였다.

"앗!"

그때 진희가 누군가를 발견했다. 써니 모두의 시선도 그쪽으로 향했다.

소녀 시대였다. 리더를 앞세운 신창 여상 불량소녀들이 군것질거리를 들고 골목을 돌아 껄렁껄렁 걸어오고 있었다.

곧이어 그쪽에서도 써니들을 발견했는지 걸음을 딱 멈추었다. 진희가 대뜸 소리부터 질렀다.

"야 이 씨발 년들아. 피를 보기에 좋은 날씨……."

하지만 진희의 말이 다 끝나기도 전에 춘화의 몸이 움

직였다. 그동안 쌓인 게 많았는지, 춘화는 준비 동작도 없이 바람처럼 튀어 나갔다. 춘화를 필두로 나머지 멤버들도 소녀 시대를 향해 달려 나갔다.

"씨발!"

써니의 기습 돌진에 맞서 소녀 시대 역시 뛰기 시작했다.

피유웅~! 쾅!

때마침 최루탄이 하늘을 날았다. 매캐한 연기를 내뿜으며 터지는 최루탄 소리를 신호 삼아, 시위대와 전경들이 약속이라도 한 듯 동시에 격돌했다. 써니와 소녀 시대도 마찬가지였다.

옷가게에서 Joy의 〈Touch by touch〉가 흘러나왔다. 경쾌하고 신나는 음악에 맞춰 서로 치고 받는 패싸움이 시작됐다.

춘화는 물 만난 고기 같았다. 검은 단발을 휘날리며 달려가더니, 긴 팔과 긴 다리로 소녀 시대 리더의 얼굴과 배를 한 번씩 걷어찼다. 장미는 상대 소녀의 쌍꺼풀을 잡아 뜯다가, 곧 얼굴을 부여잡고 싸우기 시작했다. 복희는 양손으로, 금옥은 복희가 들고 있던 마네킹 팔을 무기 삼아 휘두르고 다녔다.

진희도 라이벌을 붙들고 욕 배틀을 시작했다. 예전과 달리 여유로운 진희의 얼굴을 마주한 상대편 소녀는 불안하고 당황한 얼굴이었다. '씨발'로 시작했던 욕이 점점 거칠어지고, 급기야는 나미가 할머니에게 레슨 받은 걸쭉한 전라도 사투리로 변모했다. 특훈의 보람이 있었다. 상대가 고개를 떨어뜨렸다. 진희의 압승이었다.

처음에는 호각으로 싸우던 소녀 시대 멤버들은 점점 열세에 밀렸다. 막무가내로 밀치고, 머리채를 잡고, 연장까지 챙겨들며 싸웠지만 써니들을 당해낼 수가 없었다. 설상가상으로, 노동 운동을 하는 학생들과 얽혀 전경들과 몸싸움을 벌이는 지경에 이르렀다.

써니도 마찬가지였다. 어느새 누가 적인지도 모른 채 아무나 붙들고 싸우고 있었다. 보다 못한 나미가 바닥에 떨어져 있던 방패를 집어 들고 빙글빙글 돌았다. 괴성을 지르며 거리 한가운데서 방패를 돌리는 나미 때문에, 전경들은 가까이 다가갈 엄두조차 내지 못하고 있었다.

어지러웠다. 나미는 결국 손에서 힘이 빠져 방패를 놓치고 말았다.

방패가 하늘 높이 날았다. 한꺼번에 집어 던진 최루탄도 하늘 높이 날았다. 최루탄이 방패와 부딪치더니 날아오던 곳으로 되돌아가기 시작했다. 시위대의 반대쪽이었다. 전경들의 얼굴이 하얗게 질렸다.

"잘했어. 나미!"

춘화가 활짝 웃었다. 그러더니 바람처럼 달려, 덤벼드는 소녀 시대를 차례로 물리치고 써니 멤버들을 하나씩 구해냈다. 화려한 승리. 결국 춘화는 나미와 멤버들을 데리고 유유히 시위 현장을 빠져나왔다.

◇    ◇    ◇

나미는 25년이 지난 오늘이라 해도 결과는 변치 않으리라고 굳게 믿었다.

공원 벤치에 앉아 있던 일진 리더가 담배를 피우며 바닥에 가래침을 탁탁 뱉는 모습이 보였다. 다른 아이들은 욕지거리를 일삼으며 떠들거나, 스마트폰으로 음악을 틀어놓고 춤을 추고 있었다. 대낮부터 겁도 없이 술을 마시는 아이도 있었다. 세상 모든 불량아들이 그렇듯, 무서울 게 없는 나이.

나미는 크게 심호흡했다.

"이이 띡띠구리들! 금연 구역이삲아!!"

진희의 욕을 필두로 써니의 아줌마들이 나타났다. 선글라스를 쓰고 하나같이 비싼 백을 하나씩 멘 중년의 아줌마들. 일진 아이들이 이쪽을 보고 눈을 크게 떴다.

"뭐야?!"

그중 하나가 벌떡 일어났다. 지나가던 아줌마들이 잔소리라도 하려는 줄 안 것 같았다. 아이들의 얼굴에 짜증스런 기색이 떠올랐다.

하지만 대화는 그것으로 끝이었다.

춘화가 움직였다. 암 환자 주제에 날개라도 달린 듯 바람처럼 튀어 나가더니, 가장 가까이에 있던 여학생의 명치에 발을 꽂아 넣었다.

"커헉!"

아이들이 깜짝 놀라 굳어졌다. 벌떡 일어나 달려드는 아이도 있었다. 그런다고 겁먹을 써니가 아니다. 춘화가 양손에 두 아이의 머리채를 휘어잡았다. 머리를 잡힌 아이들의 고통스러운 비명이 울려 퍼졌다.

장미는 가장 우량한 학생을 맡아 머리채를 붙들었다. 그 아이는 장미의 다리를 걸어 빠져나오려고 했지만 어림도 없는 일이었다. 장미의 육중한 몸은 꿈쩍도 하지 않았다.

"후후후……. 어딜?!"

장미가 자신의 백을 들어 여학생의 머리를 휘갈겼다. 한 번으로 모자라 두 번, 세 번…… 세지도 않고 계속 휘둘렀다. 울며 용서를 빌 때까지 계속 때릴 생각이었다.

그러는 사이에 진희 또한 한 여학생과 욕 배틀을 벌이고 있었다.

"아 씨발, 어디서 좆만 한 게……."

"할망구가 어디서 지랄이야?"

"니미, 지랄은 네가 하지. 네 머리판 빨래판으로 써도 되겠다……!"

거친 욕설이 난무했다. 아이는 아무래도 진희의 상대가 안 됐다. 도저히 이길 수 없다고 생각했는지, 괴성을 지르며 진희에게 주먹을 내질렀다. 진희는 그럴 줄 알았다는 듯 여유로운 얼굴로 학생의 머리에 무기인 백을 날렸다.

나미는 예빈의 뺨을 사정없이 내리치던 아이를 발견하고 뿌득, 이를 갈았다. 분노로 온몸이 떨렸다. 마치 저혈당 쇼크가 도진 것 같았다.

생각을 하기도 전에 몸이 먼저 움직였다. 막무가내인 본성에 모성애가 겹쳐져, 나미는 생전 한번도 해본 적 없는 날아차기를 하고 있었다. 나미의 발이 그 학생의 명치에 작렬했다.

"이런 씨발!"

한 아이가 도망치려는 듯 등을 돌렸다. 하지만 매서운 춘화의 눈을 피할 수는 없었다.

춘화가 묵직한 자물쇠가 달린 명품 백을 한 손으로 치켜 올렸다. 그리고 달아나려던 아이의 머리채를 잡았다.

퍼억!

25년 묵은 써니의 완벽한 승리였다.


응급차가 왔다. 아이들은 다치지 않은 곳이 없었다. 목을 삐끗하고, 얼굴에 멍이 들고, 팔다리 어느 곳 하나 성한 데가 없었다. 교복은 흙투성이에 여기저기 뜯어져서 흡사 거지꼴이라도 한 것 같았다.

한데 이상한 일이었다. 자신들을 그렇게 만든 아줌마들을 향해 화를 낼 만도 한데, 그저 겁에 질려 눈치만 보고 있었다. 요즘 애들답지 않은 반응이었다. 춘화와 눈만 마주쳐도 은근슬쩍 시선을 피하거나 뒷걸음질을 쳤다. 결국 경찰의 통솔 아래 응급차가 다친 학생들을 모두 태우고 떠났다.

결전의 장소였던 공원은 경찰차가 내는 요란한 사이렌 소리로 시끄러웠다.

형사 하나가 어수선한 현장을 정리하며 통화를 하고 있었다. 이런 상황은 처음 보는 듯, 어이없는 표정이었다.

응급차와 경찰을 부른 건 써니였다. 실컷 두들겨 패고는 치료하라고 응급차를 불러주고, 잡아가라고 경찰도 불러주었다. 참 이상한 가해자였다.

"아니, 세차하러 나왔다가 빽차 모자란대서…… 이상한 사람들 같지는 않고…… 한 여자는 좀 이상한 거 같아. 아줌마가 교복 입고 있더라고. 아, 몰라. 코스프렌지 정신병잔지."

형사가 그렇게 말하며 앞에 정차된 봉고 차에 올라탔다.

"아무튼 지구대 실어다만 주고 금방 들어갈게요. 네~."

봉고 뒷자리에는 진희와 장미, 나미와 춘화가 나란히 앉아 있었다. 한바탕 전투를 벌인 탓에 머리카락은 엉망이고, 옷들도 여기저기 구겨져 있었다. 하지만 다친 사람은 아무도 없었다.

장미가 헝클어진 머리카락을 다듬으면서 춘화의 끌로에 백을 흘끔 바라봤다.

"명품 백이 좋긴 좋다, 얘. 한~ 방에 대가리가 터지네."

장미의 말에 나미와 춘화, 진희가 키득키득 웃음을 터뜨리고 말았다. 앞자리에 앉아 있던 형사가 백미러를 통해 뒤쪽을 바라보았다. 정말로 한심하다는 얼굴이었다.

"소풍 가세요?"

그러고 보니 우리 연행되는 중이었지. 넷은 웃음을 뚝 그쳤다. 봉고 안에 어색한 정적이 감돌고, 이번에는 장미가 경찰을 향해 조심스레 말을 걸었다.

"경찰 아저씨. 이런 건 보험 처리 안 되죠?"

"아니, 이게 어떻게 보험이 됩니까? 폭력 사건인데."

"일반 상해는 합의금도 다 나오는 상품 있는데…… 보험 좀 드셨어요?"

이제는 경찰을 상대로 보험을 팔아먹으려는 장미다. 보다 못한 진희가 그런 장미를 구박하기 시작했다.

"야. 넌 이 상황에서도 보험 팔 생각이 나냐?"

"아, 나 이번 달도 공치면 완전 삼진이야. 네가 좀 들어주든가? 돈도 많은 년이."

진희와 장미가 견원지간처럼 서로를 보고 으르렁댔다. 그 바람에 잠깐 조용했던 봉고 안이 다시 소란스러워졌다.

"조용히 좀 가시죠."

골치 아프다는 듯 경찰이 한숨을 내쉬며 말했다. 다시 한 번 불편한 정적이 내려앉았다.

차가 도로를 달리기 시작하자, 춘화가 옆에 앉은 나미의 어깨에 한쪽 팔을 두른 채 장미와 진희에게 속삭였다.

"나미 얘 날아다니는 거 봤니? 오늘 손맛 좀 제대로 보더라."

모두 고개를 끄덕였다. 오늘의 나미는 25년 전 그때보다 한 단계 업그레이드된 듯한 모습이었다. 예빈의 복수를 하겠다며 이를 악물고 덤벼들더니 일진 애들을 향해 정말로 복날 개 패듯이 주먹을 휘두르고, 발차기를 날렸다.

"복수지. 복수. 정의 사회 구현."

나미가 고개를 끄덕이며 말했다. 춘화가 어쭈, 하며 나미의 어깨를 흔들었다. 청순한 외모의 사모님이었던 나미가 이젠 제법 예전의 써니 임나미로 돌아와 있었다.

사실 나미는 정말로 속이 후련해서, 경찰서 따위는 아무래도 좋다는 생각을 하고 있었다. 그 아이들에게 오래도록 괴롭힘을 당했을 예빈을 생각하니, 오히려 몇 대 더 때렸어야 하나 하는 생각이 들 정도였다. 예빈이 남편의 서재에서 돈을 훔쳤던 것도, 그 애들에게 가져다주지 않으면 맞을 게 뻔했기 때문에 그런 것이었다.

어쨌든 그 아이들은 당분간 학교에 나갈 수 없을 것이다. 여기저기 얻어터져 몰골이 말이 아닐 텐데, 창피해서라도 그 상처가 다 나을 때까지는 집에서 자숙하리라. 더구나 만약 다음에 또 누군가를 괴롭히면 그때는 정말 가만 두지 않을 생각이라고 엄포도 놓아두었다.

농담이 아니었다. 어디 한군데를 부러뜨려서라도 예빈의 곁에 얼씬도 못 하게 만들어주리라고, 나미는 굳게 다짐했다.

"너희 애들은 손봐줄 애들 없다니? 이참에 한 바퀴 훅 돌까?"

신이 났는지, 춘화가 한술 더 뜨고 나섰다.

"좋네! 이왕 하는 거 유니폼 맞추자."

"교복이 생각보다 편해."

진희의 말에 나미가 덧붙였다.

"호호호! 전단지 붙일까? 깽 값만 받고 일진 잡아드립니다. 돌아온 써니!"

웃음이 터졌다. 춘화와 나미, 장미가 진희의 말에 더는 참지 못하고 폭소를 터뜨렸다.

"아 좀 진짜!"

결국 참다못한 형사가 버럭 소리를 질렀다.

찔끔한 아줌마들이 입을 다물었다. 한 번 더 침묵의 시간이 돌아왔다. 아무래도 반성하는 척이라도 좀 해야 할 것 같은데……. 눈치를 보던 나미가 차창 밖으로 시선을 돌렸다. 차 안이 조용해지자, 경찰이 심드렁한 얼굴로 라디오를 틀었다.

그런데 하필 흘러나오는 게 익숙한 노래다.

보니 엠의 〈Sunny〉.

입 다물고 서로 딴청을 부리던 써니 아줌마들이 약속이라도 한 듯 고개를 들고 서로를 바라보았다. 두 눈이 동그래지고, 스피커를 향해 귀를 기울였다.

써니의 주제곡이었다. 추억이 가득 담겨 있는 오래된 팝송이었다. 아줌마들이 음악에 집중하기 시작했다. 소리가 너무 작아서 잘 들리지 않아, 그게 조금 아쉬웠다. 그때 장미가 능청스러운 얼굴로 앞좌석에 앉은 경찰을 불렀다.

"경찰 아저씨."

"아 왜요?"

"볼륨 좀 높입시다."

형사는 어이없는 얼굴이었지만 결국 한숨을 내쉬고 볼륨을 높여주었다. 써니의 음악이 경쾌하게 차 안에 울려 퍼졌다. 회상에 잠겨 있던 네 명의 아줌마들이 조금씩 어깨를 들썩이기 시작했다.

말하지 않아도 알 수 있었다. 머리가 아니라 몸이 기억하고 있었다. 노래에 맞추어 조금씩 손을 움직이던 나미와 춘화가 이내 눈을 마주치고 웃었다.

나미의 손이 어깨 위로 올라갔다. 춘화의 손도 마찬가지였다. 앞자리에 앉은 장미와 진희도 맞추기라도 한 듯 똑같은 동작을 하고 있었다. 손가락으로 찌르고, 고개를 돌리고……. 차 안이라 동작은 크지 않았지만 네 명의 안무는 방금 짠 것처럼 기가 막히게 들어맞았다.

짝!

클라이맥스. 네 사람이 동시에 박수를 쳤다. 모두의 입가에 유쾌한 미소가 걸렸다. 경찰은 이제 아예 포기한 얼굴이었다.

정말이지 그리운 음악이었다. 그립기만 하던가. 이 노래는 써니의 이루고 싶었던 꿈이었다. 그리고 이루지 못한 꿈이었나.

이제는 경찰의 눈치조차 보지 않고 웃음을 터뜨리는 춘화와 자연스레 안무를 맞추다 보니, 나미는 자연스레 당시의 일이 떠올랐다. 지금이야 이렇게 잘 따라하고 있지만, 처음 배웠을 때는 이 춤이 왜 그리 어렵고 힘들던지.

나미의 얼굴이 추억에 젖어 들었다.

◇　　◇　　◇

 방과 후, 나미를 포함한 써니 일곱이 텅 빈 미술실에 집합했다.

 탁자 위에 올려둔 휴대용 오디오에서, 보니 엠의 〈Sunny〉가 흘러나오고 있었다. 일곱 명의 소녀들이 각자 자리를 잡고 이 음악에 맞춰 춤을 추기 시작했다.

 오랫동안 안무를 맞춰온 탓인지, 어설프기는 해도 제법 군무다운 티가 났다. 중간 중간 각자의 개인기를 넣고, 개성을 살려 동작을 만들었다. 신나는 〈Sunny〉가 오후의 햇살이 비스듬히 가득 찬 미술실을 꽉 채우고 있었다.

 "올 가을 축제엔 써니의 춤 실력을 보여줘야 하지 않겠어?"

 시작은 춘화였다. 그 의견에 써니 멤버들이 모두 의기투합한 건 어쩌면 당연한 일이었다. 가을에 벌어지는 학교 축제. 써니는 그곳을 데뷔 무대로 정했다.

 나미는 가장 뒷줄에 서 있었다. 춤에는 영 자신이 없기 때문이다. 다른 아이들은 진희가 한 번 나서서 보여주면 곧잘 따라하곤 했는데, 나미만은 같은 곳에서 틀린 동작을 여러 번 반복하고 있었다.

 자신을 제외한 다른 아이들의 춤이 척척 맞아떨어지는

것을 보고, 나미는 연신 머리를 긁적거렸다.

결국 팔다리가 꼬여 그나마 쉬운 동작도 틀리고, 모두의 흐름을 깨버리고 말았다. 민망해진 나미는 온몸을 오징어처럼 흔들며 막춤을 추었다. 다른 아이들은 그런 나미가 귀여웠던 듯, 큰 소리로 웃음을 터뜨렸다. 나미는 신이 나서 더욱 신나게 춤을 추었다.

하지만 수지는 웃지 않았다. 나미의 행동이 마음에 들지 않는지, 원래도 차가운 얼굴이 더 살벌하게 변했다. 평소에는 그냥 무시해버리기 일쑤였는데, 이날은 웬일인지 좀처럼 드러내지 않던 흉흉한 표정까지 드러내가면서 얼굴을 찡그렸다. 아무리 가르쳐도 제대로 따라하지 못하는 나미와, 그런 나미를 봐주면서 그저 장난만 치는 멤버들의 모습이 못마땅했던 듯했다.

결국 나미 때문에 안무가 깨지자 춘화가 움직였다. 재빨리 오디오를 향해 걸어가더니 스톱 버튼을 눌렀다. 신나게 흘러나오던 음악이 뚝, 끊어졌다.

"저년을 매우 쳐라!"

춘화가 나미를 가리키며 소리쳤다. 멤버들이 우르르 나미에게 달려들어 꼬집고 때리기 시작했다. 나미는 미안하다며 도망치면서도 웃느라 정신없었다.

"와~ 임나미. 완전 몸치구만. 이거 어디 축제 때 무대나 올라가겠어?"

춘화가 깔깔 웃으며 나미를 타박하자, 나미도 지지 않고 키득키득 웃으며 대꾸했다.
"아따, 안무가 좀 몸에 찰싹 안 달라붙는구만?"
그때 미술실의 화기애애한 분위기와는 전혀 어울리지 않는 싸늘한 목소리가 들렸다.
"그럼 육갑 떨지 말고 빠지든가, 씨발. 병신 같은 게 무슨 춤을 춘다고 껴서……."
수지였다.
수지의 무표정한 얼굴에 짜증이 묻어나 있었다. 평소에 조용한 아이가 화가 나면 더 무섭다더니, 나미를 노려보는 예쁜 얼굴에 날카로운 적의가 드러나 있었다. 깔깔거리며 웃고 떠들던 다른 멤버들의 얼굴도 그 바람에 딱딱하게 굳어졌다.
나미는 변명도 못 하고 주눅이 들어 고개를 푹 숙였다.
정적을 깬 것은 춘화였다.
"정수지. 멘트가 좀 세네."
"야, 하춘화. 너 얘 좋아하냐? 레즈비언이야?"
"뭐?"
"여자끼리는 어떻게 하냐?"
수지가 춘화의 눈앞에 얼굴을 들이밀며 비웃었다. 가뜩이나 마음에 안 드는 나미를 춘화가 매번 싸고돌자, 참았던 화를 폭발시킨 것이다.

"이런 씨발……!"

연이은 도발에 참지 못한 춘화가 수지에게 달려들 뻔했다. 나머지 아이들이 온몸을 날려 말리지 않았다면 급기야 수지에게 주먹을 날렸을 것이다.

두 사람 사이에서 난감해진 나미가 발을 동동 구르며 입을 달싹였다. 싸움을 말려야 하는데, 도대체 무슨 말을 해야 할지 알 수가 없었다.

사실 나미는 알고 있었다. 그동안에는 그저 다른 아이들의 장단에 맞춰주느라 그냥 넘어갔지만, 수지는 처음부터 나미를 좋아하지 않았다. 아니, 싫어한다고 말해야 옳았다. 잘못한 것도 없이 미움 받으려니 속이 쓰렸지만, 그래도 언젠가는 친구가 될 수 있을 거라 믿고 지금까지 눈치만 보며 견뎌왔다.

수지가 미술실 구석에 던져둔 가방을 집어 들었다. 그리고 차갑게 굳은 얼굴로 멤버들을 돌아보았다.

"써니건 씨발이건 니들끼리 해라. 유치해서 못해먹겠다."

마지막으로 자신을 노려보는 눈빛에 나미는 가슴이 쓰라렸다. 그리곤 완전히 당황해서 넋을 잃은 채, 수지가 나간 뒷문을 하염없이 바라보았다.

수지가 써니를 나가겠다고? 나 때문에? 내가 싫어서?

덜컥, 가슴이 내려앉았다. 절대로 그렇게 내버려 둘 수는 없었다. 절대로.

◇   ◇   ◇

 현관은 아주 컸다. 지금껏 나미가 보아온 집 중에서 가장 멋진 현관이었다. 고동색 지붕에 하얀 벽돌로 벽을 쌓은, 동화에 나오는 것처럼 으리으리한 집이었다. 넓은 정원엔 세련되고 맵시 있는 티 테이블이 놓여 있었다. 이름 모를 꽃나무와 정원 한쪽에 있는 푸른 연못. 나미는 두 눈을 휘둥그렇게 뜨고 쭈뼛거리며 현관 앞 계단에 발을 올렸다.
 그날 오후, 나미는 무작정 수지의 집까지 찾아왔다. 친구들에게 물어 주소를 알아내고, 혼자서 여기까지 왔다. 긴장으로 굳어진 심장이 덜컹거렸다. 손바닥에 땀이 차올랐다. 그래도 용기를 내어 초인종을 눌렀다.
 딩동-.
 누가 나올까 긴장하며 기다리는데, 수지가 현관문을 열고 나왔다. 그러더니 나미의 얼굴을 발견하곤 당황해서 문을 연 채 멈춰 섰다.
 "뭐야?"
 나미는 침을 꿀꺽 삼켰다. 얼굴은 이미 창피함에 발갛게 달아올라 있었다.

"네가 날 싫어하는 것도 이해가 안가지만, 우리 전체를 등지는 것도 용납할 수 없어."

"우리?"

"그래, 우리."

수지는 어이없는 얼굴이었다. 흥, 콧방귀를 뀌더니 팔짱을 끼고 계단 아래의 나미를 내려다보았다.

"너 많이 컸다. 너랑 나랑 언제부터 우리였냐?"

수지는 역시나 처음부터 나미를 좋아하지 않았다. 멤버로 받아들인 것도 어쩌다가 보니 분위기에 휩쓸려 그렇게 된 것이지, 수지의 마음속에서는 여전히 짜증나는 전학생일 뿐이었다.

"네가 날 왜 그렇게 싫어하는지 알고 싶어."

"이유도 없고, 알 것도 없고, 그냥 네가 알짱대는 게 재수 없어. 꺼져라."

수지는 나미와 대화할 생각이 전혀 없었다. 꺼지라는 말을 내던지고는 나미를 무시한 채 몸을 돌렸다. 그대로 들어가 버릴 생각이었다. 하지만 나미가 급히 수지의 팔을 붙잡고 매달렸다.

"이대로는 못 가."

돌아선 수지의 시선에 적의가 감돌았다.

"안 놔?"

금방이라도 손이 올라갈 것 같은 분위기였다. 잔뜩 화

가 난 수지가 나미에게 신경질을 부리며 팔을 흔들었다. 그래도 나미는 수지의 팔을 놓지 않았다. 울상이 된 얼굴로 더욱 세게 매달렸다. 결국 폭발한 수지가 한쪽 팔을 들어 나미의 뺨을 치려고 했다.

나미가 겁을 먹고 질끈, 눈을 감았다. 하지만 여전히 두 팔은 필사적으로 수지를 붙들고 있었다. 수지는 이러지도 저러지도 못한 채 그런 나미를 기막혀하는 얼굴로 바라보았다. 어떻게 하면 찰거머리처럼 매달린 나미를 떼어낼 수 있을지, 예쁜 얼굴에 짜증이 묻어났다.

수지가 그런 고민을 하던 찰나, 현관에서 누군가 걸어 나왔다. 우아한 웨이브 머리를 하고 있는 젊고 예쁜 여자였다. 수지의 언니라고 하기에는 나이가 좀 있어 보이고, 그렇다고 엄마라고 하기에는 지나치게 어려 보였다.

"수지 친구냐?"

집 안에서 걸어 나온 여자는 나미에게는 너무나 친숙한 전라도 사투리를 구사하고 있었다. 나미는 깜짝 놀라 수지를 붙잡고 있던 팔을 놓고, 공손하게 머리를 숙여 인사했다.

"안녕하세요?"

"반갑다. 너 밥은 먹었냐?"

"신경 꺼라."

수지는 무서우리만치 차가운 어조로 상대에게 명령했

다. 어른을 대하는 태도라고는 믿기 힘들 정도로 강압적인 말투였다. 여자가 그런 수지의 눈치를 보더니, 곧 더욱 상냥한 얼굴로 나미에게 말을 걸었다.

"아따, 친구라고는 한 번도 안 데려오더니. 뭐 먹고 가."

쌀쌀맞은 수지가 이미 익숙하다는 태도였다. 그녀는 수지가 잡아먹을 듯이 노려보는데도 신경 쓰지 않고 나미를 바라보며 웃었다.

"아…… 밥 먹었는디요……."

난감해진 나미가 더듬거리며 대답했다. 여자는 나미의 전라도 사투리가 반가운 듯, 활짝 웃으며 물었다.

"전라도 우디냐?"

"들어가라고."

수지의 목소리가 심상찮다. 폭풍 전의 고요처럼 잔뜩 억누른 목소리로 으르렁거렸다. 낮아진 목소리가 분노로 덜덜 떨리고 있었다. 예쁜 얼굴이 잔뜩 일그러진 채 여자를 향했다.

하지만 눈치 없는 여자는 수지를 돌아보지도 않고, 그저 동향 사람을 만났다는 기쁨에 들떠 있었다.

"데리고 들어와. 엄마가 맛난 거……."

"누가 엄마야, 씨발 년아!"

결국 터졌다. 수지는 커다란 집이 떠나가도록 큰 소리

로 비명을 질렀다. 엄마라는 여자를 향해 욕설을 서슴지 않는 수지. 나미는 깜짝 놀라 그저 큰 눈을 데굴데굴 굴리는 것밖에 할 수 있는 일이 없었다.

수지의 엄마, 아니 새엄마의 고개가 수그러졌다. 놀라긴 그쪽도 마찬가지였지만 그럼에도 수지를 혼내거나 다그치진 않았다. 그저 죄인처럼 가만히 서서 어색한 미소를 흘릴 뿐이었다.

화가 난 수지가 새엄마를 어깨로 확 밀치고 집 안으로 들어갔다. 그러더니 곧 어른스러워 보이는 바바리코트 두 개를 들고 성큼성큼 걸어 나왔다. 그중 하나가 퍽, 나미의 두 팔에 안겨졌다.

도대체 어떻게 된 일일까. 수지의 친엄마는 돌아가신 걸까?

묻고 싶은 말이 많았다. 하지만 수지에게 상처가 될 것 같은 질문은 꺼내지 않는 게 좋을 것 같았다. 다만, 수지의 새엄마가 전라도 사람이기 때문에 그동안 그렇게 나미를 싫어했다는 것만 알게 되었을 뿐이다.

"······안녕히 계세요."

나미는 끝까지 예의바르게 인사했다. 그런 뒤에 여전히 어색한 얼굴로 배웅하는 수지의 새엄마를 현관에 남겨두고, 먼저 나가 버린 수지를 따라 달리기 시작했다.

나미와 수지는 어른처럼 바바리코트를 입고 립스틱으로 입술을 붉게 칠했다. 수지는 조금 익숙해 보였지만, 나미는 생전 처음으로 화장을 해보는 것이었다. 그래서인지 빨간 립스틱을 대충 문지른 나미의 몰골은 어색하기 짝이 없었다.

늦은 밤, 나미와 수지가 앉아 있는 곳은 큰길가에 있는 작은 포장마차 안이었다. 마주 앉은 테이블 위에는 투명한 녹색의 소주병과 두 개의 잔이 있었다.

술은 물론이거니와, 포장마차라는 곳 자체를 처음 와보는 나미는 시종일관 불안한 모습이었다. 다리를 달달 떨며 안절부절못하는 모습에 주인아줌마가 슬쩍 이쪽을 바라보았다.

"하이고, 여기. 단속 뜨면 얼른 튀어."

아줌마가 안주로 오뎅을 가져다주며 수지에게 살짝 귀띔해주었다. 아무래도 단골인 수지가 미성년자라는 걸 알고 있는 것 같았다.

수지는 그런 것 따위는 아무래도 상관없다는 얼굴이었다. 바짝 얼어 있는 나미와는 달리 이 정도는 아무것도 아니라는 듯, 먼저 소주 한 잔을 시원하게 단번에 들이켰다. 제법 많이 마셔본 솜씨였다.

나미가 그 모습을 보며 침을 꼴깍 삼켰다. 그리고는 오뎅 하나를 집어 들고 우울한 얼굴로 중얼거렸다.

"너네 새 엄마가 전라도 사람이라고 나까지 싫어하는 건 부조리한 일이야. 그건 지역감정을 조장해서 민주주의 정신……."

"야!"

수지가 술잔을 딱 소리 나게 내려놓았다. 그 바람에 나미는 들었던 오뎅을 다시 내려놓고 말았다.

"너, 술도 못 마시냐?"

홱 쏘아보는 눈빛이 여전히 차갑다. 그래도 저를 위해서 사투리 안 쓰고 서울말로 이야기하려고 이렇게 노력하는데, 그걸 몰라주니 나미도 조금 울컥하고 말았다.

그래, 이깟 술이 무슨 대수라고. 어차피 어른이 되면 누구나 마시는 것이다. 나미는 비장한 얼굴로 제 앞에 놓여 있는 소주잔을 집어 들었다. 그리고 한 번에 벌컥벌컥 들이켰다.

"크윽!"

쓰다. 목구멍이 타드는 것 같았다. 순식간에 열기와 함께 취기가 올라왔다. 혀에 닿는 느낌이 너무 써서, 또 마시고 싶지는 않았다.

하지만 나미는 오만상을 찡그리면서도 다음 잔을 채웠다. 이걸 마셔야만 수지와 친구가 될 수 있다면 얼마든지 마셔주겠다는 마음이었다.

그렇게 두 잔, 세 잔…… 어느덧 소주 세 병이 깡그리

비워진 채 테이블 위에 뒹굴고 있었다.

수지는 여전히 말이 없었다. 언뜻 보면 멀쩡한 모습이었지만 갈색 눈이 몽롱하게 풀려 있다. 취기가 오른 것이리라. 그 증거로 안주를 집으려던 젓가락을 몇 번이나 떨어뜨렸다.

나미는 어느새 비어버린 자신의 술잔에 소주를 채워 넣었다. 술이 들어가니 자연스럽게 입이 열렸다. 그렇게 창피해하던 사투리도 숨기지 못하고 수다스럽게 이야기를 늘어놓았다.

"야, 나도 힘들어. 솔직히 우리 오빠, 민주 투사. 언제 잡혀 들어갈지 몰라. 울 할무니가 나보고 언니래. 응? 근데 내가 왜 그래도 춤을 추냐? '우리'가 중요하다는 거지. 솔직히 우리가. 왜 우리가 중요하냐? 야. 수지. 정수지. 들어? 듣고는 계시나요오?"

나미가 책상을 탁탁 치며 이야기를 계속했다. 혀가 완전히 꼬여 있었다. 제가 무슨 말을 하고 있는지도 전혀 모르는 얼굴이다. 수지는 대답 대신 이야기를 계속하라는 손짓을 보냈다.

"후~. 아줌마. 꼬막은 없죠? 꼬막? 지금 꼬막 철인데."

나미는 저도 모르게 푹 한숨을 쉬고는 아줌마를 불렀다. 소주가 달게 느껴지기 시작하면서부터 이상하게 꼬막이 먹고 싶었다.

수지의 엄마는 친엄마가 아니었다. 수지의 친엄마는 수지가 어릴 때 돌아가셨다. 아버지는 최근에 재혼을 했는데, 아버지보다 한참이나 어린 데다 사투리까지 쓰는 전라도 사람을 새엄마로 들였던 것이다. 동네 사람들 보기에도 창피했고, 친구들이 이상하게 보는 것도 싫었다. 무엇보다 단 하나뿐인 엄마의 자리를, 엄마보다 열 살도 더 넘게 어린 여자가 차지했다는 사실이 수지의 마음에 상처를 입혔다.

그래서 수지는 전라도에서 온 나미가 싫었다. 나미를 보고 있노라면 뻔뻔스럽게 엄마라고 부르라며 집으로 들어온 새엄마가 생각났기 때문이다. 차갑게 응대할 때마다 하하 웃으며 눈치를 슬슬 보는 그 모습마저 비슷해서 더 짜증이 났다.

"그래도 난 너 싫어."

수지가 살짝 꼬인 혀로 단호히 말했다. 나미의 힘으로는 절대 바꿀 수 없는 이유 때문에, 나미를 받아들이고 싶지 않았다. 그래서 수지는 나미도 자신을 싫어해주길 바랐다.

서로 싫어해서 안 보면 그만인 일이었다.

"그래도 난 네가 좋아."

하지만 나미는 굳이 그런 수지가 좋다며 울먹였다. 수지는 술에 취한 와중에도 그 이유가 궁금해졌다.

"……왜?"

"니, 예쁘잖아."

정말 단순한 이유였다. 어릴 때부터 예쁘다는 말을 수없이 들어왔던 수지는 그 '예쁘다'는 말에 이처럼 깜짝 놀라기는 처음이었다.

"나 솔직히 너 처음 봤을 때 충격 먹었다. 나 전에 학교에서 제일루 예뻤거든? 근데. 서울 오니까…… 다 예쁜 거야. 가시나들이. 근데! 너는 그 애들 중에서도…… 너~무 예뻐서……."

수지를 처음 만났을 때, 나미는 수지가 책받침 속 피비 케이츠보다 더 예쁘다고 생각했다. 그래서 예쁜 수지와 친하게 지내고 싶었다. 하지만 수지는 나미 때문에 써니를 그만둔다고 하질 않나, 바꿀 수도 없는 출신 때문에 나미가 싫다고 말하고 있었다.

말하다 생각해보니 서러워져서 눈물이 핑 돌았다. 결국 조금씩 울먹이던 나미가 왈칵 울음을 터뜨렸다. 술에 취하니 모든 게 서럽기 그지없었다. 수지가 자신을 싫어한다니, 갑자기 온 세상이 멸망이라도 한 것처럼 슬펐다. 그래서 목 놓아 울었다. 작은 포장마차 가득 나미의 울음소리가 울려 퍼지고 있었다.

마찬가지로 취한 수지는, 울음을 터뜨린 나미를 보았다. 자신이 예뻐서 좋다고 말하고는 결국 울음을 터뜨린 나미. 갑자기 이유 없이 코끝이 찡해졌다. 수지의 눈에도 눈물이 맺혔다. 결국 수지도 흐느끼기 시작했다. 만취한 두 사람이 서로를 마주 보고 엉엉 울기 시작했다.

두 사람의 얼굴은 어느새 눈물 콧물로 범벅이었다. 어색했던 화장이 엉망으로 번져서 우스꽝스럽게 변해 있었다.

"내가 니를 얼마나 좋아하는데! 니가 세상에서 제일루 예쁜데, 그런 니가 날……!"

두 사람은 부끄러운 줄도 모르고 서로 부둥켜안았다.

"내가…… 예뻐서 미안해. 내가 잘못했어."

말도 안 되는 말을 하며 수지가 나미에게 사과했다. 그런 수지의 사과에 나미가 감정이 북받치는 듯 고개를 흔들었다.

"뭐라냐! 내가 잘못했다니깐. 내가 널 그렇게 좋아하는데……."

"아냐, 나 이제 그만 예쁠게. 이제 니가 예뻐."

"이제 내가 예쁘다니! 미안해! 용서해줘. 니를 위해서…… 서울 사람 될랑께!!"

알아들을 수 없는 이야기를 나누며, 나미와 수지는 서로를 부둥켜안고 엉엉 울었다.

난 널 위해서 기필코 서울 사람이 되고야 말텡께, 아줌마 여기 소주 한 병 더 주세요, 근데 니네 엄마는 전라도 워디냐,… 모른다…, 등등의 실없는 대화가 계속되었다.

그리고 만취한 두 사람은 어느덧 우정을 맹세하고 말았다.

여덟번째.
주인공 얼굴

[복희 찾았대.]

장미의 전화였다. 나미는 병원 복도를 걸어가며 전화를 받았다. 핸드폰을 쥐지 않은 다른 손으로는 곱게 포장한 캔버스를 들고 있었다.

"복희는 미스코리아 됐대니? 빨리 가자. 응? 보고 싶어서 그렇지. 아니 난 춘화 좀 보고 갈라고. 뭐 좀 전해주고. 내일 춘화도 데려갈까? 물어볼게. 응."

병실로 향하는 나미의 발걸음이 경쾌했다. 이제는 병원 복도를 걷는 것도 익숙해져서, 처음의 망설임은 온데간데없었다.

장미에 진희, 금옥에 이어 이제는 복희까지 찾아냈다. 연이은 친구들 소식에 나미의 기분도 날아갈 듯 부풀어 올랐다. 집 생각에 꺼려졌던 써니를 찾는 일도 이제는 누구보다 적극적이 된 나미였다.

 아프지만 여전히 누구보다 멋진 춘화, 보험 아줌마가 되었지만 여전히 푸근한 장미, 여기저기 성형 수술을 하는 바람에 몰라보게 변했지만 알맹이는 그대로인 진희, 금이야 옥이야 금옥이는 잠시 힘든 시간을 보내고 있지만 그래도 여전히 친구들을 사랑하고 있다는 걸 보여주었다.

 복희는 어떻게 변했을까?

 미스코리아를 꿈꾸던 사랑스러운 소녀. 복희를 떠올리는 나미의 입가에 유쾌한 미소가 걸렸다. 춘화의 병실을 향해 가는 발걸음도 더욱 빨라졌다. 어서 빨리 이 소식을 전하고 싶었다. 누구보다 써니를 그리워하며 찾았던 춘화다. 나미는 들고 있던 캔버스를 더욱 꼭 잡고 달리듯이 걸었다.

 그런데 늘 평온하기만 하던 춘화의 병실이 소란스러웠다. 빠르게 움직이던 나미의 발걸음이 조금씩 느려졌다.

 "아아아악!"

 낯익은 목소리였다. 고막을 찢을 듯한 날카로운 외침에, 나미의 얼굴에서 미소가 사라졌다. 느릿느릿하게 움직이던 발걸음도 아예 멈춰버렸다.

춘화의 비명 소리였다.

병실 문틈으로 고통에 몸부림치고 있는 춘화의 모습이 언뜻 보였다. 온몸으로 전이된 암세포, 시도 때도 없이 투입되는 약물들이 춘화의 생명을 양쪽으로 마구 갉아먹고 있었다. 몸부림치는 춘화의 몸을 고정하기 위해 간호사 두 명이 달라붙었다.

"아아아아……아악!"

지금까지 너무 멀쩡해 보여서 잊고 있었지만, 춘화는 환자다.

이 병원에서 춘화의 이름을 발견했던 것도 바로 저 비명 소리 때문이었다. 나미가 한 손으로 제 입을 틀어막았다. 새삼 뼛속까지 춘화의 비명이 파고드는 것 같아서 울음이, 비명이 터져 나오려고 했다.

병실 침대 위에서 온몸을 비틀며 경련하는 춘화는 이미 당당하게 빛나던 열여덟 소녀가 아니었다. 지독한 암덩어리가 춘화의 이성을 마비시키고, 얼마 남지 않은 생명을 착실하게 태우고 있었다.

춘화는 견딜 수 없는 고통에 어린아이처럼 울음을 터뜨렸다. 살려달라고, 너무 아프다고, 의사를 향해 떼를 쓰고 소리를 질렀다. 지금까지는 써니의 리더답게 괜찮은 척, 아무렇지 않은 척하고 있었지만 분명 눈앞에 다가온 죽음이 두려웠을 것이다. 아니다. 어쩌면 죽음보다도

저 고통이 끔찍했을지도 모른다.

목이 메다 못해 칼날에 저며지는 듯했다. 나미는 들고 있던 캔버스를 떨어뜨리고 두 손으로 입을 틀어막으며 부들부들 떨었다. 그렇게 하지 않으면 저토록 힘겨워하는 춘화와 함께 비명을 지르고 울음을 터뜨릴 것 같았다.

고통에 물든 춘화의 눈이, 겁에 질린 나미의 눈과 마주쳤다. 창백한 얼굴이 식은땀에 절어 있었다. 마른 손이 나미를 향해 뻗어졌다. 살려줘, 나미야……. 마치 그렇게 말하고 있는 것 같았다.

나미의 작은 몸이 병원 벽에 기대어 무너졌다.

— 그냥 살지 마.
— 내 몫까지 잘 살다 와.

초상화를 그리던 날, 춘화가 했던 말이 떠올라 참았던 눈물이 왈칵 쏟아졌다.

나미는 병원 복도에 쭈그리고 앉아 오랫동안 숨을 죽여 울었다.

◇     ◇     ◇

허름한 간판으로 가득 차 있는 서울 변두리의 오래된

상점가. 가뜩이나 좋지 않은 경기 탓인지, 거리를 지나는 사람조차 보이지 않았다.

장미는 가로수 뒤에 숨어 난감한 표정으로 〈과부촌〉이라고 쓰여 있는 가게를 바라보았다. 한눈에 보기에도 더럽기 짝이 없는 작은 술집이었다.

"엄마가 미용실 안 넘기려고 사채를 많이 썼나봐. 그거 갚는다고 학교도 그만두고 술집으로 빠졌다네. 돌고 돌아서 섬까지 갔다가 여기까지 왔대. 약도 했다던데……."

"애는?"

나미가 물었다. 기대했던 복희와의 재회는 이렇게 가슴 먹먹하게 이루어지고 있었다.

"시설 같은 데 있다고 하던데……."

장미는 차마 말을 잇지 못하겠는지, 한참 동안 눈물을 삼키느라 말이 없었다. 그러더니 되레 화를 내며 가슴을 두드렸다.

"아우~ 나쁜 년. 미스코리아는 안 됐어도…… 이게 뭐니."

그렇게 꿈꿔왔던 미스코리아는 되지 못했다. 망해가는 집안을 일으키겠다고 어머니가 한 푼 두 푼 끌어 쓰던 것이 어느새 눈덩이처럼 불어났다. 학교까지 그만두고 일을 시작했지만, 아무 능력도 없는 여자가 집안의 사채 빚을 갚을 만큼 월급을 많이 받을 수 있는 직장은 없었다. 결국 몸뚱이 하나 굴려 삶을 연명해보고자 했지만…… 딸 하나 낳고도 함께 있을 방도가 없어 시설로 보내야 했다.

복희는 그렇게 살고 있었다.

마침 가게 문을 열고 한 여인이 걸어 나왔다. 오늘따라 쌀쌀한 날씨에 얇은 치마가 휘날린다. 맨발에 낡은 슬리퍼, 헝클어진 머리가 앙상하게 드러난 목에 흘러내렸다. 비틀. 그 짧은 거리를 걷는데도 걸음이 불안정하다. 그녀는 담배 하나를 입에 물고 가게 앞에 쪼그려 앉았다. 그러더니 지나가는 사람들을 몽롱한 얼굴로 구경하기 시작했다.

초점이 어긋나 붕 떠 보이는 눈동자, 술에 절어 혈색이라곤 찾아볼 수 없는 얼굴. 눈은 퀭하니 들어갔고, 담배를 쥔 손은 추위와 고독으로 덜덜 떨리고 있었다.

저게 복희라고?

나미는 부옇게 흐려진 눈을 여러 번 깜박여야 했다.

"아이고~ 이 미친년이 없는 손님도 내쫓을라고. 안에 들어가서 피우든지, 좀! 이 정신 빠진 년아."

"아~ 바람 좀 쐴라고. 금방 들어갈게. 미안!"

문을 열고 나오던 기게 주인이 복희를 보자마자 다짜고짜 화를 냈다. 그렇게 욕을 먹어도 복희는 바보처럼 웃기만 했다.

어느덧 장미의 눈가에 눈물이 고였다.

"나미야. 그냥 가자. 아우, 나 쟤 못 보겠다."

장미는 아예 등을 돌리고 눈물을 찍어냈다. 나미도 길게 한숨을 내쉬고는 답답한 가슴을 두드렸다. 눈물이 나는 건 마찬가지였지만, 이대로 돌아갈 수는 없었다.

복희가 저렇게 살고 있는데, 이대로 돌아가 모른 척한다는 건 나미에겐 있을 수 없는 일이었다.

춘화가 그랬다. 써니가 보고 싶다고. 나미는 그 소원을 꼭 이뤄주고 싶었다.

"……친구가 왜 친구겠어."

숨을 골랐다. 울지 않기 위해 이를 악물고, 나미는 자신을 침착하게 억눌렀다. 절대 동요하면 안 된다. 그렇게 다짐하고 성큼성큼 걸었다. 길을 건너 가서, 복희가 쪼그려 앉아 있는 〈과부촌〉 앞에 섰다.

"복희야."

필터까지 타들어 버린 담배를 아쉬운 듯 내려다보던 복희가 고개를 들었다. 나미가 따스한 미소를 짓고 복희를 바라보고 있었다. 잠시 생각에 잠겨 있던 복희가 나미를 알아봤는지, 환하게 웃었다.

겉모습도 지저분했지만 가게 안은 그보다 더했다. 어두침침한 실내에서 정체를 알 수 없는 불쾌한 냄새까지 풍겼다. 낡은 벽에서는 시멘트 가루가 흘러내리고, 정체

모를 한기가 갈라진 틈새로 새어 나왔다.

  나미와 장미는 테이블을 하나 잡고 앉아서 복희를 마주 보았다. 싸구려 인스턴트커피가 종이컵 안에서 식어가고 있었다. 천천히, 차분하게 춘화의 이야기를 전하는 와중에도 복희는 쉬지 않고 커피를 들이켰다.

  후룩.

  후루룩.

  그것도 모자라, 아쉬움이 잔뜩 묻어난 얼굴로 빈 종이컵을 계속 빨았다. 잘은 모르지만 알코올 중독자들 특유의 증상 같았다. 나미는 하던 말을 멈추고 그런 복희를 가만히 바라보았다.

  "자."

  결국 보다 못한 나미가 제 몫의 커피를 복희의 잔에 부어주었다. 복희가 환하게 웃으며 나미가 따라준 커피를 벌컥벌컥 들이켰다.

  "미안. 내가 커피를 너~무 좋아해서."

  복희는 시종일관 싱글벙글 웃고 있었다. 입을 벌리고 헤헤거리며 웃었다. 하지만 종이컵을 쥐고 있는 손이 부들부들 떨려, 지금 상태가 정상이 아니라는 건 누구나 알 수 있었다. 나미는 침착하게 그런 복희를 타일러가며 이야기를 계속했다. 간혹 집중하지 못할 때는 같은 말을 여러 번 반복하기도 했다.

장미는 도저히 못 보겠는지 계속 시선을 다른 곳으로 돌린 채 한숨을 내쉬고 있었다.

"춘화 보러 가자. 응? 지금 갈까? 나 조퇴하면 돼. 학교 때도 나 조퇴 많이 했잖아."

남은 커피를 몽땅 마셔버린 복희가 신이 난 얼굴로 떠들었다. 산만하게 몸을 들썩거리고, 초점이 맞지 않아 몽롱한 눈을 이리저리 돌렸다. 그러더니 나미와 장미의 대답은 듣지도 않고 한쪽 손을 번쩍 들어 올렸다.

"언니~! 나 오늘 하루 쉴게요!"
"헛소리하지 말고 화장이나 처발라!"

가게 주인의 퉁명스러운 대답이 돌아오자, 복희가 실실 웃었다.

"아이, 오늘은 힘들겠다. 내일 가자, 내일. 언니, 미안~!"

장미는 복희가 안쓰러웠는지 두 눈 가득 눈물을 머금고 있었다. 그런 장미가 보이지도 않는지, 복희는 두 사람을 번갈아 바라보며 부산을 떨었다.

"장미는 쌍꺼풀 너~무 예쁘다. 꿈을 이뤘구나. 축하해. 나미는 완전 애기네. 애기 피부. 교복 입혀놓으면 고등학생 하겠다. 호호호."

복희가 큰 소리로 깔깔거리며 웃자, 가게 주인이 나타나 구박을 하기 시작했다.

"야, 이 식충이 같은 년아. 장사도 안 돼서 죽겠구먼.

남자는 못 데려오는 게 영업 전에 재수 없게…… 할 일 없으면 화장실 가서 너 술 처먹고 오바이트 한 자국이나 닦아."

그러더니 나미와 장미를 바라보고 쯧쯧 혀를 찼다.

"얼른!"

주인이 주방으로 들어가자, 복희가 나미와 장미를 돌아보며 변명을 하기 시작했다.

"미안. 평소에는 되게 좋아, 사람이. 잠깐 커피 좀 하고 있어. 금방 올게. 언니~. 언니 미안~."

미스코리아 복희. 우아한 말씨와 화려한 옷차림으로, 멋 내기 좋아하는 아이들 사이에서는 선망의 대상이었던 복희. 그런 복희가 비굴하게 웃으며 가게 주인을 강아지처럼 따라가고 있었다.

장미가 무안한 듯 입을 꾹 다물었다.

나미는 더 이상 두고 볼 수가 없었다. 자리에서 벌떡 일어나더니 핸드백을 들고 카운터를 향해 걸어 나갔다.

"아줌마!"

화가 난 듯 매서운 목소리에, 가게 주인과 복희가 동시에 나미를 돌아봤다.

"술 줘요. 여기서 제일 비싼 걸로."

"네?"

"술. 제일 비싼 거. 바가지 팍팍 씌워서 달라고. 안주도 제일 비싼 걸로 주고."

나미의 살벌한 주문에, 가게 주인은 차마 대꾸도 하지 못했다. 나미는 무서운 눈으로 주인을 노려보며 핸드백을 열었다. 하얀 봉투 안엔 남편이 주고 간 돈이 아직 많이 남아 있었다.

나미는 주저하지 않았다. 탁 소리 나게 봉투를 열고, 그 안에서 십만 원짜리 수표를 열 장 꺼냈다. 그리고 보란 듯이 흔들었다.

"여기 이 아가씨 접대비까지 낼게. 아줌마가 서빙해요. 현금으로 백만 원이면 돼요? 모자라면 더 주고. 여기."

나미가 당당하게 수표를 내려놓자, 가게 주인이 비죽 내밀었던 입을 집어넣고 고개를 들었다. 그리고 곧 비굴한 태도를 보이며 나미가 내민 돈을 주섬주섬 끌어 모았다.

"넌 앉아 있어."

복희에게 한 말이었다. 주인이 주방으로 사라졌다. 복희는 후련한 얼굴로 서 있는 나미를 보며 환하게 웃었다.

"오우~ 임나미. 완전 멋있다. 화끈하네. 언니~! 가짜 술 말고 진짜 술 가져와 주세요~!"

"아 알았어!"

주방에서 당황한 주인의 목소리가 되돌아왔다. 복희는 뭐가 그렇게 좋은지 나미를 보며 연신 웃음을 터뜨렸다.

다시 자리로 돌아온 나미가 진지한 얼굴로 복희를 바

라보았다. 그리고 조심스럽게 말했다.
"복희야. 너 이 일 그만하자."
"왜? 난 괜찮은데. 육포 먹을래? 과일이 오래됐거든."
"내가 도와줄게. 딴 일 찾아보자. 응?"
"그래. 그러자."

내내 조용하던 장미가 드디어 입을 열었다. 어떻게든 이 시궁창 같은 곳에서 복희를 꺼내주고 싶었다.

"아~ 내가 뭘 할 줄 안다고……."

하지만 복희는 산만하게 머리를 흔들 뿐이었다. 그러다 무슨 생각이 떠올랐는지, 번쩍 고개를 들었다.

"나 머리는 좀 말 줄 안다. 우리 집 미용실 했잖아. 명동에서 되게 크게. 너 장미 쌍꺼풀 테이프 내가 다 대준 거야, 그치? 언니~! 복숭아는 주지 마! 일주일 넘었어. 복숭아가! 한치 있는데!"

"그래. 미용실이건 뭐건 딴 거 하자. 너 딸 있잖아? 중2짜리? 같이 살아야지?"

어떻게든 복희를 설득하고 싶었던 나미가, 시설에 맡겨놨다는 딸 이야기를 꺼냈다.

주인에게 욕을 얻어먹고, 구박을 받고, 친구들 앞에 비참한 모습을 보였어도 헤실헤실 웃기만 하던 복희가 돌연 입을 다물었다. 이리저리 흔들리던 몸도 못 박은 듯 딱딱하게 굳었다. 순식간에 눈동자에 초점이 돌아왔다.

나미는 깜짝 놀라 복희를 바라만 보고 있었다.

그 큰 눈에 눈물이 차올랐다. 복희는 소리도 내지 않고 파들파들 떨며 눈물만 뚝뚝 떨어뜨렸다. 갑자기 쏟아지기 시작한 눈물은 그칠 생각을 하지 않았다. 어쩔 줄 몰라 당황하는 나미와 장미에게, 복희가 드디어 입을 열었다.

"우리 딸……."

아프고, 서글픈 목소리였다.

"나, 보미랑 살 거야."

그리고는 다짜고짜 큰 소리로 울부짖기 시작했다.

"우리 보미…… 나 없으면 보일러도 못 켜고……! 니들이 뭘 도와줄 건데? 춘화는 왜 죽는데? 걔가 우리 리더잖아. 리더면 우리 돌봐줘야 하는 거 아니야? 어? 어어어엉!"

못 알아듣는 줄 알았더니, 다 알아들었던 모양이다. 다 알아듣고서도 그렇게 헤실헤실 웃었던 모양이다.

복희의 울음은 한참을 이어졌다. 주인이 술과 안주를 가져와도, 복희는 손도 대지 않았다. 그저 엄마가 데리러 오기만을 기다릴 아이 생각에 가슴에서 피를 토하듯이 울고 또 울었다. 결국 장미도 울음을 터뜨리고, 나미는 빨갛게 변한 눈으로 고개를 숙였다.

"춘화는…… 좋겠다. 이 힘든 인생…… 빨리 졸업해서."

떨리는 손으로 담배를 문 복희가 가느다란 한탄을 내

뱉었다. 나미는 더 이상 아무 말도 할 수 없었다.

◇    ◇    ◇

그날 밤, 나미는 고통에 지쳐 잠든 춘화를 바라보고 있었다.

춘화야. 난 오늘 복희를 만났어. 우리가 알고 있던, 사랑스러운 미스코리아 지망생은 아니었어. 삶이라는 거대한 파도에 부딪치고 깨져서 그저 우는 것밖에 할 줄 모르는 가엾은 여자가 되어 있었어. 장미는 몇 번이나 한숨을 쉬고 가슴을 두드렸어. 함께 우는 것 말고는 해줄 수 있는 게 아무것도 없더라. 어떻게 생각해? 응? 넌 리더니까…… 무슨 말이든 해줄 것 같아서. 정말 내가 복희를 찾아야 했을까? 차라리 모르는 채 잘 있을 거라고 믿고 살아가는 게 나았을까? 우리 모두 아름다웠던 그 시절을 기억하듯이, 그냥 과거는 추억으로 묻어둬도 되는 것 아니었을까?

내가 너한테 복희 얘기를 정말 어떻게 해줘야 하는 걸까.

춘화가 부럽다던 복희의 말은 진심이었다. 복희에게 삶이 그지 고통뿐이라면, 죽음은 어쩌면 유일한 탈출구일 수도 있었다.

잠든 춘화의 얼굴을 한참 동안 바라보던 나미가 조심

스레 몸을 일으켰다. 이제는 심란했던 마음을 진정시키고, 집으로 돌아갈 생각이었다. 그런데 그때, 춘화의 힘없는 목소리가 나미를 붙잡았다.

"나미야."

꺼져가는 촛불처럼 위태로운 소리였다. 나미는 얼른 돌아서서 그런 춘화의 손을 잡았다.

"왜 그저…… 바라만 보고 있어?"

아픈 와중에도 웃으려 노력하는 춘화. 나미는 제가 먼저 환하게 웃었다.

"……안 잤어?"

"일루 와. 좀만 더 있다가 가."

춘화가 나미에게 옆에 누우라는 듯 자리를 만들어주었다. 잠시 춘화를 바라보던 나미는 결국 빈자리에 올라가 지친 몸을 뉘였다.

두 사람은 서로를 말없이 바라보았다. 왠지 이렇게 마주 보고 있다는 사실만으로도 조금씩 마음이 놓였다.

"춘화야."

"응? 말씀하세요."

"고마워."

"뭘?"

"나 꽤 오랫동안 엄마, 집사람으로만 살았거든. 인간 임나미. 아득한 기억 저편이었는데…… 나도 역사가 있는 사람, 적어도 내 인생의 주인공이더라고."

나미가 속삭였다. 언젠가는 꼭 하고 싶은 말이었는데, 이렇게 마주 누워 있자니 저절로 흘러나왔다. 춘화는 나미의 볼을 쓰다듬으며 조용히 웃었다.

"너는 얼굴이 주인공 얼굴이야."

두 사람은 서로를 바라보며 열여덟 소녀처럼 웃었다.

내 인생의 주인공은 나다.

나미는 가만히 눈을 감고 생각에 잠겼다. 춘화와 재회한 그 순간부터, 잃어버렸던 자신만의 인생을 되찾은 기분이었다. 써니를 만나고, 재회하고, 잊고 살던 추억을 되찾았다. 모두가 행복하기만 한 삶을 사는 건 아니었지만, 그래도 결국은 모르고 사는 것보다는 훨씬 낫다는 생각이 들었다.

다시 만나길 잘했다. 춘화의 병실을 쭈뼛쭈뼛 걸어 들어오던 그날의 나미에게, 칭찬이라도 해주고 싶은 기분이었다.

보험 아줌마로 아등바등 사는 장미를, 땅 부잣집 사모님이 되어 고상한 척 살아가고 있는 진희를, 시어머니의 구박을 받으면서도 취업의 꿈을 버리지 않은 금옥을, 모든 것을 잃어버렸지만 사랑하는 딸 생각에 울음을 터뜨리는 복희를 만나서 다행이라고 생각했다.

"수지도 주인공 얼굴이었는데……."

춘화가 중얼거리며 한숨을 내쉬었다. 목소리에 그리움이 잔뜩 묻어났다. 춘화는 써니를 그리워하고 있었다. 나미가 생각했던 것보다 훨씬 더.

"잘 있을까?"

"찾아줄게."

그 어느 때보다 당당한 어투로 나미가 대답했다. 춘화는 그런 나미가 믿음직스러운 듯 피식 웃더니, 머리맡에 있던 봉투를 나미에게 건넸다. 나미는 어리둥절한 얼굴로 춘화가 쥐어준 봉투를 받았다.

"뭔데?"

"주인공들."

"……."

춘화는 그저 나미를 바라보고 있었다. 아주 그리운 눈으로.

 학원에서 돌아온 예빈이 잠든 뒤, 나미는 어두운 거실에 앉아 〈써니〉라는 라벨이 붙은 DVD를 꺼내 들었다.

춘화가 건네준 봉투 안에 그게 들어 있었다. 나미는 호기심 가득한 얼굴로 DVD 플레이어를 틀었다.

지지직-.

TV 앞에 앉아 화면이 나오기만을 기다리는데, 거실 탁자 위에 올려놓았던 나미의 핸드폰이 요란한 진동 소리를 냈다. 출장 가 있는 남편이었다. 나미는 고개를 돌리고 손을 뻗어 전화를 집으려고 했다.

그때였다.

[야, 임나미!]

 화면에서 갑자기 나미의 이름을 부르는 소리가 났다. 나미는 전화를 받으려던 손을 멈추고 깜짝 놀란 얼굴로 화면을 바라보았다. 25년 전 그때의 써니 멤버들이 브라운관 한가득 나타났다.

 〈Sunny〉를 연습하던 미술실이었다. 춘화가 카메라 앞에서 열심히 춤을 추고 있었다. 장미는 춤을 추다 말고 거울 앞에서 가짜 속눈썹을 붙였다. 그런 장미를 구박하는 욕쟁이 진희와 파리 한 마리 잡겠다고 책상을 집어 던지는 금옥이, 미스코리아처럼 손을 흔들며 돌아다니는 복희…….

 나미의 눈이 동그랗게 커졌다. 걷잡을 수 없이 가슴이 두근거리기 시작했다. 축제가 얼마 남지 않았던 어느 날, 써니 멤버들은 춘화가 집에서 가져온 비디오카메라로 이 장면을 찍었다. 미래의 자신에게 보내는 영상 편지. 어른이 되면 꼭 함께 틀어보자던 약속도 함께 떠올랐다.
 거친 화질에 흔들리는 화면. 하지만 그대로였다. 나미가 기억하고 있는 써니의 모습이 그 안에 고스란히 존재하고 있었다.
 춘화가 먼저 화면을 향해 다가왔다. 건강하고 활기 넘치는 써니의 리더가 미래의 자신을 향해 말을 걸었다.

[춘화야. 남자들만 살아남는 험난한 세상에서 살아남느라 고생했다. 근데 너는 그 나이가 되도록 얘들 먹여 살리냐? 어휴~ 아무리 생각해도 넌 진짜 멋있는 것 같……]

 그런 춘화를 밀치고 장미가 화면 한가득 얼굴을 들이밀었다.
 [장미야, 너는 대한민국 최고의 성형외과 환자가 되어서 쌍꺼풀 수술에 성공할 거야. 그래 가지고 넌 최고의 미녀가 되어 있을 거야~.]

 [진희, 진희, 황진희~ 너는 전국에 있는 욕을 모아서 욕 사전을 낼 거야. 그리고 첫눈에 반한 남자랑…… 씨부랄!]
 금옥이 각목을 휘두르며 진희와 아이들을 쫓아냈다.

그러더니 발랄한 얼굴로 입을 열었다.

[안녕~ 안녕~ 금이야 옥이야 서금옥아~. 있잖아. 넌 나중에 커가지고 정말 유명한 작가가 돼 있을 거야. 나도 네가 낸 책 너무 재미있게 잘 봤고······.]

곧 화면 속의 금옥이 진희와 장미에게 공격당했다. 미술실은 순식간에 아수라장이 되었다. 복희는 다른 아이들이 정신없는 틈을 타서 미래의 자신에게 인사를 하고 있었다.

[복희야. 안녕~ 복희야. 넌 지금쯤 미스코리아가 되어 있겠지? 그리고 멋진 남자랑 결혼도 해가지구 자식도 있을 거야. 아~ 생각만 해도 너무너무 행복하다~. 복희야, 너는 모든 사람한테 사랑받는 여자가 될 거야. 복희야~ 너무너무 사랑해!]

어느덧 비디오를 들고 있던 나미가 창가에 앉은 수지를 향해 렌즈를 돌렸다. 수지는 긴 생머리에 햇살을 한가득 머금고 분위기를 잡고 있었다. 카메라가 흔들리며 그런 수지를 클로즈업 했다.

[잡지에 나온 년. 포즈 한번 잡아봐~.]

장미와 노닥거리고 있던 진희가 수지를 보고 이렇게 조르자, 아이들이 모두 "보여줘, 보여줘!" 하고 큰 소리로 외치기 시작했다.

수지는 무뚝뚝하게 가만히 있다가 도도한 얼굴로 슬쩍 포즈를 잡아주었다.

[우와아!]

포즈 한번 죽인다며, 써니 멤버들이 박수치며 깔깔 웃었다.

[야, 임나미! 그만 찍고 혼자 연습해봐.]

춘화의 말에 카메라는 누군가에게 건네지고, 화면 가득 소녀 시절 나미의 모습이 보였다. 춤을 추다가 또 박자를 놓친 나미가 머리를 긁적이다가, 쑥스러워하며 입을 열었다.

[안녕, 미래의 나미야? 나는 고등학생 나미야. 어……반가워.]

영상을 마주한 나미의 눈에서 한 줄기 눈물이 흘렀다.

어른이 된 나미는, 고등학생 나미를 보며 그리운 눈물을 흘렸다.

[너는 일단은 화가가 되어 있을 것 같고…… 일단 대학교에 들어가면 음악다방 DJ를 할 것 같아. 아! 그것도 하고 싶다. 만화책 가게 주인이 되는 거야. 그래서 애들 연체료도 다 깎아주고…… 아, 맞다. 또 그…… 너는 정말 소피 마르소를 닮은 것 같아. 영화도 찍고 연예인이 될 거야. 그리고 댄스 가수도…….]

친구들의 야유가 들려왔다. 나미는 정말 꿈이 많았다. 화면이 또 한 번 크게 흔들리더니, 부끄러움에 바깥으로 도망치는 나미의 뒷모습이 찍혔다. 춘화와 아이들은 계속해서 웃고 있었다.
웃다가, 울다가…….
나미는 거실 바닥에 쪼그려 앉은 채 한참을 울었다. 돌려보고 또 돌려봐도 질리지가 않았다. 잊고 살았던 나미의 꿈이 그 안에 다 들어 있었다. 벅찬 가슴이 밤새도록 나미를 잠 못 들게 했다.
그리웠다. 슬펐다. 그리고 행복했다.

아홉번째
돌아가는 길

그 비디오를 찍던 날, 써니 멤버들이 미술실에 모여 한창 춤 연습을 하고 있는데 쾅 소리가 나더니 누군가 뒷문을 열어젖혔다. 깜짝 놀란 나미가 그쪽을 바라보자, 전학 온 첫날부터 나미를 괴롭히고 싶어 안달하던 불량 학생 상미가 불만 가득한 눈으로 멤버들을 바라보고 있었다.

상미는 째진 눈으로 미술실을 한 바퀴 훑어보았다. 그러더니 입술을 실룩이며 쳇, 소리를 내곤 다시 쾅 소리를 내며 문을 닫고 사라져버렸다.

"뭐냐, 쟨?"

"잘못 들어왔나 보지."

멤버들은 상미의 태도가 대수롭지 않다는 듯, 금세 잊어버리곤 춤 연습을 재개했다. 나미도 어색한 동작을 반복하며 이리저리 움직였다. 너무 열심이었던 탓일까. 갑자기 갈증이 몰려오더니 손까지 떨리기 시작했다. 물이라도 마셔야 좀 나을 것 같았다. 나미는 종종걸음으로 달려가 앞문을 열었다.
 "임나미! 어디 가?"
 "물 마시러!"
 나미가 떨리는 손을 보여주자 멤버들이 알았다는 듯 고개를 끄덕였다.
 나미는 교정에 있는 수돗가로 뛰어가 수도꼭지를 틀었다. 그리고 콸콸 쏟아져 나오는 물줄기에 입을 가져다 대고 벌컥벌컥 물을 마셨다. 그런데 순간 나미의 머리 위에 긴 그림자가 드리워지더니 상미가 나타났다. 늘 함께 다니는 영진이단 불방소녀와 함께였다.
 "어이, 촌년!"
 "태생이 시골 년이라 그런지 물도 어쩜 그렇게 촌스럽게 먹냐?"
 써니 멤버가 된 뒤에는 한 번도 겪은 적 없는 노골적인 비아냥거림이었다. 울컥한 나미가 고개를 들고 상미를 노려보았다.
 "궁금한 게 좀 있어서……. 시골에서는 볏짚 쌓아놓은

데서 막 떼 씹도 하고 그런다며? 너도 해봤냐?"

그 말에 나미는, 전학 온 첫날과는 달리 드세게 반격했다.

"이상미. 아가리 닥쳐라잉?"

"와~ 졸라 무섭네. 야. 너 하춘화네 믿고 졸라 까부는데, 걔네가 너 끝까지 데리고 다닐 거 같지? 좆 까는 소리 하지 마. 싫증 나면 바로 아웃이야. 씨발 년아."

"개소리 하지 말라고."

나미는 지지 않았다. 동그란 눈을 부릅뜨고 대들자, 상미가 한 손을 확 치켜들더니 나미에게 손찌검을 하려고 했다. 때마침 수업 종이 울리지 않았다면 그대로 후려칠 기세였다.

움찔하는 나미가 우스웠던지, 상미가 피식 웃으며 올렸던 팔을 내렸다.

"야. 춘화랑 옛정을 봐서 봐준다. 조심해라."

그리고는 영진과 함께 교실로 돌아갔다.

나미는 그런 상미의 뒷모습을 보며 입술을 질끈 깨물었다.

야간 자율 학습 시간 전, 쉬는 시간이 왔다.

2학년 3반 학생들은 오랜 수업에도 지친 기색 없이 수다 떨기에 여념이 없었다. 덕분에 교실은 시끄러운 소음으로 가득 차 있었다. 장미는 오늘도 어김없이 수업 내내 쌍꺼풀을 만들었다.

"다 됐어."

여러 번의 실패 끝에 드디어 맘에 드는 쌍꺼풀이 나왔는지 흡족해하며 웃지만, 나미는 장미를 쳐다봐 주지 않았다. 나미의 시선은 4분단 두 번째 자리에서 영진과 시시덕거리는 상미에게 머물러 있었다.

크고 매서운 눈매의 상미는, 춘화와 중학교 동창이었다. 나미가 전학 오기 전까지 두 사람은 꽤나 친했다고 들었다. 만일 나미가 나타나지 않고 상미가 춘화와 멀어지지 않았다면 써니 칠공주의 마지막 자리는 어쩌면 상미의 것이 되어 있을 터다.

가끔 뒤통수를 찌르는 누군가의 시선이 느껴질 때면 그곳엔 언제나 상미가 있었다. 상미는 제자리를 꿰찬 나미를 질투하고 있는 것이다. 그래서 혼자 있을 때를 노려 지치지도 않고 괴롭히곤 했다.

생각을 마친 나미가 자리에서 벌떡 일어났다. 그리고 상미의 자리를 향해 뚜벅뚜벅 걸어갔다.

"어?"

영진이 깜짝 놀라 나미를 바라보았다. 상미는 째진 눈을 치켜뜨고 나미를 노려보았다.

비장한 얼굴. 나미는 아무 말도 하지 않았다. 그 대신,

오른손에 꽉 쥐고 있던 작은 쪽지를 상미의 책상 위에 올려놓았다. 그리고 다시 뚜벅뚜벅 걸어 앞문으로 나가 버렸다.

"뭐야?"

하얀 쪽지 위엔 동글동글한 나미의 글씨로 이렇게 쓰여 있었다.

〈소각장으로.〉

종이를 손에 쥔 상미의 얼굴에 비열한 웃음이 떠올랐다.

어느덧 해가 뉘엿뉘엿 기울어, 하늘이 온통 황혼으로 물들였다.

나미는 학교 뒤 구석에 있는 소각장 앞에 혼자 서 있었다. 쓰레기를 처리하는 시간이 아니면, 구석지고 더러운 소각장 근처에는 아무도 오지 않았다. 나미는 소각장 안에서 쓰레기가 타는 소리를 들으며 홀로 비장하게 상미를 기다리고 있었다.

나미의 목적은 상미와 대화를 나누는 것이었다. 왜 그렇게 나미를 괴롭히고 싶어 안달인지, 왜 그렇게 나미를 싫어하는지, 혹시 그 이유가 춘화 때문이라면 어떻게든 화해하는 게 좋지 않겠냐고. 그렇게 말할 생각이었다.

"어이~ 촌년!"

계단 위에서 상미의 목소리가 들렸다. 고개를 돌리자,

주머니에 손을 찔러 넣은 상미가 씨익, 비틀린 미소를 지으며 계단을 내려오는 게 보였다. 그런데 상미는 혼자가 아니었다. 똘마니처럼 늘 데리고 다니는 영진은 물론이거니와, 불량해 보이는 1학년 후배들까지 대동하고 우르르 모여들었다.

당황한 나미가 그 애들을 쳐다보자, 상미가 건들거리며 말했다.

"혼자 오란 얘기는 없기에."

나미는 불안한 마음을 들키지 않으려고 입술을 꾹 깨물었다. 여기서 꼬리를 말고 도망칠 수는 없었다. 그러면 아무것도 바뀌는 게 없을 것이다.

그래서 용기를 냈다. 상미를 똑바로 바라보며 그 아이들 앞에 당당하게 섰다. 상미는 그런 나미가 웃기지도 않다는 듯 거만하게 노려보고 있었다.

"사과해."

"뭘?"

"아까 일 사과하라고. 사과하면 없던 걸로 할게."

나미의 뜬금없는 요구에 상미가 웃음을 터뜨렸다. 그러더니 돌연 살벌한 얼굴을 하고 말했다.

"못하지. 사과."

고작 그딴 얘기나 하려고 여기까지 불러냈냐는 얼굴이었다. 나미가 후우, 한숨을 내쉬었다. 예상했던 일이다.

상미 성격에 순순히 사과를 할 리가 없었다. 하지만 더 이상 상미가 거는 시비를 참고 견딜 자신이 없었다. 그래봤자 아무것도 해결되지 않는다는 사실을 알기 때문이다.

나미는 자신이 진심으로 부딪치면 언젠가는 상대가 반드시 알아줄 거라는 믿음을 가지고 있었다. 그래서 수지의 집에도 무작정 찾아갈 수 있었던 것이다. 상미도 마찬가지였다. 두 사람 사이에 있는 벽을 깨뜨리고 솔직하게 마음을 털어놓으면 친구가 될 수 있을지도 모른다는, 돌이켜보면 안일한 생각을 하고 있었다.

"아까 욕해서 미안해. 내가 먼저 사과할게. 네가 1학년 때 춘화랑 친했다가 싸웠단 얘긴 들었어. 하지만 춘화도 네가 자꾸 본드 같은 거 손 대고…… 헉!"

빙글거리던 상미의 얼굴이 점점 일그러지더니 나미의 말이 채 끝나기도 전에 발길질이 날아왔다. 있는 힘껏 나미의 배를 걷어찬 상미는 잔뜩 화가 난 얼굴이었다.

정통으로 배를 걷어차인 나미는 쿵 소리와 함께 흙바닥을 뒹굴어야 했다. 맞은 부위가 너무 아파서 순간적으로 숨을 쉬기가 힘들 정도였다. 나미는 몸을 둥글게 말고 아픈 배를 끌어안았다.

상미는 나미에게 다가오더니 한 손으로 머리채를 붙들었다. 나미는 익숙하지 않은 고통 때문에 아무런 반항도 하지 못했다.

부릅뜬 상미의 눈에 핏발이 섰다. 본드 얘기가 나오자마자 자존심에 상처라도 입은 듯, 눈에 보이는 게 없는 모양이었다. 무섭게 일그러진 얼굴이 금방이라도 나미를 잡아 먹을 듯한 기세였다.

"깝치는 것도 정도껏 해야지. 야. 어이. 촌년. 너희들 뭐? 써니? 써니 텐? 너희들 시대 간 거 모르지? 왜냐? 내 일부터 너네들 하나씩 데려다가 씨발 다 작살낼 거거든. 순회공연 시작한다."

상미가 이를 갈며 내뱉었다. 뒤에 서 있던 후배들이 키득키득 웃으며 움츠린 나미를 비웃었다.

"그거 줘봐."

나미의 머리채를 잡고 있던 상미가 다른 손을 내밀며 명령했다. 영진이 들고 있던 카메라를 얼른 건네주었다.

"야. 옷 벗겨."

우르르. 후배들이 달려들었다. 덜컥 가슴이 내려앉는 것을 느끼며 나미가 온몸을 비틀며 반항했지만 소용없는 일이었다. 혼자서는 할 수 있는 일이 없었다. 반격하는 것도, 도망치는 것도, 아무것도 할 수 없었다. 우악스럽게 나미를 제압한 손이 옷을 벗기려 들었다. 나미의 입에서 비명이 새어 나왔다.

영진은 나미의 입을 틀어막고 상의를 끌어 올렸다. 강아지처럼 순한 나미의 눈망울에 급기야 눈물이 차올랐다.

처참한 기분이었다. 이대로 심한 일이라도 당하는 걸까 싶어 질끈 눈을 감는데, 어디선가 익숙한 목소리가 들려왔다.

"지랄들 하네."

차갑고 도도한 목소리. 나미가 눈물 맺힌 눈을 크게 떴다.

깜짝 놀란 후배들이 하던 행동을 멈추고 서둘러 주위를 둘러보았다. 소각장 맞은편 건물 계단 뒤에서 흰 연기가 스멀스멀 올라오고 있었다. 그리고 긴 생머리를 늘어뜨린 수지가 한 손에 담배를 들고 난간에 모습을 드러냈다.

예상치 못했던 수지의 등장에 상미는 당황한 기색이었다. 나미를 붙잡고 있던 후배들도 쭈뼛거리면서 상미 뒤로 자리를 옮겼다.

후우. 수지가 긴 숨을 내뱉었다. 하얀 담배 연기가 난간을 지나, 계단으로 내려왔다. 수지가 그 아름답고도 살벌한 얼굴로 한 걸음, 한 걸음을 내딛을 때마다 애들은 꼭 그만큼씩 뒤로 물러섰다.

수지는 상미와 영진을 깨끗이 무시하고 나미에게 다가왔다. 그리고 한 손을 내밀어, 쓰러져 있던 나미를 일으켜 세웠다. 그리고 무표정한 얼굴로 상미 뒤에 숨어 있는 후배들을 훑어보았다.

"뭐냐? 꼬마들은?"

진덕 여고 칠공주 중에서 춘화보다 유명한 단 한 명이 있다면 그게 바로 수지였다. 얼음 공주 정수지. 예쁜 얼굴로 살벌하게 사람을 노려보는 수지는 후배들 사이에서도 악명이 높았다.

후배들이 슬쩍 상미의 눈치를 보더니 꾸벅 고개를 숙였다.

수지는 그 애들을 깡그리 무시하고 담배 연기를 휘날리며 상미에게 물었다.

"너 또 본드 했냐?"

"끊은 지 일 년 됐거든?"

무서울 정도로 침착한 수지에게 밀리지 않으려 상미가 꽥 소리를 질렀다. 하지만 어깨가 잔뜩 굳어 있었다. 긴장하고 있는 것이 틀림없었다.

"아까 그 대사 다시 날려봐. 뭘 공연해?"

고작 한 사람에게 밀렸다는 사실이 자존심 상했던지, 상미가 억지로 웃었다.

"아 나, 이 씨발 년. 잡지 모델 하자마자 은퇴하고 싶냐? 얼굴에 확 스크래치 한번 내줘?"

대답은 없었다. 수지는 더 들을 것도 없다는 듯, 상미의 얼굴에 들고 있던 담배를 확 집어 던졌다. 그 바람에 상미가 뜨거운 담뱃재를 뒤집어썼다.

"아아아악!"

상미가 잔뜩 겁먹은 얼굴로 머리와 옷을 털어내고 있을 때, 수지가 움직였다. 소각로 안에서 불타는 각목 하나를 집어 들더니 경고 한마디 날리지 않고 휘둘렀다. 번개 같은 몸놀림에 불똥이 튀었다. 깜짝 놀란 후배들이 뒤도 돌아보지 않고 달아나기 시작했다.

 수지는 거기서 멈추지 않았다. 나미가 당했던 것처럼 상미의 명치에 발길질을 날린 것이다. 상미는 그대로 흙바닥에 넘어졌다. 이제는 나미가 아니라, 상미가 제 배를 끌어안고 바닥을 굴렀다.

 넘어져 있는 상미에게 수지가 저벅저벅 걸어갔다. 그러더니 한쪽 발을 들어 올려, 달아나려 몸부림치는 상미의 목을 꽉 밟았다.

 "큭! 흐윽……."

 휘익. 바람을 가르는 소리와 함께 불붙은 각목이 상미의 얼굴을 향해 움직였다. 수지는 여전히 무표정했다. 망설임이라고는 조금도 섞이지 않은 행동이었다. 영진은 그런 수지를 말릴 생각조차 못 하고 몸을 부르르 떨더니 조금씩 뒷걸음질을 쳤다. 상미를 버려두고 달아날 생각이었다.

 수지가 그런 영진을 향해 입을 열었다.

 "너 얘 병원 좀 데려가야겠다. 이년 얼굴 확 태워버릴 거거든."

영진의 행동이 멈췄다. 믿을 수 없다는 듯 수지를 향한 눈동자엔 공포가 가득 들어차 있었다.

"못할 거 같지?"

수지의 손이 움직였다. 타닥타닥 소리를 내며 여전히 타드는 각목이 상미의 얼굴에 닿을 듯 가까워졌다. 수지가 조금만 움직여도 상미의 얼굴은 불붙은 각목에 뭉개질 판이었다.

"으아아아아!"

상미의 얼굴이 비참하게 일그러졌다. 상미는 완전히 패닉에 빠진 모습이었다. 반항은커녕 도망갈 생각조차 하지 못한 채, 눈물을 흘리며 비명을 질렀다. 울음을 터뜨린 상미를 보는 수지의 얼굴은 여전히 냉정함 그 자체였다.

이제는 나미가 두려워졌다. 더 이상은 안 될 것 같았다. 그래서 수지의 팔을 뒤에서 붙잡고 고개를 흔들었다.

"수지야. 안 돼. 하지 마."

금방이라도 눈물을 떨어뜨릴 것 같은 얼굴이었다. 나미는 수지가 상미를 상처 입히길 바라지 않았다.

수지는 그런 나미를 잠시 동안 바라보았다. 그러더니 얌전히 몸을 일으켰다. 들고 있던 각목은 소각장 한쪽 구석에 집어 던졌다.

나미가 안도의 한숨을 내쉬었다. 수지는 여전히 울먹

이던 상미의 머리를 발로 툭툭 걷어찼다. 아직까지 도망치지 못하고 있던 영진이 그 모습을 고스란히 목격했다. 상미의 얼굴은 공포와 수치심 때문에 눈물 콧물로 범벅이 된 채였다.

"벌레가 나대고 기어봤자 새 밥이지. 병신 같은 년. 나 같으면 쪽팔려서 학교 못 다닌다."

수지는 상미를 향해 툭 내던지듯 말하더니 나미를 돌아보았다.

"가자."

수지가 성큼성큼 걸어 교실로 돌아갔다. 나미 역시 쭈뼛거리면서 따라 걷다가 상미를 돌아보았다. 상미는 바닥에 누운 채 두 손으로 얼굴을 가리고 하염없이 울고 있었다. 영진이 다가와 부축하려 했지만 발작하듯 그 손을 뿌리쳤다.

곧 야간 학습을 알리는 종소리가 교정을 울렸다.

나미가 교실로 돌아왔다.

장미가 잔뜩 신난 얼굴로 춘화와 이야기를 나누고 있었다.

"아 맞다. 너 다다음주 연휴에 시간 비워놔라. 그때 우리 노량진 멧돼지 친구들이랑 쪼인해서 엠티 가기로 했거든. 1박 2일. 준호 오빠도 온다는 거 아니겠냐."

평소라면 정말 기뻐했을 소식이었지만 방금 소각장에서 벌어졌던 일 때문에 그 어떤 얘기도 귀에 들어오지 않았다. 나미가 어영부영 고개를 끄덕이자, 장미를 보며 웃던 춘화가 수상한 기미를 눈치챘다. 춘화의 시선은, 여기 저기 구겨지고 흙이 묻은 나미의 옷에 머물렀다.

"뭐야, 임나미?"

"어머머머머머, 세상에."

"싸웠어?"

춘화와 장미의 추궁에 나미는 적당히 둘러댔다.

"너, 넘어졌어."

"넘어진 게 아니구만?!"

"심한데?"

춘화는 역시 믿지 않았다. 춘화가 나미에게 뭐라고 한마디 더 하려던 순간, 갑자기 앞문이 열렸다.

무섭기로 유명한 학생 주임이었다. 귀신 잡는 해병대 출신으로, 여자애들에게도 아무렇지 않게 폭력을 휘두르는 선생이었다. 그가 분신처럼 여기는 몽둥이를 휘두르며 교실 안으로 들어왔다.

그가 뜨자마자 아이들은 책상 위에 있는 물건들을 서랍 속에 감추고 공부하는 시늉을 했다.

교탁에 선 학주의 손에는 피우다 만 담배꽁초가 들려 있었다.

"어떤 년이 신성한 학교에서 담배질이야. 것도 양담배? 너네 아주 학교에서 담배 피우다 걸리면 계집애건 뭐건 싹 다 찢어버린다고 했어, 안 했어?"

교실이 찬물을 끼얹기라도 한 듯 조용해졌다. 아이들은 고개를 푹 숙인 채였다.

"오늘 푸닥거리 한번 해보자. 응? 지금부터 가방에 있는 거, 주머니에 있는 거 싹 다 꺼내서 책상 위에 올려놓는다. 실……."

쾅!

그가 '실시'라고 말하려던 순간, 요란한 소리와 함께 교실 앞문이 열렸다.

상미였다. 소각장에서 곧바로 온 듯, 얼굴과 옷이 온통 흙으로 더러워져 있었다. 교탁에 서서 몽둥이를 휘두르는 선생에게는 신경도 쓰지 않은 채, 제자리로 걸어가더니 살벌한 기세로 가방을 챙기기 시작했다.

아이들이 모두 당황했다. 교탁 앞에 서 있던 선생도 어이없기는 마찬가지였다.

"너 뭐야? 이게 미쳤나?"

상미는 버럭 고함을 지르는 그에게 눈길조차 주지 않았다. 그저 하얗게 질린 입술을 꽉 깨문 채, 가방 속에 소지품을 쓸어 담고 있을 뿐이었다.

"너 일어나! 안 일어나?!"

화가 나서 얼굴이 벌게진 선생이 다가와 맨손으로 상미의 머리를 후려쳤다.

퍽! 퍼억! 퍽!

그는 정말로 머리끝까지 화가 났는지, 상미를 향한 무차별적인 폭력을 멈추지 않았다. 겁에 질린 아이들이 숨소리도 내지 못한 채 그 광경을 바라보았다.

"이런 미친년이, 본드라도 처먹었나? 안 일어나? 이래도 안 일어나지?"

상미는 일어나지 않았다. 핏발 선 눈을 치켜들고 그를 노려보기만 했다. 그러자 그는 손목에 차고 있던 묵직한 시계를 벗어 들었다. 학생에게 주먹질이라도 퍼부을 셈이었다.

"아~ 이년이 오늘, 잠자고 있던 전의를 건드리네. 알았어. 너 오늘 해병 150기 빠따 맛 좀 봐라. 이것들이 요새 군기가 빠져서 쳐 맞아야……."

그 순간, 상미가 벌떡 일어났다.

"그럼 씨발 놈아, 군대에 말뚝이나 박지 왜 학교 와서 깝을 치냐! 이 병신 새끼야!"

악에 받친 듯 소리치는 상미. 그 바람에 선생은 할 말을 잃었고, 다른 아이들 역시 얼음처럼 굳어버렸다.

씩씩거리던 상미가 가방을 챙겨 뒷문으로 걸어갔다. 그러더니 들고 있던 가방을 던져, 교실 뒷문 앞에 달린 거울을 깨뜨려버렸다.

쨍그랑!

거울 파편이 이리저리 흩날리며 요란한 소리가 났다.

춘화가 벌떡 일어섰다. 상미가 한번만 더 사고 치면 금방이라도 달려들 기세였다.

"잘들 살아라. 씨발 년들아."

그 말을 마지막으로 상미가 교실 밖으로 나가 버렸다. 반 아이들은 너무 놀라서 아무 말도 하지 못했다. 나미 역시 마찬가지였다.

학생 주임이 뒤늦게 고함을 지르며 상미를 뒤쫓았다. 폭풍이 한차례 휩쓸고 지나간 것처럼 현실감이 없었다. 조용하던 교실이 아이들의 웅성거림으로 조금씩 어수선해지기 시작했다.

나미는 교실 바닥에 흩어진 거울 파편을 우울한 얼굴로 바라보았다. 그러다 조용히 나미를 바라보고 있던 수지와 눈이 마주쳤다.

수지는 여전히 무표정한 얼굴이었다. 상미의 일에는 전혀 관심 없다는 듯, 금세 고개를 돌렸다.

가슴이 답답했다. 나미는 불길한 예감에 떨리는 손을 꼭 쥐었다.

◇　　◇　　◇

수지를 찾기가 쉽지 않았다. 25년 전에도 속을 알 수 없는 아이였는데, 세월이 흐른 만큼 더욱 먼 곳에 꼭꼭 숨어버린 모양이었다.

나미는 복희를 찾은 뒤 한참이나 지나서야 흥신소 사장의 연락을 받았다. 그는 도저히 이해할 수 없다는 얼굴로 이렇게 말했다.

"글쎄 이런 적이 거의 없는데. 이 정수지 씨 이분이 좀 찾기가……."

"이민 갔나요?"

"아니, 출국은 안 하셨는데…… 개명도 안 하셨고……. 하, 이상하네. 이분도 이쪽으로 무슨 전문가이신가? 아무튼 다른 회사랑 협력해서라도……."

"저…… 시간이 별로 없어서, 좀 빨리 부탁드릴게요."

춘화에게 약속했다. 수지를 찾아주겠다고.

이제 시간이 얼마 남지 않았다. 나미는 갈수록 춘화의 고통이 심해진다는 사실을 잘 알고 있었다. 이젠 진통제 없이는 단 하루도 견디지 못하는 지경에 이르렀다. 하루하루 바짝 말라가는 춘화의 얼굴을 보고 있노라면, 어서 빨리 수지를 찾아줘야 한다는 생각밖에 들지 않았다.

나미가 애타는 목소리로 부탁하자, 흥신소 사장이 머

리를 긁적이며 말했다.

"네. 뭐, 좋은 방법은 아닌데요······. 급한 경우엔 신문에 뭐 부고 같은 거로 광고 띄우는 방법도 있는데······. 아무튼 저희가 최선을 다해보겠습니다."

나미의 얼굴이 어두워졌다. 그러자 슬쩍 눈치를 보던 사장이 얼른 다른 봉투를 하나 내밀었다.

"그리고 전에 따로 부탁하신 분."

깨끗한 서류 봉투 위에 그리운 이름이 적혀 있었다.

〈한준호〉

나미는 사장이 건네준 봉투를 안고 천천히 흥신소 건물을 나왔다. 한낮의 햇살이 한적한 도로 위에 쏟아지고 있었다. 문득, 청춘 영화의 한 장면 같았던 준호와의 추억이 떠올랐다.

찾아가면 어떨까. 날 알아보기는 할까.

첫사랑은 추억으로 남겨두는 쪽이 좋다던 누군가의 말이 생각났다. 나미는 거리 한가운데 서서 아련한 얼굴로 눈을 감았다.

찾아가자. 그리고 이번에야말로 제대로 마무리 짓고 오자.

혼자만의 사랑이었다. 그래서 더 애틋하고, 오래도록 가슴에 남아 나미를 아프게 했다. 그때는 그저 멀리서 훔쳐보는 것밖에 할 줄 몰라서 아무것도 전하지 못했다. 이제와 좋아했노라고 고백할 마음은 없지만, 미묘하게 어긋난 결말을 제 손으로 마무리 짓고 싶었다.

결심한 나미의 걸음이 빨라졌다.

집으로 돌아가 오래된 그림을 챙기고, 강촌으로 가는 기차에 올라탔다.

준호는 강촌 시내 한쪽에서 낡은 카페를 경영하고 있었다. 늘 헤드폰을 끼고 다니던 당시의 그가 생각 나, 나미는 아련한 얼굴로 미소가 지어졌다.

카페는 온통 80년대 분위기였다. 지금은 쉽게 찾아볼 수 없는 레코드판이 한쪽 벽을 가득 메우고, 오래된 포스터가 여기저기에 붙어 있었다. 낡은 소파에 하릴없는 중년의 남자가 몇 앉아 추억의 음악을 즐겼다.

한쪽에 마련된 DJ 박스 안에서 턴테이블이 돌아가고 있었다. 그 모습이 마치 나미가 준호를 쫓아 들어갔던 80년대 음악 감상실을 보는 것 같았다.

나미는 한적한 카페를 두리번거리며 중앙에 있는 테이블에 앉았다. 곧 발랄해 보이는 어린 여학생이 주문을 받으러 왔다.

"주문은 뭐로 하시겠어요?"

"커피 한 잔 주세요."

이제는 괜찮을 줄 알았는데, 아직도 가슴이 두근거렸다. 첫사랑에 미련이 남아서가 아니라, 그때의 잔재가 아직까지 진한 추억으로 남아 있기 때문이었다.

"커피 나왔습니다."

무심결에 바라본 DJ 박스 안에는 웬 남학생이 혼자 서 있었다. 나미에게 커피를 가져다준 여학생이 곧 DJ 박스 안에 있는 남학생에게 다가갔다. 둘은 귀여운 장난을 주고받으며 웃고 떠들었다.

"어, 안경에 뭔가 묻었잖아? 모양 빠지게 그게 뭐니?"
"그래?"
"이리 줘봐."

남학생이 안경을 벗었다. 커피를 마시며 무심코 그쪽을 바라보던 나미는 정말로 크게 놀라고 말았다.

돌아보는 옆얼굴이 과거의 준호와 너무나 똑같았기 때문이다.

혹시 준호일까?

그럴 리가 없었다. 벌써 25년이라는 세월이 흘렀다. 나미가 사십 대가 되어 있듯, 준호도 평범한 중년 남자가 되어 있을 것이었다. 머리는 그렇게 생각하는데, 마음은 그게 아니었다. 나미는 여전히 한 손에 커피 잔을 든 채, 준호와 똑같이 생긴 남학생을 넋을 잃고 바라보았다.

딸랑-.

문이 열리며 중후한 중년의 남자가 들어왔다. 괜히 긴장한 나미가 들어온 손님을 훔쳐보았다. 하지만 그는 다른 손님과 일행인 듯, 그곳에 가서 앉아버렸다.

한숨이 흘러나왔다. 괜히 찾아온 게 아닐까 하는 생각을 하고 있는데, 테이블 한쪽에 놓여 있는 종이와 볼펜을 발견했다. 신청곡을 적는 쪽지였다.

나미의 손이 절로 움직였다.

⟨Reality⟩.

첫사랑의 설렘으로 가득 차 있는 노래였다.

얼마 지나지 않아, 스피커에서 감미로운 멜로디가 흘러나왔다. 나미는 가만히 눈을 감고 25년 전의 영 스타 다방을 떠올렸다. 준호가 사라진 줄 알고 잔뜩 실망한 나미의 귓가에 울려 퍼지던 리차드 샌더슨의 ⟨Reality⟩. 그때 나미의 귀에 닿았던 것은 그냥 헤드폰이 아니었다. 그건 꿈이며, 추억이었다. 사랑이라는 감정이, 환상이 아니라 진실이라는 것을 알게 해준 특별한 순간이었다.

딸랑-.

다시 한 번 문이 열렸다. 나미가 눈을 뜨고 천천히 고개를 돌렸다. 설렘으로 시작했지만 아픔으로 끝났던 첫사랑이 그곳에 있었다. 나미의 시간이 멈췄다.

열여덟의 나미도 강촌으로 가는 기차를 타고 있었다.

MT 장소는 강촌이었다. 장미의 오빠와 재수 학원 친구들이 써니와 함께 춘천 가는 기차에 올랐다. 친구네서 자고 온다고 둘러댄 나미의 말에도 부모님은 엄청 반대했지만, 나미는 울고 떼를 쓰며 간신히 허락을 받아냈다.

걱정스럽던 엄마의 얼굴은, 역에서 만난 준호를 보는 순간 저 먼 곳으로 사라져버렸다. 나미는 준호와 함께 여행을 떠난다는 생각에 밤새 한숨도 못 잔 상태였다. 그런데 이렇듯 가까운 곳에서 그를 지켜보고 있자니, 자꾸만 얼굴이 빨개져서 미칠 것만 같았다.

써니 멤버들은 장미 오빠의 친구들과 게임을 하고 있었다. 덜컹거리는 기차가 떠나가라 큰 소리로 웃으며 떠들었다. 장미가 벌칙을 받을 차례가 오자, 불안해 보이는 얼굴로 말했다.

"살살 해, 살살!"

장미의 부탁에도 불구하고 금옥은 무기까지 동원해가며 신나게 등짝을 때렸다. 장미가 아프다며 신경질을 부리자 진희와 복희가 깔깔거리며 웃었다.

수지는 게임에는 관심이 없는지, 한쪽 자리에 앉아 책을 읽고 있었다.

바로 그 앞자리에 준호가 혼자 앉아 있었다. 여전히 귀에는 헤드폰을 끼고 우수에 젖은 눈으로 음악을 들었다.

나미는 조금 떨어진 자리에 앉아 그런 준호를 훔쳐보

고 있었다. 들킬까봐 슬쩍 보고 얼른 고개를 숙이길 여러 번. 준호가 전혀 이쪽을 신경 쓰지 않는다는 사실을 안 뒤에는 대담하게 스케치북을 꺼내 들었다.

연필이 지나가는 자리마다 사각거리는 소리와 함께 부드러운 선이 그려졌다. 나미는 완전히 그림에 빠져들었다. 시간이 지남에 따라, 음악을 듣고 있는 준호의 모습이 하얀 종이 위에 선명하게 드러났다.

한참을 그림에 집중하고 있는데 뒤에서 춘화가 나타났다. 깜짝 놀란 나미가 얼른 스케치북을 뒤집었다. 뒤쪽에는 평범한 풍경화가 그려져 있었다. 당황해서 붉어진 나미의 얼굴을 본 춘화가 고개를 갸웃하며 물었다.

"뭐 하냐?"

"어, 그냥."

나미가 풍경화를 그리는 척하며 아무렇지 않게 대답했다.

"가서 같이 놀아."

혼자 있는 나미가 신경이 쓰였던지, 춘화가 함께 게임을 하자며 나미를 잡아끌었다. 하지만 나미는 마음껏 준호를 훔쳐볼 수 있는 이 시간이 좋았다. 언제 또 이런 기회가 있어서 준호를 그릴 수 있을지 알 수가 없었기 때문이다. 그래서 살래살래 고개를 저으며 나중에 하겠다고 대답했다.

"그래?"

춘화가 아쉬운 얼굴로 돌아갔다. 앞 좌석에선 종류를 바꿔 다른 게임을 시작하고 있었다. 나미는 슬쩍 눈치를 보다가 스케치북을 뒤집었다. 이제 거의 완성되어가는 준호의 얼굴이 드러났다.

나미의 입가에 수줍은 미소가 걸렸다. 연필을 움직이고 준호를 한 번 보고, 연필을 움직이고 준호를 또 한 번 보고…… 그러다 눈이 마주쳤다.

준호가 감았던 눈을 뜨더니 나미를 바라보고 있었다. 두 사람의 눈이 마주쳤다. 나미는 당황해서 어쩔 줄을 모르며 얼굴을 붉혔다. 준호는 그런 나미에게 부드러운 미소를 지어주었다. 나미의 얼굴이 터질 듯 빨갛게 변했다. 두근두근, 심장이 미친 듯이 뛰기 시작했다.

그저 행복했다. 나미는 간신히 완성한 그림을 꼭 껴안고 고개를 푹 수그렸다.


MT는 즐거웠다. 춘천호에서 물놀이도 하고, 저녁도 직접 만들어 먹었다. 오빠들이 솜씨를 부려준 덕에 써니 일행은 설거지만 하면 되었다. 맛있게 먹고 마시고 나니, 어느덧 해가 기울었다.

주위가 어둑어둑해진 뒤에는 캠프파이어가 이어졌다. 재수생들 중 하나가 기타를 연주하며 노래를 불렀다. 나미와 친구들은 타닥 소리를 내며 타들어 가는 모닥불 주변에 모두 모여 앉아 서로의 어깨에 머리를 기댔다.

하늘을 가득 메운 별을 바라보며 노래를 듣고 있자니 괜히 감상적이 되었다. 찌르르 벌레 우는 소리가 들릴 때마다, 가슴이 함께 떨렸다. 시간이 조금만 더 느리게 지나갔으면 좋겠다. 나미는 지금이 태어나 가장 행복한 순간인 것만 같았다. 그렇게 멍하니 노래를 따라하다가, 저도 모르게 준호에게 시선을 돌렸다.

준호가 자리를 뜨고 있었다. 천천히 걸어 수풀 너머로 사라지는 그의 뒷모습을 지켜보던 나미는 친구들의 눈치를 보다가 슬그머니 자리에서 일어났다. 준호를 따라가 볼 생각이었다. 거창한 고백은 못 할지라도, 기차 안에서 그린 그림 정도는 건네주고 싶었다.

가방 안에서 스케치북을 찾아낸 나미가 남몰래 캠프파이어 장소를 벗어났다. 그리고 준호의 뒤를 쫓기 시작했다.

수풀을 헤치고 나무 사이를 한참 걷다가 보니 어느덧 호수가 보였다. 나미는 즐비하게 늘어선 나무 기둥 사이에 몸을 숨기고 준호가 있을 만한 곳을 찾았다. 손에는 준호의 초상화가 담긴 스케치북이 꼭 쥐어져 있었다. 그가 혼자 있는 지금, 꼭 전해주고 싶었다.

있다!

저 멀리 호숫가에 홀로 앉아 있는 준호가 보였다. 그는 여전히 헤드폰을 낀 채 어둠에 잠긴 호수를 바라보며 담배를 피우고 있었다.

가슴이 터질 듯 부풀어 올랐다. 막상 마음을 먹으니 걷잡을 수 없이 떨렸다. 나미는 한 걸음, 두 걸음 앞으로 걸어 나갔다. 이번 나무에서 다음 나무로, 심호흡하며 조금씩 준호에게 다가갔다.

그런데 그때, 혼자 음악을 듣고 있던 준호의 곁에 한 소녀가 나타났다.

'수지?'

수지가 준호에게 다가가고 있었다. 긴 생머리, 맵시 있게 차려입은 뒷모습. 분명 수지가 맞았다. 나미는 화들짝 놀라 근처 나무 뒤에 몸을 숨겼다.

수지는 준호 옆에 앉아, 들고 있던 담배를 입에 물었다. 가만히 바라보던 준호가 자연스럽게 품에서 꺼낸 라이터를 당겨 담배에 불을 붙여주었다. 수지의 입술에 물려 있던 담배가 준호의 라이터 불꽃에 닿았다.

두 사람은 한마디도 하지 않았지만, 오래전부터 그래왔다는 듯 무척 자연스러운 분위기를 풍기고 있었다. 준호가 자리에서 일어나 자신의 헤드폰을 수지의 머리에 씌워주었다. 음악다방에서 나미에게 했던 그대로였다. 나미가 사랑에 빠졌던 그 순간. 분명 지금 수지의 귓가에는 달콤한 음악이 흐르고 있을 것이다. 준호를 바라보는 나미의 가슴이 점점 무겁게 가라앉았다.

준호가 그윽한 눈으로 수지를 바라보았다. 어둠에 잠긴 호수를 향해 하얀 담배 연기를 내뿜던 수지도 준호에게 고개를 돌렸다.

두 사람의 눈이 마주쳤다. 누가 먼저랄 것도 없었다. 준호의 입술이 수지의 입술 위에 겹쳐졌다. 늘 차가웠던 수지의 눈이 스르륵, 감겨들었다.

나무를 붙잡고 있던 나미의 손이 덜덜 떨리기 시작했다. 하마터면 소리를 지를 뻔했다. 쿵, 떨어진 심장이 제멋대로 날뛰기라도 할 것 같았다. 나미는 얼른 돌아서서 손으로 입을 막고 비명을 삼켰다.

툭.

애꿎은 스케치북이 땅바닥에 떨어졌다. 하지만 깊은 키스에 빠진 두 사람은 아무 소리도 듣지 못한 듯했다. 포개진 그림자는 여전히 움직이지 않았다. 나미의 큰 눈에서 후두둑, 눈물이 떨어지기 시작했다. 나미는 스케치북을 챙기고 휘청거리는 다리를 간신히 내딛었다. 어서 이곳에서 벗어나야 했다.

채 피워보지도 못한 나미의 첫사랑이 아픔으로 끝났던 순간이었다.

◇　　　◇　　　◇

 많이 변한 모습이었다. 그림으로 그린 것처럼 샤프하던 턱 선은 부드럽게 흐려지고, 우수에 차 있던 눈가엔 세월이 담겨 있었다. 돋보기인 것이 분명해 보이는 뿔테 안경이 코끝에 아슬아슬하게 걸쳐져 있었다. 마른 편이었던 몸 때문인지 그때는 키가 커 보였는데, 이제 보니 보통 키였다.

 반백이 된 머리를 보자니 그만큼의 세월이 느껴졌다. 나미는 카운터에 앉은 준호를 그리운 눈으로 바라보았다.

 그때도 이렇게 멀리서 바라보기만 했지.

 나미가 자리에서 일어났다. 그리고 천천히 걸어 준호 앞에 섰다.

 그가 고개를 들어 올렸다. 나미를 보는 얼굴에 부드러운 미소가 걸렸다. 그는 많이 변한 모습이었지만, 적어도 그 근사한 미소만은 여전했다. 그 얼굴을 바라보는 나미의 눈에도 따스한 온기가 배어 나왔다.

 "오랜만에 오셨죠?"

 낯이 익었는지, 준호가 물었다. 나미는 말없이 그냥 서 있었다.

 "아닌가?"

 그가 쑥스러운 듯 고개를 갸웃하며 웃었다. 나미가 그

제야 입을 열었다.

"오랜만이에요."

준호는 그제야 나미가 그냥 커피를 마시러 온 손님이 아니라는 사실을 깨달았다. 하지만 누구인지는 기억이 나지 않는 듯 선뜻 입을 열지 못했다.

두 사람은 그렇게 한동안 서로를 바라보았다. 그때 DJ 박스 안에 있던 학생들이 준호의 곁으로 다가왔다.

"아빠. 나 간다."

"너 일찍 좀 들어와. 싸돌아다니지 말고."

"아빠나 일찍 들어와. 또 술 먹고 늦으면 엄마가 이혼이래."

준호가 쓴웃음을 지었다. 닮았다고 생각했더니 역시 아들이었던 모양이다. 준호의 아들이 나미를 손으로 가리키며 속삭였다.

"커피 한 잔 드셨어."

"오천 원이요."

준호의 말투는 친절했다. 나미는 핸드백을 열어 지갑을 꺼내고 오천 원짜리 한 장을 그에게 내밀었다. 그 와중에도 음악을 들으며 고개를 까닥이는 그를 보다가, 천천히 몸을 돌렸다.

어차피 다시 만나지 않을 첫사랑이 아닌가. 충동적으로 여기까지 왔지만 그 근사한 미소가 여전하다는 것도 알았고, 작지만 음악으로 가득한 곳에서 잘 살고 있다는 것도 알았으니 추억으로 남겨두면 될 일이다.

하지만 나미는 다시 몸을 돌렸다. 아직 그에게 그림을 전하지 못했으니까. 춘화와 재회한 뒤, 다시는 후회할 일 같은 건 만들지 않겠다고 다짐했다. 그러니 전해야 한다. 열여덟 나미의 채 피우지 못했던 사랑을.

나가려던 손님이 다시 자신을 빤히 바라보자, 준호가 의아한 듯 고개를 들었다.

"이제야 드려요."

결심한 나미는 포장해 온 액자를 내밀었다. 그리고 준호를 향해 아련한 미소를 짓고는 몸을 돌려 카페 밖으로 걸어 나갔다.

잠시 꿈이라도 꾼 듯 멍한 표정을 짓던 준호가 황급히 포장을 풀어보았다. 오래된 종이 위엔 젊은 시절의 준호가 헤드폰을 끼고 의자에 머리를 기댄 채 눈을 감고 있었다.

얼마 되지 않아 준호의 눈도 그리움에 젖어 들었다. 자신의 초상화를 한동안 바라보던 준호가 문득 나미를 기억해내곤 자리에서 벌떡 일어났다. 급히 쫓아서 카페 밖으로 달려 나갔지만, 골목 어디에도 나미의 모습은 보이지 않았다.

두 사람은 알고 있었다. 이제 다시는 우연으로라도 만날 일 없다는 것을.

어두운 골목에 희미한 가로등 불빛만 쏟아졌다. 멈췄던 시간이 다시 흘러가기 시작했다.

서울로 돌아가는 길, 나미는 기차 역 플랫폼을 걷고 있었다.

수지와 준호가 호숫가에서 입 맞추는 장면을 본 뒤의 기억은, 그저 눈물뿐이었다. 계속 울었다는 것 말고는 MT에 대한 기억이 없었다. 떠오르는 것이라곤 달빛 가득한 호수와 아무리 토해도 뱉어지지 않던 슬픔.

그게 첫사랑이기 때문일까? 유난히 가슴이 아팠던 것으로 기억한다. 나미는 친구들에게도 돌아가지 못한 채 아무도 없는 호수 근처를 돌아다니며 계속 울었다. 우는 모습을 들키고 싶지 않았다.

그렇게 밤새도록 울고, 다음 날 몸이 아프다는 핑계를 대고 혼자서 서울로 돌아왔다. 친구들은 모두 아쉬워했지만 도저히 그곳에 남아 있을 자신이 없었다.

어차피 짝사랑이었다. 나미 혼자 준호를 좋아했던 것이다. 수지에게도, 준호에게도 잘못은 없었다.

하지만 그 두 사람을 마주하고 아무 일 없었던 것처럼 행동할 수는 없었다. 그때의 나미는 어렸다. 도망치는 것밖에 할 수 있는 일이 없는 줄만 알았다.

서울로 돌아가는 기차 안에서도 나미는 계속 눈물을

흘렸다. 혼자가 되자, 세상 모든 슬픔이 나미의 작은 가슴 안에 가득 찬 것 같은 기분이었다.

마흔셋의 나미는 기차 유리에 비친 자신의 얼굴을 바라보았다. 뿌연 기차 유리에 흐릿하게 비친 나미의 얼굴은, 마치 열여덟 나미의 동그란 얼굴 같아 보였다. 슬픔이 가득 차 흘러넘치던 나미의 얼굴.

괜찮아.

나미가 가만히 입 모양으로 속삭였다.

괜찮다니까.

시간이 지나면 추억으로 희미해질 아픔이다. 이제는 아름다운 기억뿐, 흘려 사라진 눈물마저 그리움이 된다.

열여덟의 나미가 숙였던 고개를 들고, 축축해진 소매를 들어 눈물을 닦았다. 어른이 된 나미는 따스하게 미소 지었다.

열번째
마지막 날의 맹세

더운 여름이 지나고 축제의 계절 가을이 왔다.

실연의 아픔은 더디게 아물었다. 하염없이 울었던 덕분인지 견딜 만하긴 했다. 하지만 문득 가을바람에 낙엽이 되듯, 돌아보면 어느새 그곳엔 첫사랑의 흔적이 있었다. 그럴 때마다 가슴이 쓰라려, 그날의 일을 모두 잊어버리려면 아주 많은 시간이 흘러야 한다는 사실을 깨닫곤 했다.

진덕 여고 교정에 수백 기의 만국기가 휘날렸다. 학교는 온통 축제 분위기로 들썩였다. 운동장 한쪽을 막아 만든 먹자골목에선 진덕 여고 학생들이 혼신의 힘을 다해

만든 떡볶이와 비빔밥을 팔고 있었다. 반대편 구석에선 바자회가 성황이었다.

여고에서 하는 축제란 언제나 그렇듯, 다수의 남학생들이 이곳저곳을 기웃거렸다. 축제는 외부인의 출입이 허락되는 유일한 날이었다. 그 덕에 넓은 교정은 온통 들뜬 학생들로 북적거렸다. 여러 무리의 남학생들이 낙엽 구르듯 이리 움직이고 저리 달려가는 등 부산스러웠다. 예쁜 아이가 지나가면 가벼운 환호성을 지르기도 했다.

이번 축제의 하이라이트는 강당에서 진행되는 장기자랑이었다. 고운 단복을 맞춰 입은 여학생들이 피아노 반주에 맞춰 합창을 하고 있었다. 써니 멤버들은 강당 2층 대기석에서 공연 준비가 한창이었다.

다들 흰 셔츠에 청바지를 입고, 각자의 개성에 맞는 원색의 스카프를 둘렀다. 나미는 긴장된 마음으로 안무를 떠올리고 있었다. 실수라도 하면 어쩌나 걱정이 많았다.

참가자가 워낙 많았던 탓에, 써니의 순서는 아직도 한참이나 남아 있었다. 기다리느라 지루해진 금옥이 슬쩍 고개를 빼서 구경꾼으로 가득 찬 관객석을 살펴보았다.

"우와, 사람 좀 봐."

그중에는 수지를 보러 온 남학생들도 다수 있었다. 〈사랑해요. 정수지!〉라고 커다랗게 쓰여 있는 플래카드가 이리저리 흔들렸다. 수지는 모델 활동을 시작한 지 얼마 되지도 않아, 제일 많이 팔린다는 학생 잡지의 표지를 장식했다. 덕분에 근처 남학교에 팬클럽이 생겨, 저렇게 요란한 응원을 펼치고 있는 것이다.

학생 모델이 되기 전에도 예쁘다고 소문이 자자한 수지였다. 이제는 완전히 진덕 여고의 유명 인사가 되었다.

"매스 미디어의 힘이 좋긴 좋구만. 정수지. 잡지에 얼굴 팔더니 팬들이 늘었어. 얘 진짜 연예인 돼서 나가는 거 아니야?"

"나가면 나가는 거지."

수지가 무심한 얼굴로 대꾸했다. 하지만 묘하게 풀어진 얼굴이 싫지는 않은 모양이었다.

"오~~! 야. 너 탤런트 하면 쌍꺼풀 할 때 같이 하는 거다."

장미가 어색한 속눈썹을 깜빡이며 수지에게 달라붙었다.

"야, 그거 내가 해주기로 했잖아~."

복희가 우는 소리를 내자, 진희가 장미를 손가락으로 쿡쿡 찔렀다.

"너는 쓸데없는 소리 하지 말고 이거 이거, 턴 할 때 팍팍 좀 돌란 말이야. 이 육딕진 년아."

"아~ 그게 잘 안 되네!"

장미가 다시금 턴을 해봤지만, 무거운 몸은 여전히 한

번에 돌아가지 않았다. 진희가 욕설을 내뱉으며 시범을 보였다.

나미는 얼빠진 사람처럼 진희와 장미를 멍하니 바라보고 있었다. 허기가 지나 했더니 갑자기 손끝이 떨려왔다. 연습한다고 바빠 점심을 걸렀던 탓이다.

수지가 그 모습을 보고 가까이 다가왔다. 나미는 자신을 빤히 바라보는 수지의 예쁜 갈색 눈을 마주하고는 얼른 고개를 숙였다. 어색하지 않게 대하려고 노력하고는 있는데, 그게 마음먹은 대로 잘 되질 않았다. 수지만 보면 자연스레 준호와 호숫가에서의 일이 떠올랐다.

"너 요새 왜 그래?"

눈을 마주치지 않는 나미의 태도는 누가 봐도 이상했다. 수지가 팔짱을 끼고 나미 앞에 서서 물었다.

평소처럼 행동한다고 했는데, 무심결에 몇 번이나 수지를 피해버렸다. 써니 친구들과 함께 있을 때도 수지 곁으론 다가가지 않았다. 나미의 행동이 이상하다는 건 수지도 느끼고 있었는지, 의아하다는 얼굴로 나미를 바라보았다.

수지의 잘못이 아니다. 나미는 계속해서 그렇게 스스로에게 되뇌었다. 절대로 수지가 싫어졌다거나 하는 건 아니었다. 그저, 수지의 예쁜 얼굴을 보면 그와 함께 준호의 미소가 떠올라 괴로웠다.

아직도 귓가에 남아 흐르는 감미로운 멜로디, 그리고 두 사람의 입맞춤.

"……아니야."

나미가 대충 얼버무리며 어색하게 미소 지었다. 수지는 그런 나미의 대답이 못마땅한지 아무 말도 하지 않고 지그시 바라만 보고 있었다. 간신히 친해진 수지인데……. 나미는 새삼 가슴이 아팠지만 그렇다고 사실대로 말할 수는 없었다. 그럼 정말로 돌이키기 힘들어질 테니까.

"……아무것도 아니라니까."

"진짜야?"

"응. 그럼."

수지가 그제야 고개를 끄덕였다. 나미는 아까보다 더 환하게 웃었다. 준호와의 일은 혼자만의 비밀로 해두자고 다짐하며.

긴장이 풀리자 다시 손이 떨렸다. 친구들과 수다를 떨던 춘화가 그걸 발견하고는 이쪽으로 몸을 돌렸다.

"가서 밥 먹고 와. 아직 시간 많아."

공연을 위해서도, 이 자리를 피하기 위해서도 그러는 게 나을 것 같았다.

나미가 고개를 끄덕였다. 그리고 수지에게 한 번 더 어색한 웃음을 날리고는 돌아서서 달려가기 시작했다.

매점은 한가했다. 나미는 빵 하나와 써니텐 한 병을 사 들고 매점 한가운데에 홀로 앉았다. 늘 친구들과 함께 떠들썩하게 앉던 자리인데, 혼자 있으려니 테이블이 무척 크게 느껴졌다.

나미는 빵을 한 입 베어 물고 음료수를 들이켰다. 조금씩 빵을 먹었더니 손 떨림이 한결 나아졌다.

매점 옆 문구 코너 유리에는 수지가 표지 모델을 한 학생 잡지가 걸려 있었다. 실물도 예쁘지만, 포스터로 보니 더 예쁜 것 같았다. 연한 화장을 하고 살짝 웃는 모습이 꼭 천사처럼 예뻤다. 빵을 먹으면서 수지 얼굴을 감상하려니, 또 준호의 모습이 떠올랐다.

체할 것 같았다. 빵을 먹는 움직임이 느려졌다. 준호도 수지의 저 예쁜 얼굴에 반했을 거라 생각하니 갑자기 우울해졌다.

나미는 얼른 고개를 저었다. 수지는 좋은 친구다. 한때는 새엄마에 대한 원망 때문에 나미를 멀리했지만, 그만큼 속정이 깊은 아이였다. 소각장에서도 혼자 나타나, 위험에 처한 나미를 구해주었다. 차갑고 도도한 얼굴 뒤에 감춰진 따뜻한 의리와 강한 결단력은 수지의 커다란 장점이었다.

나미는 다시 한 번 자신을 타일렀다. 어차피 잊어버리

기로 결심한 이상, 언제까지나 수지를 어색하게 대할 수는 없었다. 지금보다 좀 더 어른이 되면 그때처럼 단둘이 포장마차에 가서 모든 걸 이야기해줄 것이다. 그러면 수지는 또 한 번 나미를 용서하고 우정을 맹세해주지 않을까.

그렇게 혼자 앉아 허기를 달래고 있는데, 어디선가 축 늘어진 노랫소리가 들려왔다.

"그저~ 바라만 보고 있지~."

누군가가 그 노래를 흥얼거리며 다가왔다. 고개를 돌려 바라보니 매점 입구에 상미의 모습이 보였다.

비틀거리는 걸음걸이, 붉게 충혈된 눈동자, 헝클어진 머리는 지금 상미의 상태가 정상이 아니라는 사실을 말해주고 있었다. 나미는 어리둥절한 얼굴로 상미를 바라보았다. 분명 정학 중인데 학교에는 무슨 일인지 알 수가 없었다.

그때 상미가 혼자 앉아 있는 나미를 발견했다. 그리고 히죽 웃었다.

오싹한 웃음이었다. 절로 온몸이 긴장했다. 나미는 먹던 빵을 입에서 떼고 자신을 향해 비틀거리며 다가오는 상미를 지켜보았다. 몇 번이나 의자에 부딪치며 나미 쪽 테이블까지 온 상미가 앞자리에 털썩 주저앉았.

이상한 냄새가 났다. 불쾌한 냄새로 인해 나미의 얼굴이 찡그려졌다.

"아…… 너 생각 많이 나더라. 내가 미안해서."

입을 열자, 그 불쾌한 냄새가 더욱 진해졌다.

"전학생을 따뜻하게 보듬어야 되는데……. 내가 사람이 그 정도밖에 안 된다. 용서해라."

이상하리만치 차분한 얼굴이다. 나미는 더욱 커진 불안감에 간신히 입을 열었다.

"……아니야. ……내가 더 미안해."

상미의 뒤바뀐 태도가 두려워, 나미가 조그마한 소리로 대꾸했다. 얼른 비켜주길 바라는 마음에서 한 말이었다. 하지만 상미는 다른 곳으로 가지 않고 오히려 나미를 향해 더욱 얼굴을 가까이 들이밀었다.

"진짜?"

부릅뜬 눈에 핏발이 섰다. 테이블을 잡고 있는 상미의 손에 힘이 들어가며 마디가 하얗게 변했다. 나미는 엉덩이를 들썩이며 자리를 뜰 준비를 하고 있었다.

"그럼 우정의 의미로 빵 같이 먹을까? 줘봐."

상미는 나미에게서 빵을 빼앗아 우걱우걱 씹었다. 나미는 깨달았다. 아까부터 신경을 거슬리던 묘한 냄새의 정체, 그건 본드였다.

"너, 본드 냄새 나."

빵을 먹던 상미의 손이 굳어진 듯 멈추었다.

"……냄새 나? 내가 냄새 나?"

"아니, 본드 냄새가 난다고."
"씨발! 본드를 했으니까 본드 냄새가 나지."
상미가 버럭 고함을 질렀다. 본드에 단단히 취해 있는 것이 틀림없었다. 나미는 상미에게서 몸을 빼고 울상을 지었다. 상미가 눈을 까뒤집고 나미의 음료수를 빼앗아 갔다.
"써니텐을 처먹으면 써니 냄새가 나고."
꿀꺽꿀꺽. 상미는 써니텐을 단박에 들이켰다. 빵 크림과 음료수로 범벅이 된 상미의 얼굴이 두려워, 나미는 어서 빨리 도망가고 싶었다. 하지만 상미가 그런 나미를 붙잡고 히죽 웃으며 말했다.
"너도 줄까? 응?"
"난 괜찮아."
떨리는 목소리로 거절했지만 상미는 막무가내로 나미의 목을 붙들었다. 아무리 몸부림을 쳐도 떨쳐낼 수가 없었다. 겁먹은 나미의 얼굴이 재미있다는 듯, 상미는 지저분한 입가에 비틀린 웃음을 머금고 있었다.

나미가 매점에서 상미에게 괴롭힘을 당하고 있을 때, 다른 써니 멤버들은 함께 안무를 맞추며 최종 점검을 하고 있었다. 진희가 여러 번 잔소리를 한 덕에 장미의 턴이 제법 자연스러워졌다. 이제 몇 번만 더 맞추면 완벽해질 것 같았다.

"……하춘화."

흐뭇한 얼굴로 멤버들을 바라보는 춘화에게, 얼굴이 하얗게 질린 영진이 다가왔다. 또 무슨 일인가 싶어 슬쩍 인상을 찡그리는데, 영진의 표정이 심상치 않았다. 급하게 뛰어온 듯, 숨을 헐떡이면서도 뭐라 말을 꺼내야 할지 모르겠다는 얼굴.

영진이 춘화에게 달려올 일이라는 건 하나밖에 없었다. 거기까지 생각한 춘화의 얼굴이 심각하게 변했다.

"뭐야?"

"상미가……."

영진이 간신히 입을 열었다. 한때는 정말로 가까웠던 두 사람이니, 춘화는 어떻게든 상미를 말려줄 거라고 생각한 모양이었다. 영진의 이야기를 듣고 있던 춘화의 얼굴이 싸늘하게 가라앉았다. 그리고 말이 채 끝나기도 전에 자리를 박차고 나가, 매점으로 달려갔다.

"아줌마, 써니텐 한 병이요!"

매점 아줌마가 불안한 얼굴로 음료수를 내밀었다. 상미는 나미의 잔뜩 움츠린 목덜미를 붙잡고 새 음료수를 들이밀었다.

"마셔~!"

이리저리 몸을 피하는 나미, 어떻게든 억지로 음료수

를 먹이려는 상미. 결국 끈적끈적한 음료가 나미의 흰 블라우스를 흠뻑 적셨다. 나미는 조금씩 울먹이고 있었다.

"내가 사는 거라니까? 빵만 먹으면 퍽퍽하잖아."

"괜찮다니깐?"

"왜? 내가 더럽냐?"

상미가 정색을 하고 덤볐다. 본드에 취한 상미와는 이미 대화가 통하지 않았다. 나미는 울음을 터뜨리기 직전의 얼굴로 입을 꾹 다물었다. 그러자 상미가 미친 사람처럼 헤벌쭉 웃었다.

"좀만 먹어라. 우정의 표신데!"

상미가 나미의 입가에 강제로 음료수를 부었다. 입을 다물고 머리를 흔들자, 매점 바닥 여기저기에 흘러넘친 음료수가 떨어졌다. 나미는 미칠 노릇이었다. 아무리 뿌리치려고 해도 어찌나 힘이 센지, 좀처럼 떼어낼 수가 없었다.

그때 춘화가 나타났다.

"야!"

매점 입구에 숨을 헐떡이며 달려온 춘화가 서 있었다. 그 뒤엔 장미, 진희, 복희, 금옥까지 모두 함께였다.

상미가 춘회를 발견하더니 늘고 있던 써니텐을 벌컥벌컥 마셨다. 그리고 비틀거리며 그쪽을 향해 걷기 시작했다.

"나도 오늘부터 너네 써니 멤버 할라고. 써니가 써니 냄새가······."

춘화는 더 이상 참지 않았다. 득달같이 달려와 상미의 얼굴에 주먹을 휘두른 것이다.

우당탕탕!

상미의 몸이 매점 테이블과 함께 바닥에 나뒹굴었다. 떨어진 음료수 병에 산산조각이 나며 여기저기 유리 파편이 튀었다.

깜짝 놀란 아이들이 비명을 질렀다. 매점 안이 소란스러워지자, 밖에 있던 학생들도 점점 이쪽으로 모여들었다.

"너, 한 번만 더 본드 하고 내 앞에 나타나면 죽여버린 댔지?"

춘화가 잔뜩 억눌린 목소리로 입을 열었다. 정말로 화가 난 얼굴이었다. 바닥에 넘어진 상미는 엎드려 흐느꼈다. 다리가 풀려 흐느적거리기만 할 뿐, 쉽사리 일어서지 못했다. 상미의 처참한 모습을 도저히 참을 수 없었는지 춘화가 이를 악물었다.

"쟤 좀 일으켜."

복희와 금옥이 상미를 일으키기 위해 다가가 양쪽에서 팔뚝을 붙잡았다. 하지만 갑자기 번쩍 고개를 치켜 올린 상미가 두 사람을 홱 밀치더니, 옆에 있던 책상을 집어 던졌다.

"아악! 아아아악!"

미친 사람처럼 날뛰기 시작한 상미를 보고 아이들이 더 큰소리로 비명을 질러댔다. 춘화는 상미에게 다가가 발길질을 했다. 또 한 번 우당탕, 소리가 나며 상미의 몸이 시멘트 바닥을 굴렀다.

"이 씨발. 나는 왜 안 되는데? 왜 저년은 되고 왜 나는 안 되는데?!"

상미가 손가락으로 나미를 가리키며 악을 썼다. 전라도 촌년인 나미가 자리를 차지한 데다, 춘화에게 배신당했다는 생각에 아예 정신이 나간 것 같았다. 울고 소리치며 울분을 터뜨리는데, 도저히 말릴 수가 없었.

때마침 수지도 뒤늦게 매점에 도착했다. 문구점이 있는 뒷문에서 팔짱을 낀 수지가 걸어 나왔다. 수지는 몇 걸음 떨어진 곳에 서서 상미가 저질러놓은 참상을 바라보았다. 고래고래 소리를 지르는 상미를 보면서도 여전히 차분한 얼굴이었다.

"너네 이 씨발 년들, 내가 가만 놔둘 거 같지?"

상미가 다시 책상을 집어 들고 던지려 하자, 춘화가 명치를 발로 차서 넘어뜨렸다. 하지만 상미는 비틀거리면서도 다시 일어났다. 그 뒤에는 수지가 서 있었다.

비틀거리다가 수지를 발견한 상미가 실성한 사람처럼 웃었다. 부릅뜬 눈에 초점이 맞지 않았다.

"어이. 예쁜 년."

상미가 수지를 보며 말했다. 소각장에서의 일이 떠올랐는지, 수지가 차가운 눈으로 상미를 노려보았다.

휙!

상미가 수지에게 팔을 휘둘렀다. 순식간이었다. 정확히 무슨 일이 일어났는지 아무도 몰랐다.

그리고 정적이 흘렀다.

툭. 투둑.

모두의 얼굴이 경악으로 물들었다. 붉은 선혈이 한 방울, 두 방울씩 바닥에 떨어졌다. 그러더니 어느 순간 수돗물 쏟아지듯 주르륵, 흘러내렸다.

아직도 자신에게 무슨 일이 일어났는지 파악하지 못한 듯, 수지는 뺨을 타고 쏟아지는 피를 손가락으로 훔쳐내었다. 그리고 멍한 얼굴로 문구점 유리에 비친 제 얼굴을 바라보았다.

예쁘게 미소 짓고 있는 잡지 포스터 속의 수지 곁에, 한쪽 얼굴이 피투성이가 된 수지가 서 있었다.

귀에서 턱까지 이어진 긴 자상.

끔찍한 상처에서 뜨거운 피가 줄줄 흘러나왔다.

수지는 완전히 넋이 나간 얼굴이었다. 투명한 갈색 눈에 서서히 맑디맑은 눈물이 차오르더니, 투둑 떨어졌다.

"아아아아악—!"

결국 수지가 두 손으로 얼굴을 가린 채 비명을 지르기 시작했다.

끔찍한 광경이었다. 상미는 뭐가 좋은지, 완전히 실성해서는 웃음을 터뜨렸다. 상미의 한 손엔, 바닥에서 주운 듯한 날카로운 유리 조각이 들려 있었다.

매점 안에 있던 모든 학생들이 충격에 빠져 소리를 지르기 시작했다. 나미와 춘화를 비롯한 써니 멤버들도 마찬가지였다. 장미는 시멘트 바닥 위에 흥건해진 수지의 피를 보고, 실신해 쓰러졌다.

"수지야!"

제일 먼저 정신을 차린 춘화가 수지에게 달려갔다. 수지는 쇼크를 받아 끊임없이 비명을 지르고 있었다. 춘화는 손수건을 꺼내 수지의 상처를 지혈하면서, 빨리 응급차를 부르라고 소리 질렀다. 하얀 손수건이 순식간에 붉게 변했다.

매점은 아비규환이었다. 도망치듯 달려 나가는 학생들과, 급하게 달려온 선생들이 입구에서 엇갈렸다.

잠시 후 구급차가 도착했다. 운동장을 가로질러 달려온 구급차에, 수백 명의 아이들이 몰려들었다. 수지는 쇼크 상태에 빠진 채 들것에 실려 나갔다. 출혈이 심해 입술까지 파리하게 질린 모습이었다. 수지와 춘화의 하얀 블라우스가 온통 검붉은 피에 물들어 있었다.

그 혼란 속에서 나미는 아무것도 하지 못한 채 그저 벌벌 떨고만 있었다. 수지에게 다가가고 싶었지만 인파와 구급대에 밀려 뒤처지기만 했다. 정신을 차리니 어느새 엉엉 울음을 터뜨리고 있었다. 이 모든 게 제 탓인 것만 같아서 도저히 견딜 수가 없었다.

수지야, 수지야……. 운동장이 떠나가라 울던 나미가 구급차를 따라 걸었다. 하지만 수지를 태운 구급차는 나미가 몇 걸음을 떼기도 전에 저 멀리 사라지고 없었다.

축제는 끝났다. 매점에서 벌어진 참극에, 학교는 부랴부랴 축제를 취소하고 아이들을 집으로 돌려보냈다. 써니 멤버들은 분노한 학생주임의 손에 이끌려 교무실 한쪽 구석에서 무릎을 꿇고 앉아 있었다.

"이런 개 같은 년들. 너희들 다 퇴학이야! 장학사도 왔는데 이 지랄을 해놔?!"

그는 잔뜩 흥분해서 아이들을 때리기 시작했다. 눈에 뵈는 게 없는 것 같았다. 주먹으로 머리를 때리고, 손바닥으로 얼굴을 후려쳤다.

얼결에 잘못했다고 빌던 진희도, 겁에 질려 커튼 뒤로 숨어버린 복희도, 바닥에 넘어진 장미도…… 모두 서럽게 울고 있었다.

학생주임의 손찌검에 입술이 터진 나미를 춘화가 끌어

안았다. 그리고 하염없이 울었다.

모두는 무서웠다. 학생주임 때문이 아니었다. 수지를 위해 할 수 있는 일이 아무것도 없다는 것과, 무거운 죄책감, 그리고 앞으로 벌어질 모든 일들이 무섭기 그지없었다. 나미는 몇 시간째 계속 울어, 이제는 소리도 내지 못하고 눈물만 뚝뚝 흘릴 뿐이었다.

그것으로 끝이 아니었다. 나미를 집으로 데려온 아버지는 난생 처음으로 손찌검을 했다.

짝!

나미의 고개가 한쪽으로 돌아갔다.

"너희들 공부시키려고 다 팔고 어렵게 상경했더니, 한 놈은 감옥 가고 한 놈은 무기정학 당하고! 너희들 이럴 거면 집 나가! 호적 다 파서 가!"

"아이고. 왜 애 따귀를 때려. 놀란 애를. 아, 그러게 이년아. 왜 그런 나쁜 년들이랑 어울려서…… 넌 그런 애 아니잖아."

엄마는 아버지를 말리면서 이렇게 말했다. 나미는 서러워서 계속 울었다.

"뭘 잘했다고 울이!?"

맞은 뺨보다 마음이 아팠다.

춘화는 나쁜 아이가 아니다. 장미, 진희, 복희, 금옥이 역시 마찬가지다. 그리고 수지는…… 수지는 그런 일을 당해서는 안 되었다. 수지가 다친 것도 나미를 도와주었기 때문이지 수지가 잘못해서 일어난 일이 아니었다.

하지만 선생님에게도, 부모님에게도 써니는 나미를 나쁜 길로 이끈 불량한 아이들일 뿐이었다.

그래서 마음이 아팠다. 그냥 모든 것을 나미 탓으로 돌렸다면 차라리 편했을 텐데. 나쁜 건 써니 친구들이고 나미는 피해자인 것처럼 말하는 부모님 때문에 너무 서러웠다.

처음 전학 왔을 때, 서울 생활에 적응하지 못한 나미가 얼마나 힘들었는지 아무도 모른다. 겁쟁이였던 나미의 손을 잡아주고 이끌어준 건, 모두 그 아이들이었다. 겉으로 보이는 모습이 조금 남다르다는 것뿐, 누구보다 마음 따뜻하고 의리를 지킬 줄 아는 진짜 친구들이었다.

하지만 모두가 써니 멤버들을 손가락질했다. 오늘 하루 동안 얼마나 많은 멸시와 질타를 받았는지, 나미가 아무리 아니라도 소리쳐도 믿어주지 않았다.

결국 또 이렇게 우는 것밖에 할 수 있는 일이 없었다. 수지를 위해서도, 써니를 위해서도……. 나미는 죄인처럼 고개를 떨어뜨리고 말았다.

변명조차 하지 않은 채 입을 닫아버린 나미가 답답한 나머지, 아버지가 천장을 바라보며 한숨을 내쉬었다. 엄마는 아버지를 진정시키느라 나미를 달래줄 여력이 없었다. 그때 현관문이 벌컥 열리더니, 집을 떠났던 종기가 초췌해진 모습으로 나타났다.

"아부지!"

그야말로 거지꼴이 따로 없었다. 종기가 깜짝 놀라 자신을 바라보는 가족들에게 울먹이며 말했다.

"동지들 다 팔아먹고 살아왔습니다. 저는 갭니다. 아부지. 앞으로 개처럼 살랍니다."

그러더니 거실 바닥에 엎드려 대성통곡을 하기 시작했다. 엄마는 그런 종기를 품에 안았고, 아버지는 담배만 뻑뻑 피웠다.

"으허어엉!"

나미와 종기가 울음을 터뜨리자, 할머니가 따라서 엉엉 울기 시작했다. 아버지가 할머니를 진정시키려 노력했지만 소용없었다. 집안이 온통 울음바다가 되었다.

나미는 양말도 신지 않은 채 울면서 걸었다. 도저히 집에 있을 수가 없었다. 수지가 걱정돼서 말도 하지 않고 집을 뛰쳐나왔다.

눈물은 끝도 없이 계속 나왔다. 이러다 몸 안에 수분이 모두 말라 죽을지도 모른다는 생각이 들 정도였다. 훌쩍거리며 수지의 집 앞에 도착하니, 돌아간 줄 알았던 써니 멤버들이 모두 모여 있었다.

옹기종기 모여 있는 친구들의 얼굴도 말이 아니었다. 여기저기 얻어맞았는지 퉁퉁 부은 얼굴에 잔뜩 쉰 목소리로 죄다 여전히 울고 있었다. 벌써 가을이라 밤엔 쌀쌀한데, 도망쳐 나오느라 모두 얇은 옷을 입고는 어깨를 움츠리고 있었다.

나미가 간신히 입을 열고 물었다.

"……수지는?"

한동안 대답이 돌아오지 않았다. 계단에 앉아 있던 장미가 애써 고개를 들고 울음 섞인 목소리로 말했다.

"병원…… 자살 기도했대."

좌절한 수지가 자살을 기도했다.

수지는 하루 빨리 집에서 독립하고 싶다고 했다. 학생 모델을 시작한 것도 새엄마와 아빠가 있는 집을 떠나 혼자 살고 싶었기 때문이라고, 흘리듯 이야기한 적이 있었다.

그런 수지인데.

긴 흉터가 남을 것이 분명한 상처. 모델의 미래를 꿈꾸고 있었을 수지는 그런 얼굴로 평생을 살아갈 자신이 없었으리라. 차가워 보이지만 극단적인 수지 성격이라면, 그냥 죽어버리는 게 낫다고 생각했을 것이다.

나미는 주저앉아 울음을 터뜨렸다. 수지가 너무 불쌍했다. 다른 아이들도 나미를 따라 울음을 터뜨렸다.

"괜찮아. 안 죽었어. 괜찮아."

춘화가 그런 나미를 일으켜 세웠다. 애써 의연한 얼굴로 나미를 끌어안고 격려했다. 춘화의 옷에는 아직도 수지의 붉은 피가 묻어 있었다. 그래서 나미는 울음을 그칠 수 없었다. 다른 아이들도 마찬가지였다.

"……우리 이제 다시는 못 보는 거야?"

나미가 애원하듯 춘화에게 물었다. 춘화의 눈동자가 떨리고 있었다.

성적이 우수한 나미만이 무기정학. 다른 써니 멤버들은 현장에서 싸움을 했다는 이유로 전원 자퇴 권고를 당했다. 전학을 가더라도 이젠 같은 학교에 있을 수가 없었다.

"임나미. 그깟 퇴학 좀 당한다고 우리 써니가 해체할 수 있겠어? 다시 뭉쳐야지. 다시 뭉쳐서 수지도 다시 데려오고 오늘 못 춘 우리 춤도 다시 춰야지. 안 그래?"

춘화가 울먹이며 말했다.

멤버들은 그저 엉엉 울기만 할 뿐, 아무도 대답하지 않았다.

"안 그러냐고?!"

춘화가 발악하듯 외치자, 그제야 하나둘 울음을 참고 춘화를 바라보았나.

"우리, 다시 다 만나는 거다. 잘나간다고 쌩 까는 년 있으면 찾아가서 응징할 거고, 못산다고 주눅 든 년 있으면 잘살 때까지 못살게 굴 거다. 우리 중에 누가 먼저 죽을지는 모르겠는데…… 죽는 그날까지! 아니, 죽어도 써니는 해체 안 한다!"

춘화의 얼굴에서 참았던 눈물이 쏟아졌다. 파이팅을 외치자는 듯, 한 손을 앞으로 내민 춘화. 나미는 죽을 것처럼 울면서도 춘화에게 다가가 제 손을 얹었다.

춘화와 나미, 두 사람이 뭉치자 써니 멤버들도 하나둘 그 위로 손을 포갰다.

맹세하는 소녀들의 머리 위로 아름다운 별빛이 쏟아지고 있었다.

남편의 출장이 끝났다.

처음 해외로 출장 간다는 소식을 들었을 때는 어떻게 기다리나 싶었는데, 정말 금방이다. 나미에게 지난 두 달은 거의 눈 깜빡할 사이에 지나간 것이나 다름없었다. 그만큼 정신없는 하루하루를 보냈다.

남편의 입국 날, 나미는 예빈과 함께 인천공항에 나와 있었다. 저 멀리 입국 게이트를 통과하는 남편의 모습이 보였다. 두 달 새 조금 말랐는지, 피곤해 보이는 얼굴에 지친 기색이 역력하다.

나미가 한 손을 번쩍 들어 남편에게 흔들었다. 나미를 발견한 남편이 마주 손을 흔들다가 깜짝 놀란 표정을 지었다. 봉 기사와 나미만 나와 있을 거라 생각했는데, 그 곁에 조금 뚱한 얼굴의 예빈이 아빠를 기다리고 있었다. 마침 오늘이 개교기념일이라, 닦달하는 나미에게 이끌려 공항까지 마중을 나온 것이다.

나미가 여전히 불만스러운 얼굴을 한 예빈에게 슬쩍 눈치를 주었다. 그러자 입술을 비죽이던 예빈이 마지못해 두 팔을 머리 위로 들어 올려 하트 모양을 만들었다. 그 모습을 본 남편의 얼굴이 눈에 띄게 풀어지자, 나미도 활짝 미소 지었다.

예빈이 아빠에게 다가가 쭈뼛쭈뼛 품에 안겼다. 남편도 예빈을 꼭 안아주었다. 그 모습을 보고 있자니, 억지로라도 예빈을 데리고 나오길 잘했다는 생각이 들었다.

소중한 가족.

마음이 간질거린다. 두 사람의 모습을 바라보는 나미의 입가에 포근한 미소가 걸렸다.

"왜 나왔어?"

"보고 싶어서."

부드러운 나미의 대답에 남편이 살짝 놀란 듯하더니, 흐뭇한 얼굴로 웃었다.

"별일 없었지?"

나미는 잠시 생각에 잠겼다가 대답했다.

"별일 없었어."

남편이 고개를 끄덕였다.

거짓말이었다. 사실 많은 일이 있었다. 일일이 나열할 수 없을 정도로, 정말 많은 일이 있었다.

25년 만에 헤어진 친구들을 찾았다. 찾은 것은 친구들뿐만이 아니었다. 마음 한구석에 묻어두었던 추억도, 잊어버린 줄 알았던 임나미 자신도 찾았다.

인생. 나미가 찾아낸 것은 자신의 인생이었다.


앞좌석에 앉은 남편은 어느새 곤히 잠들어 있었다. 흔들리는 차 안에서도 아랑곳하지 않고 깊게 잠든 모습을 보니, 내색은 하지 않았지만 이번 출장이 꽤나 고된 일정이었다는 걸 알 수 있었다.

예빈은 뒷좌석에 나미와 나란히 앉아, 핸드폰으로 친구들에게 문자를 보내는 데 열중해 있었다. 두 달 전 남편을 배웅하고 돌아오던 때처럼 도로는 차로 꽉 막혀 꼼짝도 하지 않았다.

"이 시간에 시내가 더 잘 빠지는데······."

봉 기사가 중얼거렸다. 평소 같으면 못들은 척 가만히 있었을 나미가 문득 입을 열었다.

"······봉 기사님?"

"네?"

"원래, 시내가 더 막혀요."

"……네."

나미의 딱 부러진 한마디에 봉 기사가 혼쭐난 아이처럼 조그맣게 대답했다. 두 눈을 동그랗게 뜬 예빈이 그런 엄마를 보며 풋, 짧은 웃음을 터뜨렸다.

"왜?"

"뭐가?"

예빈은 뭐가 그렇게 웃긴지 계속 피식피식 웃었다. 나미도 그저 가볍게 웃고 말았다.

웃는 얼굴을 보니 마음이 놓였다. 도대체 얼마 만에 엄마를 향해 웃어주는지, 그저 반가운 마음만 들었다. 예빈을 괴롭히던 일진 아이들은 병원에 실려 갔던 그날 이후, 더 이상 예빈을 건드리지 않았다. 미친 아줌마들이 다시 나타날까봐 무서워서, 이제 애들은 건드리지도 않는다고 했다.

이후 예빈은 조금씩 밝아졌다. 돈을 훔치지도 않았고, 매일 부리던 신경질도 사라졌다. 일진들의 태도가 달라진 게 나미와 나미의 친구들 덕분이라는 사실은 알지 못했지만, 매일 당하던 괴롭힘이 사라지니 마음에 여유가 생긴 모양이었다. 나미와 대화하는 것보다는 여전히 혼자서 핸드폰을 붙잡고 친구들과 문자를 주고받는 걸 좋아했지만, 예전에 비해 나미와 눈을 맞추는 횟수가 늘었다.

키득키득 웃으며 핸드폰을 만지고 있는 예빈을 나미는 조용히 바라보았다. 귀엽게 웃는 얼굴이 어린아이 같아 보기 좋았다. 나미의 입가에 흐뭇한 미소가 걸렸다.

차창 너머로, 나미가 다니던 진덕 여고가 보였다. 예빈과 같은 또래의 아이들이 교복을 입고 삼삼오오 몰려다니고 있었다.

열여덟. 세상에 두려움이 없는 나이다. 저 아이들도, 예빈도 마찬가지일 것이다. 나미도 마찬가지였다. 그렇게 생각하니 모든 것이 어여쁘게 보이기 시작했다. 웃음이 끊이질 않았다. 지금은 25년이란 세월이 흘러 자신의 많은 것이 바뀌었지만, 저 아름다운 청춘은 누구에게나 공평한 것이 아닌가.

써니와 함께 울고 웃던 임나미도, 첫사랑에 가슴 아파하던 임나미도, 한 남자의 아내이자 한 아이의 엄마가 된 지금의 임나미도 결국은 모두 자신의 모습이었다.

내 인생은 온전히 내가 만드는 것이니까.

나미가 이렇게 생각하며 입가에 흐뭇한 미소를 짓고 있을 때, 예빈이 그런 엄마의 팔꿈치를 슬쩍 건드리더니 말했다.

"엄마, 전화."

그러고 보니 핸드백 안에서 휴대전화 진동이 울리고 있

었다. 나미가 얼른 손을 움직여 전화를 받았다. 장미였다.
"어, 김장미."
반가운 친구의 얼굴이 떠올라 환하게 미소 짓던 나미가 점점 조용해졌다. 창백하게 굳은 얼굴로 귀에 가져다 댄 전화기를 꽉 잡고 눈을 감았다. 한마디 대답도 하지 않고 그저 듣기만 했다.
장미는 울고 있었다. 숨이 넘어가도록 서럽게.
이윽고 전화를 끊은 나미가 창밖을 보며 생각에 잠겼다.
후두둑. 나미도 눈물이 흐르는 걸 주체할 수가 없었다.
'……춘화야…….'

에필로그
다시 햇살 속에 찾아온 것

춘화는 진덕 여고에서 퇴학당한 뒤, 지방에 있는 고등학교로 전학을 갔다. 춘화의 장래를 걱정한 부모님은 힘든 이사까지 강행해가며 춘화를 써니 멤버들과 만나지 못하게 했다.

힘든 사춘기에도 춘화는 좌절하지 않았다. 그녀의 인생은 그때부터였다.

무슨 일이 있어도, 누구에게도 주눅 들지 않았다. 자신감 넘치는 써니의 리더 하춘화는 자신만의 인생을 펼쳐가기 시작했다.

대학에 들어가고, 자유롭게 연애도 하고 결혼도 했다.

남들이 취업의 문턱을 넘기 위해 아등바등할 때, 춘화는 자신의 이름을 내걸고 사업을 벌였다. 전자기기와 컴퓨터 부품을 취급하는 회사였다. 모두가 불가능하리라고 여겼던 것들을 춘화는 가능하게 만들었다.

뭐든지 한 발 앞서 생각할 줄 알았던 춘화.

투자하는 것마다 크게 성공하기를 여러 번, 사업은 날로 번창해갔다. 금융, 출판, 식품업까지. 춘화가 손대지 않은 분야가 없을 정도였다. 춘화의 앞길에 장애물 같은 건 없을 줄 알았다.

그렇게 일하는 재미에 푹 빠져 살던 시기에 춘화는 남편과 이혼했다. 아이를 낳는 것에 실패하고 이미 소원해진 지 오래인 둘이기에 비교적 담백한 이별이었다. 하지만 얼마 지나지 않아 춘화는 폐암 말기라는 진단을 받고 말았다.

나미는 묻고 싶었다.

외롭지 않았느냐고.

텅 빈 병실이 암보다 더 아프지 않았느냐고.

자신의 삶이 얼마 남지 않았다는 사실을 알았을 때, 춘화는 어떻게 죽음을 받아들일 수 있었을까.

살려달라고 애원하듯 고통에 물든 얼굴로 자신을 향해 손을 뻗었던 춘화의 모습이 떠올랐다. 춘화는 내내 무서웠던 걸까. 다른 사람들처럼 부정하고 갈등하고 슬퍼하다가 결국에는 삶을 포기하게 되었을까.

아니라고 생각했다. 천하의 하춘화가 그럴 리가 없었다. 물론 처음에는 수긍하기 힘들었겠지만, 춘화는 자신의 죽음 앞에서도 좌절하지 않았다. 병실을 찾아온 나미를 한눈에 알아봤고, 써니 멤버들을 찾아내 다시 한 번 하나가 되게 해주었다.

죽음이 코앞으로 다가오고 지독한 통증이 온몸을 갉아먹어도 춘화는 웃었다. 친구들에게 손을 내밀었다. 춘화의 병실은 친구들이 함께할 때마다 웃음소리가 끊이질 않았다.

나미는 그런 춘화가 정말 대단하다고 생각했다.

한번 리더는 영원한 리더라고, 조용히 중얼거리며 흰 국화를 올려놓았다.

춘화의 영정 사진이 놓일 자리에는 나미가 그린 그림이 담겨져 있었다. 밝게 웃는 얼굴이 절대 환자 같지 않았다. 춘화가 바랐던 대로 건강해 보이는 모습이다. 그 옛날 축제에서 입었던 흰 블라우스와 스카프를 목에 두른 춘화는, 나미의 그림 속에서 마지막까지 웃었다.

-그러니까 너도 울지 마.

춘화가 그렇게 말하고 있는 것 같았다. 그래서 나미는 울지 않았다. 울고 싶었지만, 결코 울고 싶지 않았다.

장례식장에는 나미와 장미, 진희밖에 없었다. 손님은

하나도 없고, 엄청난 수의 근조화환만이 복도를 가득 메운 채였다.

세 사람은 밝게 웃고 있는 춘화를 보며 감상에 젖었다. 진희가 한숨을 내쉬며 입을 열었다.

"혼자 살다 가면 이게 지랄이구나. 상주가 없는 거."

"너는 그거 무서워서 바람난 놈이랑 같이 사냐?"

장미가 음료수 박스를 베고 누운 채 퉁명스럽게 대꾸했다.

"아, 빌딩 하나 명의 이전했으면…… 참을 만해. 그리고 다시는 안 그런다잖아."

"그래서. 맞바람은 피우시고?"

장미가 벌떡 일어나 진희에게 얼굴을 들이밀며 물었다. 진희가 묘하게 수상쩍은 태도로 시선을 피하자 감 잡았다는 듯, 한 손으로 무릎을 탁 치더니 더욱 집요하게 물고 늘어졌다.

"피웠구나? 피웠어. 이런 배신자. 같이 피우기로 해놓고."

"누가 피웠대? 그리고 넌 생각 좀 해본다며? 이 우유부단한 년아."

진희가 버럭 화를 냈다. 죽은 사람을 앞에 두고도 여전히 투닥거리는 둘을, 나미가 한심하다는 얼굴로 돌아보았다.

"거 영정 앞에서 욕들 좀 하지 마라, 미친년들."

귤을 까다 말고 툭 내던진 나미의 걸쭉한 욕설에, 장미와 진희가 웃음을 터뜨렸다. 결국 나미도 피식 웃음을 흘리고 말았다.

"나미야."

그때 누군가 입구에 서서 나미의 이름을 불렀다. 셋이 동시에 그쪽을 돌아보았다.

금옥이 검은 치마 정장을 차려입고 웃으며 서 있었다.

"어떻게 왔어? 이 시간에?"

깜짝 놀란 나미가 금옥을 맞았다. 시어머니 등쌀에 친구들조차 마음대로 만날 수 없었던 금옥이다. 말도 안 되는 트집을 잡으며 금옥을 구박하던 시어머니를 떠올리자, 친구 장례식이라고 쉽게 보내주진 않았을 것 같다는 생각이 들었다.

나미의 걱정을 읽었는지, 금옥이 후련한 얼굴로 웃으며 말했다.

"어…… 밥상 엎고 왔어."

결국 그랬구나.

진희가 다 안다는 듯 씨익, 웃었다.

"잘했다, 잘했다, 잘했다~!"

자기 속이 다 시원하다며 진희가 금옥의 어깨를 두드렸다. 사정을 모르는 장미가 무슨 얘기냐며 끼어들자, 금옥이 장미를 뒤늦게 알아보고 함박웃음을 지었다.

"장미야!"

"서 치과 집 금지옥엽 금이야 옥이야 서금옥이! 이게 웬일이야?!"

"장미야, 잘 있었어? 넌 바로 알아보겠다, 얘."

"정말?"

두 사람은 소녀처럼 호들갑 떨며 서로를 끌어안았다. 너무 반가운 재회였다. 비록 영정 사진 앞이었지만 금옥은 밝게 웃었다.

"잠깐만. 춘화한테 먼저 인사하고."

"아니 잠깐 기다려봐. 친구들 다 오면 같이 하려고."

나미가 막 일어나려던 금옥을 저지했다. 다른 친구들이 온다는 말에 금옥이 기쁜 기색을 감추지 못하고 물었다.

"또 오기로 했어? 누구? 수지? 수지 괜찮아? 복희도 온다니?"

나미가 난감한 표정을 지었다.

수지는 찾을 수가 없었다. 그 신출귀몰하다던 흥신소 사장이 고개를 설레설레 저었을 정도였다. 하늘로 솟았는지 땅으로 꺼졌는지, 수지의 행방을 아는 사람이 아무도 없었다. 그런 점까지 왠지 수시다웠다.

복희는…… 차마 얘기할 수 없었다. 약속이나 한 것처럼 나미와 장미가 입을 다물었다. 진희도 복희가 술집에 있다는 것만 알 뿐, 정확한 사정은 잘 몰랐다.

하지만 아무것도 모르는 금옥이 발랄한 목소리로 다시 물었다.

"미스코리아 됐대?"

"상금이 얼마 안 되더라고."

대답한 건 나미가 아니었다. 이번에는 복희가 장례식장 입구에서 서 있었다.

전과는 사뭇 달라진 모습이었다. 단정한 투피스 정장에 깨끗하게 틀어 올린 머리. 밝게 웃는 얼굴이 마치 미스코리아를 꿈꾸던 소녀 시절의 복희를 보는 것 같았다.

"얘들아, 반갑다!"

복희가 양팔을 벌리고 달려왔다.

"복희야!"

금옥과 진희가 복희를 알아보고는 반갑게 포옹을 하며 빙글빙글 돌았다. 장미는 정말 다행이라는 얼굴로 나미와 눈을 맞추고 눈물을 글썽거렸다.

이제 춘화의 영정 사진 앞에는 써니 멤버 다섯 명이 모여 있었다. 없는 건 수지뿐이었다.

"천하의 하춘화가 돌아가셨는데 왜 이렇게 썰렁해?"

아무도 없는 장례식장이 썰렁해 보였던 모양인지, 복희가 물었다. 다시 자리에 앉아 과일을 깎던 나미가 대답했다.

"본편은 어제까지 다했고 오늘은 친구들이랑만 하고 싶다고."

어제까지만 해도 춘화의 장례식장은 조문객으로 가득 차 인산인해를 이루었다. 크게 사업을 하던 춘화의 장례식에는 어마어마한 수의 직원들과 거래처 사람들이 몰려와 이 넓은 장례식장을 꽉 채우고도 모자랐다.

하지만 춘화는 마지막 날만큼은 친구들과 함께 보내고 싶다는 유언을 남겨서 장례식장을 깡그리 비워버리게 했다. 그것이 오늘 써니 멤버들 외에는 손님이 아무도 없는 이유였다.

춘화답다면 춘화다운 일이었다.

"춘화가 좀 유별나잖냐. 좀 기다렸다가 수지 오면 같이 절하자."

장미의 말에 복희가 깜짝 놀랐다. 수지가 올 줄은 몰랐다는 듯 큰 눈이 휘둥그렇다. 유독 이별이 씁쓸했던 수지기에, 궁금하고 그리운 마음이 남달랐던 것이다. 그건 나미도 마찬가지였다.

"수지 오기로 했어? 얼굴은 다 나았대?"

"사실 찾지는 못했는데 혹시 이거 보고 올까 해서 광고는 냈거든."

장미가 난감하다는 얼굴로 신문을 들어 보였다.

〈하춘화 은퇴 공연〉
때: 2010년 11월 12일 (나눔 장례식장)
특별 게스트: 써니.
※정수지, 필히 참석 요망※

 수지를 부르는 광고가 신문 한쪽에 크게 나와 있었다. 써니다운 부고였다.
 "앉자, 일단 앉아서 얘기하자."
 "일단 열두 시까지만 기다려보자. 너희들 시간 괜찮아? 금옥이도?"
 "밥상 제대로 엎었다니깐? 그리고 오늘, 갈 데도 없어."
 나미의 말에 금옥이 깔깔거리며 큰 소리로 웃었다. 그리운 웃음소리였다. 복희도 기쁜 얼굴로 고개를 끄덕였다. 써니 멤버들은 그동안 못 다한 이야기를 나누며 영정 앞을 지켰다.
 "아차! 복희야! 복희는 뭐 해?"
 "뭐 이것저것 하다가…… 딴 일 좀 알아보고 있어."
 "좋겠다. 그래. 여자도 일을 해야 된다니까! 그래야 남편이랑 시댁 눈치 안 보고 살지."
 "눈치 보고 사는 것도 그리 나쁘지 않아."
 복희가 금옥의 말에 웃으며 대꾸했다. 장미가 금옥에

게 얼굴을 들이밀더니 은근한 목소리로 속삭였다.

"왜? 서금옥이? 시댁에서 갈궈? 한번 출동해줘? 야. 전에 나미 딸 괴롭히는 애들, 우리가 대가리 터뜨린 얘기 안 해줬냐?"

"안 했어! 안 했어!"

"뭔데? 뭔데?"

금옥과 복희가 눈을 크게 뜨고 궁금해했다.

"이야~ 이거 얘기하면 길고도 짧은데…… 때는 지금으로부터…… 한 달 됐나? 근데 서금옥이. 나랑 보험 안 할래?"

장미가 분위기를 잡다가 대뜸 보험 이야기를 꺼냈다. 금옥이 깔깔 웃음을 터뜨렸다.

"누가 보험 아줌마 아니랄까봐."

"그럼 네가 들어주든가? 글쎄, 진희네 남편이 말이야~."

"그 얘기는 또 왜 하고 그래? 경망스럽게!"

"맞바람 피운 너는 안 경망스럽냐?"

"안 피웠다니까 그러네~, 정말!"

진희와 장미의 다툼이 다시금 이어지면서 장례식장에 수다 꽃이 피었다. 25년, 지나온 세월이 길어 할 말이 너무 많았다.

시간이 흘러 어느덧 시계는 밤 12시를 가리키고 있었다.

써니 멤버들은 반쯤 누워 있었다. 오랜만에 한껏 수다를 떨었더니 진이 빠진 것이다.

나미가 시간을 확인하더니 자리에서 일어섰다.

"수지는 못 볼라나 보다. 인사할까?"

나미가 일어서자 장미, 진희, 금옥, 복희도 일어섰다. 그렇게 춘화에게 마지막 인사를 하려는데, 웬 남자가 나타났다. 사람 좋아 보이는 인상에 고급스러운 양복을 입은 남자였다.

멤버들이 의아한 표정으로 남자를 바라보았다. 손님인가 싶어, 장미가 조심스럽게 물어보았다.

"하춘화 장례식 오셨어요?"

그러고 보면 나미는, 춘화의 병실을 장식한 액자 속 사진들 중에서 언젠가 남자의 얼굴을 본 것도 같았다. 아마 춘화가 장난스레 남자의 목을 팔로 조르듯 감싸고 찍은 사진이었던 걸로 기억한다.

그러자, 남자가 푸근한 미소를 지으며 멤버들을 바라보았다.

"하 사장님 변호삽니다. 써니…… 멤버들이시죠?"

"……네."

장미가 얼떨결에 대답했다. 놀란 멤버들은 부스럭거리며 자리에서 일어났다.

"잠깐 앉으시죠."

모두 쭈뼛거리며 변호사를 바라보았다. 왠지 분위기가 심상찮았다.

춘화의 영정 사진, 아니 영정 그림 바로 앞에 선 변호사가 서류 가방 안에서 두툼한 봉투를 꺼내 들었다. 그리고 짐짓 엄숙한 목소리로 입을 열었다.

"하 사장님 유언장 집행하려고 왔습니다."

유언장?

모두의 얼굴에 의문이 떠올랐다. 유언은 써니 멤버들과 마지막을 함께하고 싶다는 것으로 끝난 줄 알았는데, 또 무슨 말을 남긴 모양이었다.

"사장님께서 직접 화법으로 낭독을 부탁하셔서, 다소 거친 언어가 있더라도 양해해주시고……."

그가 슬쩍 고개를 들더니 멤버들의 눈치를 보았다. 그리고 불쑥 입을 열었다.

"야, 이년들아."

모두 깜짝 놀라 그를 노려보았다. 울컥한 금옥은 옆에 있던 과일 접시를 슬그머니 집어 들었다. 여인들의 시선이 갈수록 살벌하게 변하자, 변호사가 머쓱한 얼굴로 하하 웃었다.

"아니, 여기 적혀 있는 대로…… 죄송합니다. 다시 읽겠습니다. '야, 이' ……이건 읽었고……. 어흠. 다들 왔니? 못 온 사람도 그러려니 하고 이해한다."

변호사가 춘화의 유언장을 읽기 시작했다. 모두 입을 다물었다.

25년 전, 수지네 집 앞에서 평생 만나자고 한 맹세, 그동안 서로 못 지켰구나.
미안하다. 갑자기 죽는다고 나타난 내가 제일 야속한 년이지.
나미야. 친구들 찾아줘서 고마워. 비록 오래는 못 살다 가지만 네가 그랬듯이 나도 인생에 역사가 있는 내 인생의 주인공이라는 거 알고 간다.
좋은 선물 잘 가져갈게. 대신 써니 리더 자리 임나미한테 넘기고 간다.
그동안 같이 못했던 시간, 이제라도 평생 만나면서 정의 사회 구현도 하고, 즐겁게 살아줘. 내 몫까지.
안녕.

춘화의 목소리가 들리는 것만 같았다. 꼭 춘화가 죽지 않고 살아서 함께 있는 듯.
울컥 목이 메었다. 평생 써니 멤버를 지켜주겠다던 춘화. 이젠 그녀를 다시는 만날 수 없다.
두 달.
그 짧은 시간 동안 춘화는 나미에게 너무나 많은 선물

을 주고 갔다. 친구를 찾아주고, 예빈과 화해할 수 있는 기회를 주고, 추억을 가져다주고…… 그리움을, 그림을 다시 손에 잡을 수 있는 용기를 주었다.

어제까진 꿈인가 싶었는데, 춘화의 유언을 듣고 나니 이제 정말로 써니의 리더 춘화가 없다는 사실이 실감이 났다.

울지 않으려고 했는데.

그렇게 되뇌며 눈가에 매달린 눈물을 간신히 삼키는 나미에게, 장미가 다가와 등을 다독여주었다.

"축하해. 임나미."

이제부터 써니의 리더는 임나미였다. 멤버들은 눈물이 그렁그렁한 눈으로 하나둘 박수를 치기 시작했다. 나미는 간신히 웃었다.

그 모습을 흐뭇하게 바라보던 변호사가 다시 입을 열었다.

"사장님이 다른 친구분들한테도 선물 남기셨습니다. 김장미 씨?"

"네?"

장미가 얼떨떨한 표정으로 손을 들어 보였다.

"아…… 김장미 씨한테는……, 음. 보험 설계사시네요?"

"네."

"여기 계신 친구분들. 김장미 씨 회사에서 판매하는

모든 보험을 종류에 상관없이 다 가입하시기로 했고, 보험료는 전액 일시불로 사장님께서 납입하시는 걸로 하셨습니다."

장미는 처음에 그게 무슨 말인지 몰라 그저 어색한 쌍꺼풀을 깜박거리며 멍하니 앉아 있었다. 그러다 갑자기 무슨 말인지를 깨닫고 어쩔 줄을 몰랐다. 춘화가 남긴 깜짝 선물이었다.

"······아니, 어떻게······."

그런 말은 한 마디도 없었는데. 기쁘기도 하고 당황하기도 해서 말을 잇지 못하는 장미에게 변호사가 웃으며 대답했다.

"사장님이 남기신 재산이 좀 많습니다. 회사를 정리하시면서 사회에 환원하는 데 대부분의 금액을 쓰셨고······, 음."

유언장을 바라보던 변호사가 조금 난감한 얼굴로 머뭇거렸다. 장미가 의아한 얼굴로 이상하게 뜸 들이는 그를 바라보고 있었다.

"'네가 이번 달 보험 왕이다, 이년아!' 라고 하셨네요."

결국 유언장에 적힌 대로 내지르며 변호사가 장미에게 메시지를 전해주었다. 장미는 감격에 겨워 한 손을 번쩍 들었다. 처음 해보는 보험 왕이란 이름에, 벌써부터 어깨에 힘이 들어가는 것 같았다. 나미를 비롯한 다른 친구들은 춘화가 장미에게 남긴 선물에 서로 껴안고 함께 웃으며 기뻐했다.

요란해진 장례식장에 다시 변호사의 목소리가 울렸다.

"황진희 씨?"

"네~?"

진희가 다소곳이 앉아 손을 들었다. 어쩐지 뭔가 잔뜩 기대하고 있는 얼굴이었다.

"황진희 씨는…… '부짱은 네가 해라!' 라고 하셨네요."

"……저 원래 부짱이었는데요."

실망한 진희가 투덜거렸다.

"부짱은 나였지, 이년아."

장미가 끼어들어 그렇게 말하자, 진희는 말도 안 된다는 얼굴로 따지고 들었다.

"네가 뭘 부짱이야, 이년아. 나랑 수지랑 비슷하게 넘버 투였지."

"섭섭하세요?"

"아니, 뭐……."

딱 봐도 섭섭한 티가 역력했다. 그런 진희의 생각을 엿보기라도 한 듯, 변호사가 히죽 웃었다.

"섭섭해하시면 이거 읽어드리랬는데."

"섭섭 안 해요. ……뭔데요?"

"넌 돈 많잖아, 이년아~."

변호사의 완벽한 하춘화 성대모사에 아줌마들이 웃음을 터뜨렸다. 장미가 자지러지게 웃자, 진희는 피실피실 웃으면서도 괜히 장미를 흘기며 투정을 부렸다.

"서금옥 씨?"

"네!"

깜짝 놀란 금옥이 벌떡 일어섰다.

"대학 때 국문학 전공하셨죠?"

"했죠."

"하 사장님 회사 중에 작은 출판사가 하나 있습니다. 거기서 인턴으로 일 배우시고, 6개월 후 정직원, 6년 후 시세 감안해서 매출 150% 성장 2년 이상 유지하시면…… 경영 사장 임명하시라고 했습니다."

"정말이요?!"

금옥이 믿을 수 없다는 듯 놀란 표정을 짓더니, 급기야는 소리를 질렀다.

"오오~ 축하해!"

"아! 이 말도 남기셨네요."

막 기뻐하던 금옥이 궁금한지 눈을 동그랗게 떴다.

"망하면 데리러 올 거야, 이년아."

변호사의 춘화 흉내가 갈수록 비슷해졌다. 아줌마들이 다시 큰 웃음을 터뜨리더니 정말 춘화답다며, 감탄에 감탄을 거듭했다.

　나미는 눈물이 핑 돌았다. 기뻐하는 금옥의 얼굴을 보니, 병상에 누워 친구들 소식을 기다리던 춘화가 떠올랐다.
　—왜 그저 바라만 보고 있어?
　—일루 와. 좀만 있다가 가.
　고통에 지쳐 잠들었던 얼굴이 병실에 찾아온 나미를 보자마자 꽃처럼 피어났던 기억. 침대 한쪽에 자리를 내어주는 춘화의 손을 잡고 누웠던 그 밤. 나미는 끝내 속삭이듯 친구들의 소식을 모조리 털어놓고 말았다.
　모두 기대했던 것처럼 살고 있지는 않았다. 누구의 인생에도 굴곡진 드라마가 있어서, 그 소식을 전하는 나미는 울음이 터질 것 같았다. 하지만 꾹 참아야 했다. 누구보다 힘든 시간을 보내는 춘화 앞에서 울고 싶지 않았다. 나미의 이야기를 묵묵히 들어주던 춘화가 마른 손을 들어 올려, 움츠린 어깨를 쓰다듬어주었다.
　왜 진작 찾지 않았을까? 조금만 더 일찍 기억했더라면, 이렇게 까맣게 잊은 채로 살지 않았더라면…… 힘들 때마다 위로가 되어줄 수 있었을 텐데.
　나미는 후회했지만 춘화는 괜찮다고 했다. 두 사람은 따뜻한 병실 침대에 누워 서로를 마주 보았다. 춘화가 나미를 바라보며 아주 작은 목소리로 말했다.
　—아무것도 늦지 않았어. 나미야…… 나는 있잖아. 아

무엇도 후회하지 않아. 실수도, 잘못도 많이 하고 살았지만, 정말로 아무것도 후회하지 않아. 결국 그 모든 게 나라는 인간을 말해주는 역사인걸.

그러니까 그 애들도 괜찮을 거라고, 춘화가 나미를 달랬다. 그리고 잠들기 전 마지막으로 입을 열었다.

'난 지금까지 하고 싶은 건 다 해보고 살았거든. 그래서 남들보다 조금 일찍 가는 것뿐이지, 지금도 충분히 행복해. 이런 것도 괜찮잖아? 그러니까…… 나미 너도 이제는 후회하지 말고 하고 싶은 건 다 하고 살아. 그리고…… 다른 애들은 걱정하지 마. 나 아직 써니 리더잖아.'

그날 밤, 병실은 두 사람의 마음으로 따스했다. 나미는 아픈 와중에도 오히려 자신을 위로하던 춘화를 떠올리며 간신히 눈물을 참았다.

회상하던 나미의 앞에서, 변호사가 마지막으로 입을 열었다. 그의 부드러운 눈빛이 복희를 향했다.

"류복희 씨."

"네."

대답하는 목소리가 벌써부터 떨리고 있었다.

"따님이랑 같이 사실 아파트 남기셨습니다."

복희가 믿을 수 없다는 듯 눈물을 글썽였다. 장미와 진희, 금옥은 그런 복희의 어깨를 감싸 안아주었다.

"두 분 생활비, 따님 교육비, 대학 등록금, 결혼 자금까지. 운용되는 펀드에서 모두 지급될 거고요……. 류복희 씨 재활 치료하실 병원 예약 다 하셨습니다. 치료 끝나는 대로 직업 훈련 받으시고, 서금옥 씨 다니실 회사 1층에 원하시는 가게로…… 창업 시켜드리랍니다."

울먹이던 복희가 급기야 기쁨의 눈물을 터뜨렸다.

"고맙습니다……. 고맙습니다……."

바닥에 엎드려 엉엉 우는 복희를 친구들이 끌어안았다. 그 모습을 바라보던 변호사도 감격했는지, 눈꼬리에 매달린 눈물을 훔치더니 상냥하게 말했다.

"술 꼭 끊으세요."

모두 울면서 웃고 있었다. 춘화에게 고마워서, 이제는 만날 수 없는 춘화가 너무 그리워서 울었다.

이거였구나.

나미는 깨달았다. 영정 속의 춘화가 나미를 향해 거봐, 하고 고개를 끄덕였다. 과연 써니의 리더다웠다. 서로 외면하고 살아온 세월을 후회하기보단 앞으로 어떻게 살아갈지를 생각해준 춘화. 가슴이 벅차올랐다.

써니의 리더, 고맙게 받게, 춘화야. 이제는 너도 아무 걱정 하지 마.

"정수지 씨, 정수지 씨는 안 오셨습니까?"

다짐하는 나미 앞에, 변호사가 마지막 이름을 불렀다. 하지만 대답해주어야 할 수지는 없고, 멤버들이 안타까운 얼굴로 고개를 저을 뿐이었다. 수지를 찾는 것은, 아무래도 새 리더가 된 나미가 앞으로 이어받아야 할 써니의 첫 임무가 될 모양이었다.

변호사도 아쉬운지 입맛을 다시더니, 한마디를 더 덧붙였다.

"그럼 유언장 집행은 이걸로 마치고······, 여러분. 마지막으로 조건이 하나 있습니다."

끝에 가선 어쩐지 장난스러운 목소리였다. 모두 변호사를 바라보며 눈을 깜빡이고 있자니, 변호사가 급기야는 씨익 웃었다.

"며칠 전에 등기 우편 하나씩들 받으셨죠? 율동 비디오."

—임나미. 그깟 퇴학 좀 당한다고 우리 써니가 해체할 수 있겠어? 다시 뭉쳐야지. 다시 뭉쳐서 수지도 다시 데려오고, 오늘 못 춘 우리 춤도 다시 춰야지. 안 그래?

—우리, 다시 다 만나는 거다. 잘나간다고 쌩 까는 년 있으면 찾아가서 응징할 거고, 못산다고 주눅 든 년 있으면 잘살 때까지 못살게 굴 거다. 우리 중에 누가 먼저 죽을지는 모르겠는데······ 죽는 그날까지! 아니, 죽어도 써니는 해체 안 한다!

울먹이며 소리치던 춘화가 떠올랐다. 야속하게 별이

쏟아지던 밤, 춘화는 그렇게 맹세했다. 그리고 25년 전 못 다 이룬 꿈을 실현하자고 말했다.

〈써니〉의 데뷔 무대.

멤버들이 서로의 눈을 바라보더니 하나둘 자리에서 일어났다. 춘화는 써니가 자신의 죽음에 슬퍼하기만을 바라지는 않았다. 오히려 이 장례식을 데뷔 무대로 삼아, 이날을 계기로 다시 함께 뭉쳐서 남은 인생 신나게 살기를 바라는 것이다.

함께하지 못한 수지의 몫까지 춤을 추는 거다.

제일 먼저 다짐한 나미가 몸을 풀었다. 장미, 진희, 금옥, 복희도 자리를 잡고 섰다. 아무도 잊지 않고 있었다. 어제 맞추기라도 한 듯 자연스럽게 제자리를 찾아가는 그녀들을 보며, 변호사는 들고 있던 유언장을 봉투 안에 집어넣었다.

"춘화 마지막 소원인데 우리 신나게 놀아주는 거다."

진희가 먼저 몸을 풀었다. 허리에 손을 얹고 목을 돌리더니, 장미에게 물었다.

"난 그게 이건지 몰랐지. 넌 연습했니?"

"살 뺀다고 몇 번 따라했지. 안무 네가 짠 거잖아."

"흥. 나도 사실 연습했어."

새침하게 대답하는 진희를 보며 모두 웃음을 터뜨렸다.

"난 그거 하다가 시어머니랑 대판 하고 밥상 엎었잖

아. 복희는?"

"몸이 다 기억을 하더라. 몸이."

써니의 데뷔이자, 마지막 무대 준비가 끝났다.

"시끄럽고, 빨리 합시다. 드디어 무대에 올리는구나."

나미가 중얼거렸다. 장미도 이날을 기다리기라도 한 듯, 비장한 표정을 짓고 고개를 끄덕였다.

"변호사님. 가시죠."

잔뜩 기대하는 표정의 변호사가, 영정 앞에 준비되어 있는 휴대용 오디오의 플레이 버튼을 눌렀다. 몸을 풀던 그녀들은 답답한 겉옷을 벗어 변호사 쪽으로 던져 놓았다.

서서히 흘러나오는 보니 엠의 〈Sunny〉.

망설이는 사람은 없었다. 멤버들은 오랫동안 이 순간을 기다려온 듯, 자연스럽게 안무를 맞추기 시작했다. 처음에는 수줍게 조금씩 움직이더니, 이내 경쾌한 스텝을 밟으며 이리저리 몸을 흔들었다.

장례식장에서 흘러나오는 오래된 디스코 음악에, 깜짝 놀란 사람들이 구경을 오기도 했다. 그들은 모두 어이없는 얼굴이었다. 울며 슬퍼해야 정상인 장례식장에서 다섯 명의 아줌마들이 깔깔 웃으며 춤을 추고 있었다.

멤버들은 그런 사람들의 이목 따위, 전혀 신경 쓰지 않았다. 손가락으로 하늘을 찌르고, 엉덩이를 한껏 흔들며 갈수록 더 신나게 춤을 추었다. 각자의 개인기가 작렬하고, 장미는 끝까지 애를 먹이던 격렬한 턴을 완벽하게 소화해냈다.

'우리가 만약 축제가 있던 그날, 성공적으로 무대를 마쳤다면 어땠을까?'

나미는 가끔씩 그런 생각을 했다. 세상을 다 가진 듯 즐거웠을 것이다. 가슴 벅찬 행복에 크게 웃기도 했겠지. 첫사랑의 실연 따위는 저 멀리 날려버리고, 수지와 어깨동무를 하고 신나게 막춤을 추기도 했을 것 같다. 그리고 졸업 때까지 변치 않는 우정을 유지하고, 어른이 된 뒤에도 간혹 서로의 안부를 물어가며 살았다면.
그러면 어땠을까. 우리의 인생은 달라졌을까?
나미는 그렇지 않았을 거라고 생각했다. 세상이 끝난 것처럼 울면서 헤어졌지만, 25년이나 떨어져 살아왔지만…… 지금 만나게 되어서 좋았다. 이루지 못했던 데뷔를, 이렇게 모여 하게 돼서 좋았다. 서로가 서로를 만나기 위해 이렇게나 그리워하고 있었다는 걸 확인할 수 있어서 좋았다. 같은 추억을 공유한 일곱 명이 만나, 인생의 제2라운드를 함께 시작할 수 있어서.

모두 춘화 덕분이었다. 나미는 춘화를 향해 서서 더욱 크게 웃었다.

노래가 끝나갈 무렵.

땀까지 흘려가며 신나게 춤을 추던 나미가 문득, 활짝 열린 장례식장 입구를 바라보았다.

누군가 천천히 이쪽을 향해 걸어오고 있었다. 단정하고 차분한 걸음걸이, 익숙한 공기가 그쪽에서 이쪽으로 부드럽게 흘렀다.

수지였다. 장례식장 앞에 서서 가만히 웃고 있는 아름다운 중년의 여인을 보는 순간, 나미는 그게 수지라는 사실을 확신했다.

깜짝 놀라 굳어버린 나미를 발견한 다른 친구들도 하나둘 그쪽으로 시선을 돌렸다.

찰랑이던 긴 생머리가 부드럽게 굽이쳐 어깨 위로 흘러내렸다. 아기처럼 뽀얗던 얼굴엔 세월의 흔적이 묻어났지만, 걱정했던 흉터 같은 것은 어찌된 일인지 보이지도 않았다. 아니, 오히려 예쁜 갈색 눈은 깊이와 우아함을 담고 더욱 아름다운 빛을 발하고 있었다. 나미와 친구들을 발견하더니 그 차갑고 도도해 보이는 얼굴에 아주 천천히, 그림 같은 미소가 걸렸다.

진짜 수지였다.

나미가 수지를 따라 웃었다. 처음 만났던 날, 예쁜 그 얼굴에 반해 수줍게 웃었던 그때처럼.

"수지야!"

친구들이 맨발로 수지를 향해 달려 나갔다.
그림 속의 춘화도 행복하다는 듯, 고맙다는 듯 활짝 웃으며 바라보았다.

우리 써니는 영원할거야....

# 써니

1판 1쇄 발행  2011년 11월 30일
1판 2쇄 발행  2014년 3월 10일

각본  강형철
각색  이병헌
소설  박이정

발행인  김성룡
펴낸곳  도서출판 가연
주 소  서울시 마포구 월드컵북로 4길 77, 3층 (동교동, ANT 빌딩)
구입문의  02-858-2217
팩 스  02-858-2219

ISBN  978-89-966824-2-4  13810

* 이 책은 도서출판 가연이 저작권자와의 계약에 따라 발행한 것이므로
본사의 서면 허락 없이는 어떠한 형태나 수단으로도 이 책의 내용을 이용할 수 없습니다.
* 잘못된 책은 구입하신 서점에서 교환해 드립니다.
* 책 정가는 뒷표지에 있습니다.